둠스데이 프린세스

차례

프롤로그	7
개구리 올챙이 적 생각	13
루저의 여신 니케	77
흩어지면 살고 뭉치면 죽는다	123
저를 믿으셔야 합니다	159
그래도 살아야지	203
밖으로 나가버리고	249

프롤로그

기필코 이긴다.

지금부터는 단 한 차례도 질 수 없다. 지는 순간 목숨이 끝장나니까. 이기려면 상대를 쓰러뜨릴 나만의 무기가 무엇인지 정확하게 인지하는 게 먼저다. 나란 인간의 무기는 믿음, 소망, 사랑 같은 게 아니다. 나는 높은 곳에 자리 잡고 라켓을 힘껏 휘둘러 테니스공을 날렸다. 최고속도 198킬로미터에 달하는 서브를 맞고 한 놈이 머리가 터져서 쓰러졌다.

스포츠 대결로 쓰러뜨리고 싶은 건 기계였는데, 그러려고 이 쇼에 참가한 건데, 젠장! 어쩌다 이렇게 된 걸까. 놈들이 뇌수가 터져서 쓰러질 때마다 귀에 꽂은 이어 커프에서 띵띵띵 소리가 울리면서 후원과 댓글이 폭주했다.

오늘점심뭐먹지: 키야!! 저게 바로 킬링샷이지!!!!

폴링인럽: 위닝 샷은 언제 나오냐? 지루해 죽겠네. 빨리빨리 죽여
라 쫌.

이게 온라인 게임인 줄 아나? 실제 상황이라고 아무리 말해도 시청자들에게는 당최 먹히질 않았다. 집에서 편하게 소파에 길게 누워서 엄지로 핸드폰을 바쁘게 두들기고 있을 사람들을 생각하자 울컥 감정이 치밀었다.

댓글은 띄어쓰기 포함 글자당 금액이 부과되었다. 한 글자당 10원. 여기서 다시 쇼 진행 측과 선수가 7 대 3으로 나눈다. 계약 때문에 착용한 고글의 시야 오른쪽에 계속 걸려서 댓글을 읽을 수밖에 없는 선수들에게도 응당 그 값을 지급하겠다는 것이다. 이 쇼는 A부터 Z까지 돈에 있어서만큼은 살 떨리게 철저했다.

댓글과 후원 창에 눈이 팔린 사이 챙겨 온 공이 다 떨어졌다. 엎친 데 덮친 격으로 내가 자세를 잡고 선 공사용 테이블 쪽으로 놈들이 뚜벅뚜벅 몰려들었다.

"그어어어."

통역은 없지만 그들이 하는 말은 빤하다. '어이, 너도 우리와 함께해라.' 애니에서 볼 법한 오글거리는 대사겠지. 아니면 '이봐, 이제 그만 나의 먹이가 되어라'일까? 질척대지 말고 저리 좀

꺼지라고 버럭 소리치는데 멀리서 나를 부르는 소리가 쩌렁쩌렁 울렸다.

"존자야!! 위험해!"

우씨, 그 이름으로 부르지 말라니까! 개명한 지가 언젠데! 그리고 위험한 걸 누가 모르냐고? 그런데 그 순간 예상치 못한 일이 일어났다. 나를 호명한 녀석 쪽으로 놈들이 몸을 돌렸다. 눈을 가늘게 뜨고 보니 녀석의 손에는 응원용 메가폰이 들려 있었다. 어쩐지 소리가 쩌렁쩌렁 울리는 것 같더라니 착각이 아니었다. 끝에 있던 놈들부터 그를 향해 걸음을 옮겼다.

"읍! 도, 도와줘!!"

하, 저 모지리. 한숨을 삼키며 공사용 테이블 아래로 훌쩍 뛰어내린 뒤 진로 방해하는 놈을 타깃으로 삼았다. 이제 막 태어난 송아지처럼 뒤뚱거리는 놈의 머리를 향해 곧장 라켓을 휘둘렀다.

내가 바닥으로 내려와 놈들과 바투 붙자, 시청자들이 즉각적으로 반응한다. 동전 떨어지는 효과음이 이어 커프를 통해 공격적으로 귀에 파고들었다. 밀려오는 짜증과 별개로 본능적으로 입에 침이 고인다.

이를 악물고 라켓을 후려쳤지만 상대는 단번에 죽지 않았다. 놈은 이마에 피를 흘리면서도 나를 물어뜯으려고 팔을 뻗으며 내 쪽으로 머리를 기울였다. 휘어져버린 라켓을 방패 삼아 겨우 이빨을 막았지만 힘에 부쳐 점점 뒤로 밀렸다.

그때 심장에 빠루가 꽂힌 또 다른 놈이 나를 향해 다가왔다. 누가 죽이려다 실패한 놈인가. 3시 방향으로 몸을 돌려 그의 몸에 박힌 빠루를 뽑아내고 발끝으로 턱주가리에 킥을 날린 뒤, 뒤돌아 나를 먹으려고 입을 짝짝 벌리는 놈의 눈에 빠루를 깊게 박아버렸다. 빠루가 뇌를 뚫어버리자마자 놈이 쓰러졌다.

승리를 자축하기엔 놈들이 너무 많았다. 마감이 덜 된 공사지대 쪽으로 탈출로를 정한 뒤 허리 뒤쪽에 꽂아둔 펜치를 꺼내 엑스 자로 묶인 끈을 끊어버렸다. 도미노가 쓰러지듯 뒤쪽으로 넘어가는 공사 지지대 아래를 빠르게 통과하면서 오직 앞만 보고 내달렸다. 그래, 쇼 머스트 고 온이다, 이 개자식들아! 지옥이 쫓아오는 것처럼 출구를 향해 달렸다.

개구리
올챙이 적 생각

1

　내 이름은 김존자였다.
　한자로는 있을 존存에 놈 자者. 배우는 작품 따라가고 가수는 노래 제목 따라간다는 말처럼 사람의 인생도 이름 따라간다고 믿은 걸까. 도대체 내 이름을 왜 그따위로 지은 것인지 부모에게 물어보진 못했으나 이유는 안 들어도 뻔했다.
　나의 부모는 불온한 세상에서 그 누구보다도 자신만의 신념이 확고한 사람들이었으니, 아마 자식의 이름으로 존자 외에 다른 이름은 상상조차 할 수 없었을 것이다. 생각해보면 이름이란 게 참 얄궂다. 평생 내가 써야 하는데 다른 사람의 취향에 의해 결정되니까. 아, 취향이 아니라 세계관의 문제인가. 어쨌든.
　처음 내 이름에 태클을 걸고넘어진 건 출생신고를 담당하는 동사무소 공무원이었다. 아이의 미래를 생각해서라도 평범한 이름으로 바꾸는 게 어떻겠냐는 조언에, 나의 아버지 김기광은 이렇게 답했다. 내 딸이다. 묵직한 의미가 담긴 소유권 주장에 공무원은 잠시 고민한 뒤 도장을 쾅 찍었다.

그 후로도 사람들은 내 이름을 들으면 대부분 비슷한 반응을 보였다. 누가 자식 이름을 그따위로 짓느냐고 놀라다가도, 내 아버지가 김기광이고 내 어머니가 정다정이란 걸 알고 나면 그럴 수도 있겠다며 고개를 끄덕였다.

나의 부모는 게르빌F 지역에서 소문난 둠스데이 프레퍼스 doomsday preppers였다. 프레퍼족은 세상을 멸망시킬 재앙에 대비해 생존 준비를 하는 사람들이다. 보통은 비상식량, 나침반, 구급약 등이 담긴 배낭을 손에 닿기 쉬운 곳에 준비하는 정도로 뿌리 깊은 불안을 달래는 편인 데 반해 나의 부모는 좀 유별났다.

전혀 다정하지 않은 어머니와, 한자로 미칠 광狂 자를 써서 이름에서부터 자신이 미쳤다고 광고하는 아버지는 '종말의 밤'이란 인터넷 카페의 오프라인 모임에서 만났다. 자기장 역전, 빙하기, 석유 고갈, 금융 붕괴 등 프레퍼족에게 세상이 멸망할 조짐은 수두룩했는데, 그중 나의 부모가 꽂힌 것은 전쟁이었다.

성악설을 종교처럼 신봉하는 그들에게 평화는 일시적인 휴전일 뿐이었다. 식량, 이념, 자본, 지도자의 웅대한 자아상 등 전쟁의 이유는 그 무엇이든 될 수 있었고, 인류 역사상 크든 작든

전쟁이 끊이지 않았다는 게 그들의 행동을 정당화했으며, 선진국들이 한정판 아이템처럼 소유한 핵무기는 그 반증이었다.

진짜 싸우자는 건 아니고 만일을 대비한 보험용이라고 포장하면서도, 행여라도 삐끗하면 조져주겠다며 바짝 약이 오른 고추처럼 대기 중인 핵무기는 맷집이 약한 국가들의 워너비 아이템이었다. 나의 조국 게르빌은 영토가 엄청나게 넓은 것과 달리 맷집 약하기로는 어디 가도 빠지지 않았다. 사람으로 치면 근육 하나 없는 통통한 물살이 출렁거리는 게, 다 쓰러져가는 허름한 모텔에 전시용으로 둔 물침대 같은 나라였다.

처음부터 게르빌이 이랬던 건 아니었다. 한때 게르빌도 야심차게 속까지 단단한 돌침대를 꿈꾸던 적이 있었다. 하지만 반세기 전 사상 전쟁 때 열강들과의 힘겨루기에 뭣도 모르고 끼어들었다가 대차게 두들겨 맞은 후 패전국 페널티로 핵무기를 보유할 수 없게 되었다.

강제적으로 맺은 평화조약으로 인해 비록 핵무기는 소유할 수 없었지만 그렇다고 포기할 게르빌이 아니었다. 그 후 핵무기의 자매품인 원자력발전소를 거침없이 세우면서 한때 원전 세계 최다 보유국을 노리며 경제도 가파르게 성장했다.

최빈국에서 개발도상국으로 들어설 때만 해도 곧 선진국이 될 거라는 장밋빛 미래를 꿈꾸었으나 창창해 보였던 미래가 잿

빛으로 바뀐 건 한순간이었다. 아이러니하게도 게르빌이 더는 위로 올라가지 못하도록 물귀신처럼 붙잡은 게 바로 원자력발전소였다.

패자의 역사란 게 늘 그렇듯 재미없는 이야기지만 최후의 승리를 위해서는 짚고 넘어가야 하니까 최대한 짧게 해보겠다.

지금으로부터 100여 년 전, 조각 천을 이어서 만든 퀼트 이불처럼 작은 소도시 국가들이 모여 게르빌이란 연합국이 만들어졌다. A부터 Z까지 지역이 구분되어 있는데, 도시마다 특징과 개발 정도가 명확하게 달라 문화인류학자들은 물론 전 세계 방송사의 다큐팀이 아이템이 떨어질 때마다 찾는 방송 맛집이었다. '그 사고'가 일어나기 전까지는.

사건은 고요한 봄밤에 일어났다. 게르빌K 지역 원자력발전소에서 관리 소홀로 건물의 콘크리트 지붕이 붕괴하면서 다량의 방사능 물질이 누출되었다. 인근 지역 주민들이 폭음을 듣고 신고한 시각은 새벽 1시 24분.

수많은 사상자가 발생했는데도 게르빌은 정확한 정보를 인근 국가에 나누지 않고 별일 아니라며 똥 눈 자리에 모래 덮듯 감추기에 급급했고, 이 선택은 훗날 괘씸죄가 적용되어 부메랑으로 돌아왔다. 그날 이후로 게르빌은 국제사회로부터 지탄받으며 무역에 봉쇄령이 걸리면서 바야흐로 국가 부도 위기를 맞앉다. 벼랑 끝에 몰린 게르빌은 살아남기 위해 과감하게 국제 사회의 흐름에 역행하는 선택을 했다.

선진국들은, 인공지능이 빠르게 개발되면서 전국 단위의 대규모 시위, 실업으로 인한 경제 위기 등 각종 문제가 꼬리를 물고 연이어 터지자, 기계 관련 사업 전반에 걸쳐 조금 더 신중하게 가자며 한발 뒤로 물러섰다. 오직 게르빌만 'HELL YES!!' 카드를 번쩍 들어 올리며 기계 예찬론자들의 놀이터를 자처했다. 게르빌 정부는 인공지능 개발과 관련한 각종 법 규제를 풀어서 '기계가 미래다'라고 주장하는 외국 자본을 공격적으로 끌어들였다. 그렇게 모은 자금으로 게르빌K 지역에 상징적인 표상인 허큘리스 타워를 지었다. 그곳에서 은밀히 인공지능과 휴머노이드 개발이 이루어지고 있다는 소문이 퍼진 가운데 바야흐로 대통령 선거일이 다가왔다.

이에 야당은 '조만간 기계가 당신을 대신할 것이다'라는 구호로 국민을 선동하며 공격적으로 집권당의 정책을 비판했다. 기계가 발전할수록 가장 먼저 위험해지는 직업은 의사, 변호사, 회계사. 방대한 데이터 수집을 바탕으로 진단, 평가, 계산하는 고소득 화이트칼라 직종부터 기계로 대체될 거라는 말에 제일 먼저 보수 중산층이 흔들렸다. 두려움에 사로잡힌 국민이 너도나도 등을 돌리면서 집권당 지지율이 끝도 없이 추락하자 정부는 민심을 수습하겠다며 부랴부랴 대책 마련에 나섰다.

먼저, 게르빌 지역 내 모든 기계는 노동자의 건강을 위협하는 3D 업종으로만 제한하겠다고 발표했다. 더불어 '아이가 미래다'라는 캐치프레이즈를 국가의 최우선 과제로 내걸고 이제껏 홀대받던 예술과 스포츠 분야를 비롯해 각 분야의 영재들을 전폭적으로 지원하기로 약속했다. 이로 인한 일자리 창출만으로도 1000만에 이를 것이라며 게르빌 정부는 인간 우선주의 정치 이념을 홍보했다.

하지만 선거를 무사히 넘기고 나자 언제 그랬냐는 듯이 정부는 다시 기계에 대한 애정을 공공연히 드러냈다. 게르빌은 노동자 1만 명당 기계 대수를 환산한 기계 밀도가 세계 최고 수준을 자랑했다. 기계는 이제 현장에서 없어선 안 될 동료라며 언론에서는 앞다퉈 빠른 경제성장을 자랑했다.

그러던 중 한 공장에서 박스를 옮기는 산업용 기계가 인간을 죽이는 사고가 발생했다. 기계가 야근 중이던 노동자를 물건으로 인식해 집게로 얼굴과 목을 집어 눌러 사망에 이르게 한 것이다. 사고 피해자는 나의 외조부 정직한 씨였다.

정부에서는 사건을 덮으려고 제조회사를 통해 은밀히 유가족에게 보상금을 건넸고, 당시 같은 공장 다른 라인에서 근무하던 나의 어머니 정다정은 유일한 상속자로서 갑자기 큰돈을 받게 되었다. 고위 관리자가 내민 비밀 유지 서약서에 도장을 찍을 당시 그녀는 제정신이 아니었다. 촉박한 납품일 때문에 며칠째 집에 오지 못하는 부친을 위해 갈아입을 속옷과 주먹밥 도시락을 챙겨 그의 근무처로 갔던 정다정은 하나뿐인 가족의 죽음을 경찰보다 먼저 모자이크도 없이 목도했다.

이후 그녀는 지워지지 않는 잔상 때문에 우울증과 불면증 등 온갖 정신적인 문제로 고생하며 약을 달고 살다가 종말의 밤에서 나의 아버지가 될 김기광을 만나게 된다. 김기광은 종말의 밤 카페 운영자로, 그리스신화의 아폴론을 본떠 만든 조각상이 인간으로 변한 것처럼 몹시 잘생겼다. 운영자의 의도와 다르게 종말의 밤 카페는 김기광의 팬카페나 다름없었다.

정다정 역시 외모로는 어디 가도 꿀리지 않았다. 그녀는 한 떨기 수선화처럼 청초하게 아름다웠지만 김기광은 첫눈에 반한 그녀와 눈을 맞추기가 너무 어려웠다. 예로부터 눈은 마음의 창이라던데, 파들거리며 떨리는 그녀의 눈동자는 불안으로 가득했다.

반면 김기광은 조만간 세상은 망할 거라는 신념으로 똘똘 뭉쳐 확신에 차 있었다. 그에게는 계획이 있었지만 그것을 실천으로 옮기려면 돈이 들었다. 온라인에서 종말 영상을 만들어 올리는 걸로 겨우 입에 풀칠하던 그는 돈 많고 나약한 귀인 정다정을 만나면서 인생의 터닝 포인트를 맞는다.

지루한 얘기였을 텐데, 오래 기다렸다. 이제 곧 내가 나온다.

가난한 자에게 통장 속 숫자로 존재하는 돈은 언제 사라질지 모르는 신기루 같은 것이니, 절대 다른 사람들이 빼앗을 수 없는 물건들로 바꿔 벙커를 채워야 한다고 김기광은 정다정을 설득했다.

가난한 김기광은 정다정의 돈을 탐낸 데 반해 불안한 정다정은 김기광의 흔들리지 않는 신념을 소유하고 싶었다. 그들은 서로를 확실하게 제 것으로 만들기 위해 번갯불에 콩 볶아 먹듯 부랴부랴 결혼식을 올리자마자 인질처럼 아이를 가졌다. 그렇게 허니문 베이비로 탄생한 게 나다.

터무니없이 착한 비용으로 주택 리모델링 공사를 따낸 김기광은 게르빌 곳곳에 은밀하게 집주인도 모르는 지하 벙커를 만들기 시작했다. 언제 어디서 사고가 터질지 모르기 때문에 벙커는 많을수록 좋다는 게 그의 생각이었다. 이 비밀 벙커들과 별개로 동사무소에 등록된 김기광과 정다정의 공식적인 집은 게르빌F 외곽에 있었다. 애 키우기에 나쁘지 않은 도시였다.

공급 김기광, 제작 정다정의 한정판 수제품으로 태어난 나는 눈은 어머니를 닮았지만 나머지는 아버지를 닮아 어릴 때부터 시원시원하게 잘생겼다는 평을 듣곤 했다. 또래보다 키도 커서 남자라고 오해받을까 봐 나는 유치원에 갈 때면 부모님 몰래 앙증맞은 리본을 한 움큼 챙겼다. 오른쪽 머리 위에, 쇄골 가운데에, 허리 뒤쪽에, 구두 위 양쪽에 각각 하나씩.

리본으로 도배해서 내가 여자라는 걸 각인시키려 노력했지만 친구는 생기지 않았다. 모두 나만 보면 슬금슬금 피했다. 인지부조화 때문일까, 아니면 과유불급? 역시 이름 때문이겠지?

온갖 상상들로 괴로웠지만 그건 정신적인 문제였고 몸은 한가로울 틈이 없었다. 종말을 대비해 아버지는 남의 둥지에 알을 낳는 뻐꾸기처럼 지하에 비밀 벙커를 만들고 다녔고, 어머니는 그 벙커에 채울 음식을 종일 만들었다. 어머니가 주로 하는 일은 보관 기간이 긴 잼을 만드는 것이었다. 우리 가족은 의식주를 철저하게 분업했는데, 나는 '의'를 맡았고, 어머니가 식食을 담당했으며, 아버지가 주住를 책임졌다.

내가 담당한 의는 옷衣이 아니라 정의正義였다. 종말이 도래하면 우리의 소중한 보금자리를 테러할 이웃으로부터 가족을 지키기 위해 치안을 담당하는 것이다. 국가 정책 때문에 우후죽순 세워진 스포츠센터를 돌며 사격, 양궁, 유도 등 실전에 유용할 것 같은 온갖 기술을 배우기에 바빴다.

집권당의 전시 행정 덕분에 학생들은 무료로 수업을 받아서 대부분 시간 때우기용으로 슬렁슬렁하는 경우가 많았지만 나는 달랐다. 어린 나이에도 누구보다 적극적으로 배우는 내 모습에 감탄한 코치님들은 입을 모아 스포츠 정신이 제대로 박혔다며 나를 치켜세웠다.

집에 돌아온 나는 '스포츠 정신'이 무엇인지 찾아보았다. 목표를 향해 노력하는 끈기의 미덕, 실패를 통해 배우고 성장하는 자세, 상대방의 능력과 노력을 겸허히 인정하는 태도, 경기 결과를 책임감 있게 받아들이는 모습이 스포츠 정신이었다.

아니라고 할 수도, 그렇다고 맞다고 할 수도 없어 난감했다. 내가 왜 스포츠센터에서 열심히 배우는지 진짜 이유를 알면 코치님들이 얼마나 실망할까. 그 누구도 실망하게 하고 싶지 않았다. 그래서 집에서도 스포츠센터에서도 하라는 대로 그저 열심히만 했다. 고백 대신 택한 침묵은 긴고아처럼 점점 더 나를 조여왔다.

스포츠센터에서는 금요일마다 가족의 날을 정해 부모님들이 직접 참관할 수 있게 했는데, 김기광과 정다정은 언제나 제일 먼저 도착해 맨 앞자리에서 나를 지켜보았다. 뒷목을 짓누르는 것 같은 부담감에 기대만큼 성과를 내지 못할 때가 더러 있었다. 유도 대결에서 지거나 사격과 양궁에서 만점을 쏘지 못하는 날이면 나는 온몸에 피가 빠져나간 것처럼 하얗게 질렸다. 제발 한 번만 더 기회를 달라고 코치님들의 바짓가랑이를 붙잡고 울면서 매달리고 싶었으나 사력을 다해 꾹 참았다. 코치님들이 말한 스포츠 정신 때문이 아니었다. 김기광과 정다정이 무표정한 얼굴로 관중석에서 나를 지켜보고 있었다.

코치님들은 포기하지 않고 도전한 것 자체가 의미 있다고 칭찬하며 격려의 의미로 참가상 메달을 나눠 주었다. 하지만 김기광은 그딴 패배자의 증거물을 집으로 가지고 들어가게 두지 않았다. 김기광과 정다정의 암묵적인 지시 아래 나는 내 손으로 직접 파리가 들끓는 공원 쓰레기통에 참가상 메달을 버렸다.

예정된 절차대로 일주일 동안 외출 금지가 결정되었다. 김기광이 직접 유치원과 센터에 내가 전염성이 강한 독감에 걸렸다고 연락했고, 정다정은 내 손을 잡고 나를 다락방으로 데리고 갔다.

사방이 벽으로 막힌 데다 죽은 자들의 물건이 가득한 다락방은 나에게 공포 그 자체였다. 다음번엔 잘하겠다고 두 손으로 싹싹 빌었지만, 정다정은 인생에서 늘 다음이 있을 거라고 착각해선 안 된다며 울며불며 짜는 나의 뺨을 다정하게 쓸어주었다.

"종말의 밤이 왔을 때 살아남을 자격이 있다는 걸 스스로 증명하기 전에는 아무것도 먹을 수 없어. 엄마도 너를 위해 기도하며 함께 금식할 거야."

다락방 문이 닫히고 둔탁한 열쇠로 잠기는 소리가 들렸다. 어릴 때부터 내 몸으로 들어가는 모든 음식은 정다정에 의해 철저하게 관리되었다. 1등을 놓친 죄로 내게 내려진 형벌은 금식과 감금이었다.

오직 어둠뿐인 다락방에 갇힌 채 새우처럼 몸을 웅크리고 주린 배를 움켜쥐며 생각하고 또 생각했다. 살아남기 위해 해야 할 일이 무엇인지. 답은 멀리 있지 않았다. 처음부터 그들은 나에게 답지를 보여주었다. 식食이 가득 찬 주住를 지키기 위해서라면 의義는 무조건 1등을 해야만 했다. 누군가가 꽉 움켜쥐었다가 놓은 것처럼 뇌에 깊게 주름이 잡혔다.

매주 1등이라는 왕좌를 굳건히 지킨 지 몇 년이 지나자 코치들은 나를 국가대표로 키우고 싶다고 매일 집으로 과일을 들고 찾아왔다. 하지만 김기광은 꿈도 꾸지 말라며 제안이 오는 족족 매몰차게 거절했다.

그때부터 나는 방황했다. 머리가 조금씩 굵어지면서 슬금슬금 나를 조이는 압박감과 의무가 지겨워졌다. 정의니 뭐니 그딴 건 어려워서 모르겠고, 국가대표로 올림픽에 나갈 것도 아니면서 오지도 않을 종말을 대비해 이웃을 공격하려고 기술을 배워두는 게 무슨 의미가 있는지 알 수 없었다. 인생에 '왜'라는 의문사가 끼어들면 '언제, 어디서, 누가, 무엇을, 어떻게' 따위는 다시시해져버린다. 나는 그걸 남들보다 조금 일찍 깨달았다.

그렇다고 하기 싫다고 집에 말할 수도 없었다. 언제 종말의 밤이 닥칠지 모르는데 제 몫을 다하지 않겠다고 투정을 부리는 건 믿음이 독실한 프레퍼족 부부에게 절대 용납할 수 없는 일이었다. 정다정이 나를 위해 함께 금식하며 기도하는 꼴도 더는 보고 싶지 않았다.

눈치 빠른 아이가 으레 그렇듯이 나는 내 힘으로 해결할 수 없는 일에 입을 다물었다. 조용해질수록 외로움은 더 깊어졌지만 외로움은 오롯이 혼자 견뎌야 하는 감정이었고 그래서 더 외로웠다. 외로움이 뼛속까지 사무쳐 슬픈 어느 날 내 앞에 작고 못생긴 귀인이 나타났다.

2

 어렸을 때부터 나는 친구가 없었다.
 알고 보니 리본으로 뭘 해보기도 전에 나의 신상 정보가 나보다 먼저 학교와 스포츠센터에 도착해 있었다. 세상이 하루빨리 망하길 저주하며 기다리는 것들이 프레퍼족이라더라, 동네 슈퍼에서 과일과 옥수수 씨가 마른 게 죄다 저 붉은 벽돌집 아줌마 때문이다, 애 이름이 존자인 것도 소름 돋지 않냐, 또래에 비해 애가 큰 것도 좀 수상하다. 내가 나타나면 사람들은 돌멩이를 넣은 눈 뭉치를 던지듯 중얼거렸다.
 부모의 교육관 역시 내가 친구를 만드는 데 전혀 도움이 되지 않았다. 부모님은 사교성이란 지성과 반비례한다는 쇼펜하우어의 말을 빌려, 멍청한 것들이나 우르르 몰려다니는 거라며 친구 따위 만들지 말라고 식사 시간마다 강조했다. 하지만 나는 그 말에 담긴 속뜻을 알고 있었다. 혹여 내가 친구들에게 미주 알고주알 늘어놓아 게르빌 곳곳에 몰래 지은 벙커의 비밀을 들킬까 봐 애초에 싹을 뿌리 뽑으려는 것이었다.

"모두 우리 것을 탐내는 기생충이다."

김기광은 내가 조금이라도 외로운 기색을 보이면 했던 말 또 하고 했던 말 또 했다. 그렇게 하면 그 말이 나에게 부적처럼 들러붙어 사특한 또래를 물리칠 수 있을 것처럼.

이번 생에 친구 따윈 없을 팔자라고 포기할 때쯤 그 아이를 발견했다. 사격 수업도 째고 놀이터에서 발끝으로 모래를 차며 시간을 죽이는데 벤치 뒤에서 나를 뚫어지게 보는 시선이 느껴졌다.

작고 못생겼다.

그게 앤희의 첫인상이었다. 못난이 삼형제 인형 중 화난 아이처럼 조그만 들창코에 입술 양 끝이 아래로 내려가 심술쟁이처럼 보였지만 그건 오해였다. 앤희는 화가 난 게 아니라 태어날 때부터 그게 기본값 표정이었다.

앤희는 나보다 두 살이나 많았으나 또래보다 왜소해서인지 친구가 없었다. 너무 자란 존자와 덜 자란 앤희. 우리는 보자마자 서로의 외로움을 간파했다. 빛이 들어오지 않는 그늘진 미끄럼틀 탑에서 친구가 되기로 동맹을 맺은 후 앤희는 말하고 나는 듣기로 약속했다. 그럼으로써 부모와의 의리도 지키고 비밀 친구도 얻는 일석이조의 효과를 노렸다.

앤희는 핑크 머리가 주인공인 만화를 사랑하는 덕후였다. 한번은 앤희가 웹툰 주인공 소녀가 입은 핑크 레이스 원피스를 사겠다고 하기에 진지하게 조언했다. 옷이 2차원에서 3차원으로 넘어오면서 왜곡 현상이 발생할 거라고. 안 어울릴 거라고 직설적으로 말하면 상처받을까봐 일부러 차원이니 왜곡이니 어려운 용어를 썼다.

그건 대화할 때 내가 듣기만 하기로 한 규칙을 깬 첫 번째 사건이었다. 하지만 앤희는 웬일인지 개의치 않았다. 오히려 나에게 패션과 쇼핑에 대해 더 적극적으로 조언을 구했다. 그때부터 나는 앤희가 핑크 아이라이너, 핑크 립밤, 핑크 열쇠고리를 고를 때 적극적으로 피드백을 해주었다.

우정이란 게 이런 걸까? 서로의 인생에 끼어들며 캐치볼하듯 조언을 주고받는 재미가 쏠쏠했다. 김기광이 남의 집 지하에 몰래 우리가 사용할 벙커를 만들고 정다정이 벙커의 선반 가득 직접 만든 잼을 채워 넣을 때 느끼는 희열을 이해할 수 있었다. 하지만 불행히도 행복은 오래가지 않았다. 앤희와 멀어지게 된 건 '종말의 공주 독극물 사건' 때문이었다.

앤희는 내가 또래보다 키가 큰 비결이 식습관에 있다고 보고 항상 내가 먹는 걸 탐냈다. 콩 한 쪽도 나눠 먹는 게 우정이라고 학교에서 배웠기에 도시락으로 싸 온 샌드위치를 반으로 쪼개서 앤희에게 나눠 주었다.

그날 밤 앤희는 인형처럼 몸이 뻣뻣하게 굳었다. 야근 때문에 밤늦게 퇴근한 앤희의 부모는 앤희가 침대에 누워 자는 줄 알고 스위치를 내려 불을 꺼주었다가 어둠 속에서 하얀 안광이 빛나는 게 포착되자 이내 다시 불을 켰다. 가까이 다가가서 보니 앤희의 상태가 심상치 않았다. 앤희는 갑자기 몸이 움직이지 않자 겁에 질려 하염없이 눈물만 흘리고 있었다.

응급실에 가서 여러 검사를 한 결과 나온 진단명은 보툴리누스 중독증이었다. 보툴리누스 독소에 중독되어 나타나는 식중독의 일종으로, 일반적으로 목이 마르고 눈이 흐려져 잘 안 보이고 숨이 차며 팔다리 신경이 마비되는 증상을 보인다.

약물 치료로 증상이 호전되자마자 부모는 딸을 취조했다. 같은 반 학생들이 멀쩡한 것을 확인했으니 학교 급식은 문제가 없었다. 그렇다면 그 이후에 뭔가 문제가 될 만한 일이 벌어진 것이다.

"금요일 학교 끝나고 16시 이후 동선과 행적을 모두 종이에 적어라."

앤희는 두 손을 잡고 때를 밀듯 쭈뼛거리다가 한참 후 입을 뗐다. 학교 끝나고 바로 집으로 와서 웹툰을 보다가 잤다고. 하지만 어설픈 거짓말은 통하지 않았다. 민중의 지팡이였던 앤희의 부모는 바로 조사팀을 꾸렸다. 관할 경찰서의 인력을 동원해 인근 CCTV를 수거해서 역학조사를 한 결과, 앤희가 놀이터에서 나와 함께 있던 것을 밝혀냈다.

놀이터에서 먹은 샌드위치가 식중독의 원흉으로 지목되었으나 문제는 그 자리에서 함께 나눠 먹은 내가 멀쩡하다는 것이었다. 프로토콜대로라면 의심의 대상을 다른 곳으로 돌려야 했지만, 그들은 딸과 어울려 놀던 수상한 아이가 게르빌F에서 소문난 프레퍼족의 외동딸이라는 점을 주목했다.

나중에야 알게 된 사실인데, 앤희가 그간 친구가 없던 이유는 남다른 외모나 고집스러운 취향 때문이 아니었다. 앤희 역시 나처럼 극성스러운 부모 때문에 다른 아이들 부모가 자식의 생일 파티에 끼워주지 않았던 것이다.

매일매일 인간의 바닥을 마주하는 직업 특성상 앤희의 부모는 친절하게 웃는 이웃들을 믿지 않았고, 대부분의 범죄는 아는 사이에서 일어난다며 앤희에게 누구도 믿지 말고 매사에 조심하라고 경고했다. 앤희는 초등학교 입학식 날 부모의 말을 별생각 없이 같은 반 친구들에게 말했다가 그날 이후로 쭉 친구도 없이 혼자 밥을 먹게 되었다.

행동력이 남다른 앤희의 부모는 공권력을 이용해 아동학대로 신고가 들어왔다고 사문서를 조작해서 우리 집에 불시에 찾아왔다. 그때까지만 해도 동료 경찰들은 나중에 김기광과 정다정이 공권력 남용으로 고소라도 하게 되면 징계받을 수 있다며 끝까지 앤희의 부모를 말렸다고 한다.

그런데 조사 과정에서 뜻밖의 음모가 밝혀졌다. 남은 샌드위치 재료가 없었지만 그보다 더 결정적인 증거물이 집에서 발견된 것이다. 식품 보관을 잘못해서 부주의로 생긴 식중독이 아니라 나의 부모가 균을 배양해 어렸을 때부터 나에게 일정량을 먹인 사실이 드러난 것이다. 다양한 균을 제조해 먹인 후 방법과 용량, 증상을 빼곡히 기록한 '김존자 생존 일지' 노트가 발견되면서 내 부모의 비밀 레시피가 만천하에 공개되었다.

어릴 때부터 감금과 금식이 일상이었던 나조차 김존자 생존 일지 노트가 발견되자 엄청나게 충격받았다. 감금과 금식은 내가 해야 할 일을 일깨워서 종말의 밤 최후의 멤버로서 제 역할을 다하게 하기 위한 것으로 생각했기에 서러워도 받아들일 수 있었다. 그런데 독약은 그것과는 차원이 달랐다.

부모가 나를 죽이려고 했다니, 왜? 난 이 집에서 '의義'를 담당하는 준비된 인재인데. 입 하나가 더 늘어나는 게 두려워서 나를 죽이려고 한 건가? 아니면 사격 수업 땡땡이친 게 걸린 건가? 그래도 양궁 수업은 안 빼먹고 꼬박꼬박 갔는데. 근데 고작 그것 때문에 하나뿐인 자식을 죽인다고? 혹시 나 말고 숨겨진 자식이 또 있나? 설마. 나를 스포츠센터에 뺑뺑이를 돌린 게 나를 대체할 새로운 자식을 만들기 위해서?

내 빈약한 추측은 죄다 빗나갔다. 도대체 왜 그런 짓을 했냐고 심문하는 경찰에게 김기광은 이렇게 말했다. 의약품을 구할 수 없는 종말의 밤이 도래했을 때 어린애가 살아남게 하려면 균에 내성이 생기게 하는 수밖에 없었노라고.

아동복지사, 경찰, 의료진 모두 그 말을 이해하지 못했다. 집 안 곳곳에는 야금야금 사 모은 의약품이 산더미처럼 쌓여 있었으니까. 하지만 나는 알았다. 왜 아버지가 그런 짓을 했고 왜 어머니가 협조했는지. 종말의 밤이 왔을 때 살아남을 자격이 있다는 걸 증명하는 또 다른 테스트인 것 같았다. 아직 테스트는 끝나지 않은 것이다.

내가 차분한 태도로 모든 걸 이해한다며 부모를 감싸자 아동복지사가 슬픔이 그을음처럼 밴 목소리로 말했다.

"부모라고 무조건 참고 사랑해야 하는 건 아니야. 아무리 무지해도 그렇지, 어린애한테 그런 끔찍한 짓을 하다니……. 그건 명백한 범죄야. 자칫 네가 죽을 수도 있었어."

죽는 게 과연 뭘까. 추가 검진 때문에 병원에 남은 나는 죽음에 대해 진지하게 그리고 집요하게 생각했다. 하지만 깊이 파고들 때마다 '내 부모가 그런 행동을 할 수밖에 없는 이유'가 자꾸만 생각을 방해했다.

　나는 김기광과 정다정이 나에게 왜 그랬는지 안다. 내가 김존자이기 때문이다. 나의 부모는 프레퍼족이고 나는 그들의 자식이니까. 종말이 닥쳤을 때 나는 그 누구보다 건강해야 하니까. 그래서 벙커에 문제가 발생했을 때 이제껏 배운 기술을 활용해 이웃들을 퇴치하는 해결사가 되어야 하니까. 나는 벙커를 수호하고 부모를 지켜야 하는 존재였다.

　이유를 아니까 자연히 이해되었지만 그렇다고 용서가 되지는 않았다. 이제껏 나를 둘러싼 알이 나를 지켜주는 보호막이 아니라 갑갑하고 무거운 갑옷처럼 느껴지면서 반기를 들고 싶어졌다. 살고 싶다는 욕망에서 촉발된 감정은 점차 분노와 원망으로 이어졌다. 알을 깨고 나온 나는 후레자식이 되어 평생 부모를 미워하기로 다짐했다. 그 시간 김기광과 정다정이 이웃이 내던진 화염병에 마녀사냥을 당하듯이 타들어가는 줄도 모르고.

　지역신문의 작은 코너 기사로부터 시작된 증오는 인터넷을 통해 삽시간에 들불처럼 번졌다. 사람들이 부풀린 이야기 속에서 둠스데이 프레퍼족 세 가족이 사는 집은 헨젤과 그레텔을 유혹한 과자집으로 변해 있었다. 모두의 안전을 위해서라도 마녀의 과자집을 하루빨리 없애버려야 한다는 여론으로 들끓던 어느 날이었다. 달이 없는 밤 누군가가 화염병을 던졌고 게르빌 F 외딴 지역에 세워진 이층집은 붉게 타들어갔다.

하필 그때 경찰 조사를 마치고 귀가한 김기광과 정다정은 앞뒤 재지 않고 불타는 집으로 달려 들어갔다. 말릴 새도 없이 순식간에 벌어진 일이었다. 불길은 지옥에서 온 화염처럼 거세게 타올랐다.

이층집이 전소된 후 조사 과정에서 지하 벙커가 드러났고 그들의 시신은 벙커 입구 위에서 발견되었다. 벙커로 들어가려고 했으나 문을 열기 전에 연기에 질식사한 것 같다고 새로 배정된 담당 경찰관이 말했다. 전소된 집과 달리 벙커 안의 물건은 거짓말처럼 멀쩡했다. 조사해보니 벙커에 특별한 귀중품도 없던데 두 사람이 왜 불타는 집으로 맹목적으로 달려간 것인지 혹시 아느냐고 경찰이 병원으로 찾아와 나에게 물었다. 그건 내가 묻고 싶은 말이었다.

부모가 한날한시에 죽었으니 세상이 무너진 듯 울어야 마땅했으나 나는 울지 않았다. 내가 후레자식이라 부모가 죽었다는 죄책감이 눈물을 말려버렸다. 장례식 내내 친척도 방문객도 없이 혼자서 낮과 밤을 버텼다.

그 후 김기광이 오래전 종말의 밤 인터넷 카페 운영자였다는 사실이 주목받으면서 유튜버들은 우리 가족이 지하에 종말의 왕국을 만들어놨다는 식으로 비아냥거렸다. 가장 하트를 많이 받은 댓글에서 나는 종말의 공주가 되었고, 식중독균은 독극물로 바뀌어 인터넷을 타고 민들레 꽃씨처럼 널리 널리 퍼졌다.

 한 번 씌워진 프레임은 내 힘으로는 절대 벗을 수 없는 그물처럼 나를 옥죄었다. 영양실조로 쓰러져 병원에 실려 가서도 물 한 모금 넘기지 않았다. 내 안에서 활활 타오르는 불이 나를 집어삼키도록 아무것도 하지 않을 셈이었다. 죽을 때까지 종말의 공주 그림자에서 벗어나지 못할 줄 알았다. 그런데 예상치도 못한 남자가 불쑥 내 앞에 나타났다.

3

"반갑다. 나는 네 할아버지다."

그는 만나자마자 나에게 손을 내밀었다. 나는 말없이 그의 손에 시선을 고정했다. 이층집 화재 이후 사람들이 다가올 때면 마음속 지옥을 들키고 싶지 않아서 한사코 눈을 피했다. '눈은 마음의 창'이란 말이 세상에서 제일 싫었고, 그것만큼 싫은 말이 '부모 말을 잘 들으면 자다가도 떡이 생긴다'였다. 그가 '내 할아버지'라고 해서 다를 건 없었다. 그와 절대 눈을 맞출 생각이 없었다.

그런데, 툭 내던지듯 시선을 돌려 마주한 그의 손은 이제껏 본 다른 사람들의 손과 미묘하게 달랐다. 나만 보면 초코우유를 챙겨주는 아동복지사는 네 번째 손가락에 알이 작은 반지를 끼고 있었고, 강박적으로 위생 장갑을 교체하는 의사의 손은 수술용 칼 외에는 무거운 건 들어본 적조차 없을 만큼 하얗고 가늘었다.

　반면 그는 손에 결혼반지도 없었고 손가락 마디가 굵고 주름이 많은 데 반해 손끝이 지나치게 매끈했다. 그는 지문이 없었다. 주민등록증을 만들기 위해서 지문 등록이 필수인 게르빌에서 지문이 없다는 건 무슨 의미일까. 일부러 지문을 없앤 걸까. 왜.

　그 점이 나를 불안하게 했고 동시에 호기심을 강하게 자극했다. 화재 사건 이후 느리게 뛰던 심장이 급한 여울을 만난 것처럼 빠르고 힘차게 뛰기 시작했다. 몹시 흥미로운 손이었다.

　나는 고개를 들어 그를 보았다. 들창코, 귤껍질 피부, 옹졸한 입, 단춧구멍 눈. 호감형 외모를 기대했던 나는 흠칫 놀랐다. 가장 당황스러운 건 우리의 시선이 일직선으로 이어져 있다는 사실이었다. 보통 어른들은 나보다 키가 커서 위에서 아래로 나를 내려다보는데, 이 할아버진 뭐지? 난쟁이인가. 그와 눈이 마주치는 순간 그의 첫인상을 결정했다. 작고 못생겼다.

　"제 할아버진 공장에서 기계가 죽였는데요."

　기습적으로 훅 꽂아 넣은 어퍼컷처럼 되바라진 어조에 당황한 그는 식은땀을 삐질삐질 흘렸다. 조그만 어항 속에서 유리에 머리를 너무 많이 박아 얼빠진 금붕어처럼 그는 입을 벌렸다 닫았다 연신 반복했다. 잠시 후.

"흠, 내 이름은 김덕배다."

김씨인 걸 보니 내 친할아버지 쪽 같았다. 하지만 나는 긴장을 풀지 않았다. 그가 나에게 바라는 포지션이 무엇이든 순순히 들어줄 생각이 없었다. 내 인생에 작고 못생긴 사람은 나에게서 등을 돌린 앤희로 충분했다.

장례식 후 우연히 길에서 마주쳤을 때 앤희는 나를 보자마자 황급히 제 친구들 뒤로 숨었다. 깊은 밤 약탈을 나왔다가 우연히 인간과 마주친 바퀴벌레처럼 몹시 민첩했다.

우정 기사단 뒤로 숨은 앤희는 세상에서 가장 악독한 가족에게 죽을 뻔한 불쌍한 아이 표정으로 나를 힐끔거렸고, 앤희가 새로 사귄 친구들의 학원 가방에는 오래전 내가 우정 아이템으로 골라준 핑크 열쇠고리가 무당이 악귀를 쫓아낼 때 흔드는 방울처럼 짤랑거리고 있었다. 구구절절 설명하지도 않아도 나의 우정이 비극으로 끝났다는 걸 알 수 있었다. 바보짓은 인생에서 한 번이면 충분하다.

"나는 세상에서 떡이 제일 싫어요."

내 딴엔 의미심장하게 꺼내든 선전포고였지만 그에게는 의미가 좀 다르게 전달되었다.

"나도 떡은 별로 안 좋아한다. 참고하마."

초면부터 각자의 음식 취향을 고백한 꼴이 되어버렸다. 말이

통하지 않으니 나는 행동으로 보여주기로 했다. 그날 오후부터 김덕배에게 짐승만도 못한 새끼로 낙인찍히려고 똥오줌을 바지와 병실 침대에 싸지르기 시작했다. 저리 꺼지라고. 날 포기하라고. 재산 같은 게 탐나면 대충 챙기고 빨리 고아원이든 어디든 보내버리라고 온몸으로 발악했다. 차라리 친족 아닌 것들에게 학대받는 게 맘 편할 테니까. 나는 부러진 발톱을 감춘 채 맹수처럼 으르렁거렸다.

김덕배는 더럽혀진 내 옷과 이불을 화장실에서 손수 빨면서도 눈살 한 번 찌푸리지 않고 묵묵히 미쳐 날뛰는 나를 견뎠다. 오로지 많이 싸려는 일념으로 걸신들린 듯이 와구와구 먹어대는 내가 미울 법도 한데, 그는 오히려 꽈배기, 튀김, 순대 등 내가 좋아하는 것들을 부지런히 사서 간식으로 내밀었다. 얼마 지나지 않아 나는 겨울잠 잘 준비 오지게 한 다람쥐처럼 살이 통통하게 올랐다. 김덕배는 생각보다 강적이었다.

그가 내 인생에 끼어든 지 일주일째 되던 날, 그에 대한 맹목적인 적개심이 흔들렸다.

사건의 발단은 불신으로 인한 미행이었다. 겉으로는 다정한 할아버지처럼 굴지만 뒤로는 의사와 간호사를 매수해서 독살을 부탁했을지도 모른다는 생각에 몰래 뒤를 밟았다가 뜻밖의 모습을 보았다.

김덕배는 화장실의 올바른 사용법을 거부하는 나의 기행 때문에 고생하는 의사와 간호사를 찾아가 연신 허리 숙여 죄송하다고 사과하며 꼬마 음료수병을 건넸다. 그들은 김덕배 앞에서는 잘 먹겠다고 생글생글 웃었지만 그가 돌아서면 그에게서 기름 전 내가 난다며 흉을 봤다. 당연하다는 듯 김덕배가 건넨 음료수는 따지도 않고 쓰레기통에 버렸다. 그때부터 내 분노의 불은 김덕배에서 병원 전체로 옮겨 갔다.

 병원 곳곳 CCTV가 없는 사각지대를 골라 분뇨 테러를 하려던 나의 웅장한 계획은 몇 번 시도 끝에 생리상의 한계에 부딪혔다. 직원용 휴게실로 가는 복도에 비장한 표정으로 쪼그리고 앉아 빈 물통을 우그러뜨릴 정도로 용을 썼지만 아무리 힘을 줘도 더는 오줌이 나오지 않았다. 분해서 씩씩거리는데 하필 그 모습을 김덕배에게 들키고 말았다. 젠장.

 정신이 아찔해져 일단 도망친 뒤 급한 대로 남자 화장실에 숨었다. 절대 못 찾을 거라고 확신했지만 김덕배는 5분 만에 나를 찾아냈다.

 "다음부턴 숨을 때 비품실을 이용해라. 바쁘다고 잠그는 걸 깜빡해서 열려 있는 경우가 많으니까. 치우지 않은 빈 상자도 많고."

 "……."

"그래도 여자 화장실이 아니라 남자 화장실에 숨은 건 기발했다."

"숨으려는 게 아니라 창문으로 탈출하려고 했어요."

"3층인데? 아래쪽에 화단이 있긴 하지만 그래도 잘못하면 다리가 부러질 텐데."

"상관없어요."

탈출을 위해서라면 다리 하나 부러지는 것쯤 괜찮다는 호기를 보였다. 이 구역의 미친 자라고 어필하고 싶었다. 여전히 내 반항은 진행 중인 것처럼 굴어야 아까의 치욕을 좀 만회할 수 있을 것 같았다.

더는 김덕배가 밉지 않았지만 그렇다고 이제 와 정상인 척하기에는 자존심도 상하고 그냥 에라 모르겠다가 되어버렸다. 변명하자면 당시 나는 사춘기가 좀 일찍 왔다.

"네 몸을 소중히 해야지. 넌 하나인데."

이 못생긴 할아버지가 뭐라는 거야 진짜. 난 하나가 아니라 존자인데. 그리고 내 몸이 뭐가 소중해, 벙커가 중요하지. 한참 입을 오물거리다가 겨우 꺼낸 말이, 세상에 이런 거지 같은 이름은 나 하나일 거라는 소리였다. 잠시 후 화장실 문 너머로 김덕배가 끅끅 숨넘어가는 소리가 들렸다. 웃음을 참는 것 같았다.

"왜 웃어요……. 웃지 마요."

슬쩍 문을 열어 밖을 내다보니 역시나였다. 김덕배는 이를 악물고 있었지만 콧구멍이 벌렁거렸다. 눈을 바늘처럼 가늘게 뜨고 쨰려보자 김덕배는 알았다며 제 허벅지를 꼬집으며 웃음을 참았다. 하지만 이내 요실금처럼 실실 웃음이 새어버렸다.

웃음은 전염성이 있어서 나도 모르게 그를 따라 큭큭댔다. 반항은 심각한 표정으로 해야 하는 건데 웃음이 터진 순간 망했다는 걸 직감했다. 근데 내 저항이 망한 게 왠지 싫지 않았.

잠시 후 나는 키가 나만 한 김덕배 손을 잡고 남자 화장실 칸에서 나왔다. 아버지 김기광은 키도 크고 잘생겼는데 왜 친할아버지란 자는 키도 땅딸막하고 몸도 왜소하고 얼굴은 눈, 코, 입에 구멍 뚫린 것처럼 못생겼는지 궁금해하면서. 궁금한 건 또 못 참는 성격이라 비누 거품으로 손을 씻으며 물었다.

"할아버진 왜 못생겼어요? 아빠는 잘생겼는데."

"기광이가 날 안 닮았으니 얼마나 다행이냐."

"손은 왜 그래요?"

"손이 왜."

"왜 지문이 없어요?"

"어릴 때부터 일을 너무 많이 해서 지문이 닳아버렸어."

손도 광고 모델처럼 아름답던 김기광과 정다정이 떠올랐다. 김덕배의 손은 그들과는 완전히 정반대로 생겼다. 주름 많고 손가락 마디가 굵고 지문마저 닳아버린 그의 손은 믿어도 되지 않을까. 정직해 보이는 그의 손을 믿고 싶어졌다. 그래서 다붙으며 퇴원 후 계획을 물었다.

"우리 이제 어디로 가요?"

"어디 가고 싶으냐?"

"어디든 갈 수 있어요?"

"핸디맨을 원하는 나라는 많으니까. 그래 봤자 수리 비용은 쥐꼬리라 거기서 거기지만."

"게르빌만 아니면 돼요. 날 데리고 여기서 멀리 가줘요."

김덕배는 나를 빤히 바라보았다. 나는 애고 그는 어른인데 우리의 시선이 같은 높이라는 건 여전히 어색했지만 그 순간은 꼭 친구 같아서 나쁘지 않았다. 김덕배는 역시나 나를 실망시키지 않았다. 이내 호쾌하게 대답했다.

"지도 보고 아무 데나 찍어라. 박 변호사에게 부탁해둘 테니 비자 나오면 바로 뜨자꾸나. 말이야 부딪쳐가며 배우면 되는 거고, 어디든 가서 우리도 평범하게 살아보자. 낮에는 일하고 저녁엔 밥상머리에 앉아 도란도란 하루 이야기하고. 아, 넌 일 말고 공부해야지."

"공부는 싫은데."

"나랑 닮았네. 그럼 공부 말고 하고 싶은 거 해."

"나 사격도 잘하고 유도도 잘하고 몸 쓰는 건 다 잘하는데."
"다치면 어쩌려고."

내가 행여 다치진 않을지 걱정하는 어른이 내 혈육이라니, 충격이었다. 근데 이전의 충격들과는 느낌이 좀 달랐다. 이전엔 숨이 턱 막히는 충격이었다면 이번엔 눈이 번쩍 떠지는 충격이었다. 김덕배가 나타난 이후로 발길이 뜸한 아동복지사가 이 모습을 보았다면 꽤나 감격했을 거란 생각이 들었다. 티 내고 싶진 않았지만 나도 조금은 감동했다. 하지만 그냥 하는 말일 수도 있으니 확실하게 확인해보고 싶어서 재차 물었다.

"다치지 않으면 해도 돼요?"
"그래도 좋다면야 해야지. 근데 하기 싫으면 안 해도 돼. 잘하는 거 말고 하고 싶은 거 해."

겨자를 먹은 것처럼 코끝이 찡했다. 그 순간 깨달았다. 이제껏 나는 한 번도 안심한 적이 없었다. 제 몫을 다하지 못해서 종말의 밤 벙커에서 내쳐지면 어쩌나 전전긍긍하며 살아왔다. 딱히 종말이 올 거라고 믿지도 않으면서 울타리 밖으로 내쳐지는 건 지독하게 무서운 겁쟁이였다.

태어난 순간부터 내 삶은 내 것이 아니었고 내 생각은 온통 김기광과 정다정의 지문으로 얼룩져 있었다. 시멘트가 굳기도 전에 발자국이 찍힌 것처럼 깊게 파여 남은 생애 동안 아무리

용을 써도 그들의 흔적을 깨끗이 지워낼 수 없겠지만, 그래도 김덕배와 함께라면 해볼 만하지 않을까. 해보고 싶었다.

"근데 할아버진 왜 머리카락이 별로 없어요? 그거 혹시 유전돼요? 아니죠?"

김덕배는 두 볼이 토마토처럼 붉어졌고 곧이어 귀까지 빨개졌다. 그 모습은 꼭 닮고 싶을 만큼 귀여웠다. 귀여운 할아버지네. 좋아서 웃음이 터지려는 걸 간신히 참았다.

신비한 유전의 비밀은 화장실을 나오자마자 풀렸다.

수트를 빼입은 남자와 점퍼를 입은 남자들 여럿이 복도에서 우리를 기다리고 있었다. 병원 복도 CCTV를 통해 우리 위치를 파악한 수트가이는 게르빌 매니지먼트사에서 나왔다며 나에게 명함을 주었다. 김덕배를 기다린 쪽은 점퍼 입은 경찰들이었다. 김덕배는 김기광의 아버지가 아니었다.

김기광의 모친은 젊을 때부터 물건 저장 강박증이 있었는데 허접한 물건을 미끼로 수많은 남자가 하루에도 몇 차례씩 그녀의 집을 들락거렸다. 김기광이 태어나고 내 나이가 될 때까지 아버지라고 부를 만한 남자는 없었다.

김기광의 모친이 얼굴이 누렇게 뜨고 기침이 심해지자 뜨내기들은 병이 옮을까 싶어 경계하면서 발길을 끊었다. 일주일에

한 번씩 정기적으로 집에 들르는 남자는 오직 핸디맨 김덕배뿐이었다. 그는 그 지역 구청에서 보수를 받고 물건 무게 때문에 집이 무너지지 않도록 무던히 애썼으나, 그러거나 말거나 김기광의 모친은 자꾸만 남들이 버린 물건을 집으로 주워 왔다.

오랜 시간 그를 관찰한 어린 김기광은 어느 날 갈라진 벽에 실리콘을 쏘아 메우는 김덕배에게 다가가 불쑥 내 아버지 해주면 안 되냐고 물었다. 하지만 김덕배는 대답하지 못했다. 그로부터 며칠 후 김덕배는 술에 취한 채 비틀거리는 걸음으로 그를 찾아와 말했다. 김세희의 남편이 되어줄 순 없으나 김기광의 아버지는 되어주겠다고.

김덕배는 김기광 모친이 간암으로 죽은 후에도 주말마다 게르빌X 구역의 고아원에 찾아가 학용품과 간식을 사주며 그를 살뜰히 챙겼다. 입양을 신청했지만 불안정한 거주지와 수입을 이유로 번번이 심사에서 탈락했다. 김덕배는 김기광을 찾아와 늘 같은 말을 했다. 돈을 열심히 모으고 있으니 조금만 기다려달라고. 다정한 관계는 김기광이 학교에서 소위 잘나가는 형들과 살갑게 어울리면서 끝났다.

돈 몇 푼 뺏자고 김기광이 의형제들과 함께 맷집이 약한 김덕배를 불시에 덮쳤고 그 일로 김덕배는 왼쪽 다리에 철심을 박게 되었다. 소년부 재판 때 피해자로 출석한 김덕배가 대체 왜 그랬냐고 묻자 김기광이 말했다. 더럽게 못생긴 게 어디서 아빠 흉내냐고.

후에 국선변호인이 변론한 바에 따르면 김기광에게도 그렇게 할 수밖에 없던 이유가 있었다. 수염이 거뭇거뭇하게 올라오는 사춘기에 접어들면서 지나칠 만큼 잘생긴 김기광의 외모는 약점이자 강점이 되었다. 폭력적으로 아름다움을 탐하는 형들에게 굴복할 때는 약점이었지만, 잘생긴 외모로 심지가 약한 사람들을 제가 원하는 대로 움직일 수 있다는 걸 알게 되자 그 무엇보다 강력한 무기가 되었다.

그런데 자꾸 작고 못생긴 김덕배가 와서 조금만 기다리라면서 같이 살 집을 마련 중이라고 친한 척 굴자 외모로 얻은 제 권력이 위협받았다고 느낀 것이다. 그래서 김기광은 그를 제 인생에서 아웃시키기로 했고 그가 바라던 대로 재판이 끝난 후 김덕배는 심장이 부서진 얼굴로 다리를 절며 사라졌다.

나에게 이 모든 이야기를 해준 건 수트가이였다. 수트가이는 병원 뒷마당 벤치에서 나에게 딸기초콜릿라테를 주며 덧붙였다.

"그러니까 김덕배가 김기광 집에 불을 지른 놈일 수도 있어. 소문난 핸디맨이니까 뭐든 만들 수 있겠지. 진짜 할아버지도 뭣도 아닌 주제에 누가 누굴 책임져. 웃기지도 않지."

"하나도 안 웃겨요."

나는 눈물이 떨어질까 봐 고개를 뒤로 젖혔다. 하늘이 파랬다. 구름도 하나 없이.

4

"네가 스포츠에 재능이 있다고?"

수트가이는 옆으로 고개를 꼬고 나를 보며 가볍게 툭 말을 던졌다. 날 찾아온 목적을 노골적으로 드러내면서도 그는 몹시 여유로워 보였다. 오히려 내가 그를 찾아와 부탁의 말을 어렵게 꺼낸 것 같은 착각이 들 정도였다. 오래전 정다정도 이런 기분이었을까. 양복 입은 사람들이 외조부 정직한의 보상금 문제로 이야기 좀 하자며 그녀를 차로 끌고 갔을 때 간이 건포도처럼 쪼그라들었을까.

나는 맘을 단단히 먹었다. 쫄지 마, 약해 보이는 순간 다들 너를 씹어 먹으려 들 거야. 재능이 있는 쪽은 나야. 칼자루를 쥔 건 나라고. 속으로 자기암시를 되뇌며 수트가이가 아까 나에게 준 명함에 적힌 직함을 곱씹었다. 게르빌 매니지먼트사 스포츠 총괄팀장. 나는 그의 눈을 피하지 않고 정면으로 응시했다.

"뭐 조금."

"조금이 아니던데?"

나를 가르친 스포츠센터 코치들도 이미 다 만나봤다면서 나에 대한 정보를 줄줄 읊었다. 김기광, 정다정에 대해 내가 모르는 이야기까지 필터링 없이 신랄하게 이야기하는 게 좀 불편했지만 말을 끊지 않았다. 이야기의 끝이 어디로 향하는지 확인하고 싶었다.

"게르빌 정부의 캐치프레이즈 '아이가 미래다' 들어봤지? 어때? 관심 있어?"

관심 없다고 하면 내 앞에서 꺼져줄까? 그런데 수트가이가 사라지면 난 어디로 가지? 친척도 없으니 고아원? 범죄자 양성소라고 악명 높은 게르빌X로 보내지는 거 아니야? 상상만으로도 심장이 떨렸다. 지역 특성화 정책 때문에 고아원은 게르빌X에, 교도소는 게르빌Y에 죄다 몰려 있었고, 두 지역은 작은 개울 하나를 사이에 두고 바짝 붙어 있었다. 보안이 빡세서 김기광이 유일하게 비밀 벙커를 만들지 못한 곳이 게르빌X와 게르빌Y, 그리고 원전 사고 지역인 게르빌K였다.

"종말의 공주로 계속 살고 싶은 건 아니지?"

나는 침묵으로 대답을 대신했다. 수트가이는 그럴 줄 알았다면서 게르빌 매니지먼트사에서 정부와 협업해서 진행하는 프로젝트를 설명했다. 예술과 스포츠를 비롯해 영재들을 전폭적으로 지원하는데 자신은 스포츠 분야 전반을 담당하고 있다면서 세기에 남을 만한 스포츠 선수로 키워주겠다고 나에게 약속했다.

물 흐르듯 자연스럽게 이어진 설명에 넋이 나가 있던 나는 마지막 말에 정신이 확 들었다. 어릴 때부터 오랫동안 날 가르친 코치들도 우리 집을 찾아왔을 때 그런 호언장담은 하지 않았는데. 그게 진짜 가능한가 하는 문제보다 더 궁금한 게 있었다.

"세계적으로 유명한 스포츠 선수가 되면 게르빌을 떠날 수 있어요?"

"전세기를 타고 세계 어디든 돌아다닐 수 있지."

그는 자신만만했다. 수트가이가 제시한 장밋빛 미래는 찬란했고 나는 그 화려함에 눈이 멀었다. 가족도 뭣도 없는 가난뱅이가 살아남으려면 욕심쟁이가 되어야 한다. 돈이 많으면 아무도 날 못 건드린다. 그게 내가 이해한 자본주의였다.

내가 고개를 끄덕이자 그는 잘해보자면서 나에게 손을 내밀었다. 수트가이의 손은 광고 모델처럼 하얗고 매끈했다. 살면서 단 한 번도 총이든 활이든 잡아본 적 없는 것 같은 고운 손이었다. 스포츠 총괄팀장의 손에 굳은살 하나 박여 있지 않다는 게 좀 껄끄러웠지만 잘나가는 요직에 있는 사람의 손은 다 이렇게 생긴 것일지도 모른다는 생각이 들었다. 나는 손을 내밀어 그와 악수했다. 그 후 법적 절차가 일사천리로 진행되어 수트가이가 나의 법정후견인이 되었다.

수트가이는 다른 멤버가 변수로 작용하는 팀 경기가 아닌 컨트롤이 용이한 1인 종목을 원했고, 내가 바라는 건 전세기를 세컨드 별장으로 살 만큼 상금이 많은 종목이었다. 돈이 되지 않는 사격, 유도, 양궁을 지웠다. 그 셋은 게르빌과 국경을 맞댄 이웃 국가에서 올림픽이 열릴 때마다 메달을 싹쓸이하기로 유명한 종목이라 게르빌에서는 유달리 인기가 없었고 인기가 없다는 건 정부에서도 선거 때 도움이 안 된다는 소리였다.

게르빌 정부는 예술과 스포츠에 공격적으로 투자하겠다고 했지만 세계 대회에서 국위 선양하지 못할 종목은 쳐다보지도 않았다. 협회도 스폰서도 없으니 그 세 종목 선수들이 국제 대회에서 도태되는 건 당연한 결과였다. 이제껏 사격, 유도, 양궁 중 올림픽에서 메달을 딴 전적이 있는 건 오직 양궁 하나였으나, 불세출의 금메달리스트가 어깨 부상으로 세계선수권대회에서 실책을 범하며 메달권 밖으로 밀려나자 바로 모든 지원을 끊어버렸다.

"이 세 종목, 돈 때문에 제외하는 거 맞아?"

수트가이가 태블릿PC에 눈을 둔 채 무심하게 물었다. 나는 침묵한 채 그를 빤히 보았다. 어디까지 알고 있는 걸까. 그는 눈을 들어 나와 눈을 마주쳤다. 그의 눈은 화강암처럼 단단해서 아무것도 읽히지 않았다. 잠시 후.

"그렇다면 얘기가 좀 수월해질 것 같은데."

"……돈 때문이에요."

"심플해서 좋네."

수트가이가 한쪽 입꼬리를 올리며 태블릿PC를 내 쪽으로 돌려 보여준 종목은 테니스였다.

"……테니스도 인기가 없잖아요?"

"게르빌에선 그렇지. 근데 서구 열강 국민들이 이 귀족 스포츠에 아주 환장하거든."

성공만 한다면 선진국들에서 주도하는 스포츠 관련 브랜드 광고를 싹쓸이할 수 있다고 자신했다. 하지만 나는 상금 규모가 큰 골프 쪽을 생각했기에 좀 당황스러웠다. 그러자 수트가이는 골프는 광고 쪽 부수입이 적을 거라며 일축했다. 그리고 무엇보다.

"넌 예쁘고 어리잖아. 그걸 뭐 하러 썩혀. 무조건 활용해야지."

테니스 선수 광고 단가가 여타 종목보다 월등히 높은 데다 게르빌 같은 스포츠 불모지에서 혜성처럼 테니스 여제가 탄생하면 그 광고 효과는 수백 배가 될 거라며 나를 설득했다. 종말의 공주 멸칭에서만 벗어나도 좋겠다고 생각했는데 여제라니. 뜬구름 잡는 이야기 같았지만 오직 전세기만 생각하기로 했다. 게르빌을 뜨기 위해서라면 못 할 것도 없었다. 나는 거침없이 계약서에 사인을 했다.

처음엔 재미있었다. 배우는 만큼 착실히 실력이 늘어가는 게 기록으로 보이니까.

하지만 게르빌 매니지먼트사는 나와 생각이 달랐다. 경기에 져도 울지 않는 나를 보고 수트가이가 야멸치게 말했다. 독기 없는 선수는 이길 자격이 없다고. '언젠간 나도 잘될 거야'가 아니라 '오늘 코트에서 저 새끼를 쓰러뜨려버리겠다'는 각오로 서야 한다고. 경기장에서는 인종, 나이, 출신 다 빼고 오직 누가 더 강한지 승부를 겨루는데, 지금의 넌 역겨울 정도로 약해빠졌다고. 그는 딸기초콜릿라테를 빨대로 쪽쪽 빨아 먹으며 싱글거렸다.

그때부터 본격적으로 지옥이 시작되었다. 수트가이는 최연소 테니스 챔피언 타이틀을 목표로 잡고 수석 코치를 교체했다. 새로 온 수석 코치는 숫자를 맹신했다.

"네가 매일 2500개 공을 치면 일주일에 1만 7500개의 공을 치는 거고, 1년이면 100만 개 가까운 공을 치는 거야. 숫자는 거짓말하지 않지."

손에 난 물집을 매일 아침 바늘로 터뜨리고 다시 라켓을 잡았다. 몸이 괴로워지니 김덕배를 만난 후 사라졌던 악몽이 다시 시작되었다. 정다정이 독기를 원한다면 다락방으로 오라며 물귀신처럼 손짓했고, 김기광은 내가 도망갈 수 없게 내 뒤에서 딱 버티고 서 있었다. 나는 오도 가도 못한 채 그 자리에 주저앉았다. 곧이어 초록 연기가 스멀스멀 피어오르는 거대한 샌드위치 괴물이 불타는 이층집을 우걱우걱 먹어치우기 시작했다. 나는 비명도 지르지 못한 채 그들과 함께 타들어갔다.

정다정, 김기광, 다락방은 삼위일체처럼 매일 밤 나를 조여왔다. 미칠 듯한 악몽에서 벗어나려고 더 독하게 훈련에 매달렸다. 죽을 것처럼 몸을 힘들게 하면 현재에만 집중할 수 있었다.

인간이 생존하려면 물과 음식이 필요하듯 그 시절 나에겐 꿈이 그러했다. 악몽으로 시작된 불면의 밤을 쫓기 위해 부적처럼 라켓을 손에 쥔 채 비행기 엔진 소리 ASMR을 자장가 삼았다. 그런다고 악몽이 사라지진 않았지만 훈련 때 버틸 힘이 생겼다. 나를 향한 믿음으로 기록을 갈아치우고 조금씩 승점을 따내면서 한계를 깼다.

하지만 수석 코치는 자신의 계획만큼 빠르게 성장하지 않는 내가 답답한지 나만 보면 고래고래 소리를 질렀다.

"죽을 것 같아? 엄살 피우지 마. 인간은 그렇게 쉽게 죽지 않아! 더 빨리 쳐야지! 공 옆에 바짝 붙어서! 공 아래로 라켓을 낮췄다가 쓸어 올려. 백스윙은 짧게!"

나는 이를 악물고 공을 쳐냈다. 훈련하면서 죽을 것같이 힘든 순간 아이러니하게도 그 어느 때보다 내가 살아 있다는 걸 느꼈다. 한번은 찡그리다가 순간순간 웃는 내 표정을 보고 매니저 삼촌이 새 수건과 음료를 챙겨주며 말했다.

"그 기분 알지. 몸은 지독하게 힘든데 이상하게 기분이 끝내주지?"

민망해서 얼굴을 붉히자 매니저 삼촌이 그건 당연한 거라며 덧붙였다. 오래전 인간의 조상들은 먹을 것을 사냥하려고 죽어라 뛰며 신체를 한계까지 끌어올려 생존 가능성을 높였다. 그로 인해 지금도 우리 뇌는 생존 가능성이 증가하는 일을 할 때 즐거운 느낌을 주는 도파민을 마구 뿜어내어 우리에게 보상을 준다는 것이다.

"뇌는 우리가 '생존을 위해' 달린다고 생각하는 거지."

"매니저 삼촌은 어떻게 그런 걸 다 알아요?"

"책에서 읽었지. 빌려줘?"

"그래도 돼요?"

운동선수가 운동만 하면 됐지 공부가 왜 필요하냐며 매니저

먼트사에서는 검정고시도 준비하지 못하게 했다. 그래서 나의 최종 학력은 초등학교 중퇴였다. 게르빌은 의무교육 시스템이 없었다. 아이가 미래라면서 교육은 노골적으로 등한시했다.

그날 이후 훈련이 끝나면 밤마다 매니저 삼촌이 가져다준 책을 읽었다. 같은 방 언니가 쇼츠 영상에 빠져 수면 부족으로 경기력이 떨어지면서 선수들 모두 핸드폰을 빼앗겨 마침 심심하던 차였다. 독서로 스트레스를 풀면서 나는 경기력이 더 좋아졌다.

하지만 얼마 후 불시에 숙소 점검이 이루어지면서 수석 코치에게 책을 빼앗겼고 매니저 삼촌은 책을 빌려준 게 발각돼서 6개월 감봉당했다. 김존자가 밤마다 은밀히 금지된 취미 활동 중이라고 제보한 쥐새끼는 쇼츠를 금지당한 룸메이트 언니였다. 내 앞에선 잘 치는 법 좀 공유하자며 살살거리며 웃더니 뒤에선 그런 짓을 한 것이다. 동료 따윈 없고 죄다 경쟁자일 뿐이었다.

다음 날 수석 코치에게 연락을 받고 숙소로 찾아온 수트가이가 한마디로 일축했다.

"운동선수는 생각이 많아선 안 돼."

생각은 우리가 할 테니 넌 아무 소리 말고 운동이나 하라는 것이었다. 생각할 자유마저 빼앗기고 몸만 움직이니 꼭 기계가 된 것 같았다. 짜증 나게. 그래서 꼼수를 썼다.

　매니저 삼촌이 쉬는 시간마다 에너지 음료를 천천히 타면서 나 대신 책을 읽고 요약해서 이야기해주었다. 나는 그가 해주는 이야기가 더 듣고 싶어서 손이 미끄러진 척 에너지 음료를 쏟은 후 다시 만들어달라고 빈 통을 내밀기도 했다. 잠깐씩 주어지는 그 시간이 압력밥솥 같은 긴장감으로 꽉 조인 훈련장에서 나를 버틸 수 있게 해주었다.

　독하게 훈련했지만 나는 열일곱이 되어서야 프로에 입문했다. 매니지먼트사에서 잡은 데뷔보다 2년이 늦었다. 보통 유명한 선수들이 5살에 라켓을 잡는 데 반해 한참이나 늦게 처음 라켓을 잡았으니 이 정도면 괜찮은 스코어 아니냐고 항의하고 싶었지만, 그들의 눈에 나는 여전히 느린 굼벵이였다.

　반면 대중의 반응은 뜨거웠다. 나풀거리는 플레어스커트를 휘날리며 열아홉 소녀가 윔블던에서 챔피언 타이틀을 따내고 기세를 몰아 올림픽에서 금메달까지 목에 걸자 도대체 김존자가 누구냐며 전 세계가 흥분했다.

　올림픽 시상대에 선 순간 희열감으로 몸이 떨렸다. 내 인생 최고로 행복한 순간이었다. 내가 세계 최고라는 것을 온 세상에 증명했고 세상은 나에게 열렬한 환호로 화답해주었다. 그동안의 노력과 시간이 모두 보상받는 순간 눈물이 고였다.

금메달을 목에 걸고 환하게 웃으며 시상식에서 내려오자마자 올림픽위원회 측 직원들에게 둘러싸였다. 이전에 제출한 소변 샘플이 너무 묽어 검사에 사용할 수 없었다면서 나를 철통같이 에워싸고 바로 검사장으로 데리고 갔다. 이미 경기 전과 우승 직후 여러 번 도핑 검사를 했는데 왜 또 해야 하는지 이유를 알 수 없어서 고개를 돌려 매니저 삼촌을 바라보았다. 매니저 삼촌의 얼굴이 회반죽처럼 허여멀겋게 변했다.

위원회가 의심하는 건 새로운 형태의 EPO를 사용한 일종의 혈액도핑이었다. EPO, 즉 에리스로포이에틴은 인체 내에서 생성되는 호르몬으로 적혈구를 만드는 세포 분화를 촉진한다. 적혈구가 많으면 근육에 전달되는 산소량이 증가하는데 지구력이 중요한 운동선수에게 꼭 필요한 요소였다.

재검에서도 그 어떤 도핑 물질도 검출되지 않았다. 그럴 줄 알았다며 나를 전담하는 스태프들을 향해 밝게 미소 지었지만, 두 손을 꼭 맞잡고 있던 매니저 삼촌은 다리가 풀린 듯 벤치에 털썩 주저앉았고, 수석 코치는 미간에 힘을 준 채 고개를 돌리고 말이 없었다. 그들은 불안한 시선으로 다른 쪽을 힐끗거리고 있었다. 나는 그들의 시선을 따라 눈을 돌렸다. 창가 쪽에서 햇살을 받으며 수트가이가 핸드폰으로 누군가와 통화하고 있었다. 나와 눈이 마주쳤을 때도 그는 해사하게 웃고 있었다.

처음 본 그날 명함을 주던 때처럼.

그제야 깨달았다. 그가 나를 보자마자 세기에 남을 만한 스포츠 선수로 키워주겠다고 자신했던 이유. 그는 필승의 방법을 알고 있었다. 그에게 스포츠는 재능, 노력, 믿음의 문제가 아니었다. 그날 이후로 나는 웃지 않았다.

5

내가 먹는 모든 것이 의심스러워졌다.

에너지 음료부터 영양제까지 스태프들이 건네는 것들을 속이 안 좋다는 핑계로 모두 끊었다. 확인하고 싶었다. 내가 얻은 성취가 내 노력으로 얻은 것인지 아니면 다른 뭔가가 있었던 건지. 깨끗한 검사 결과지를 믿을 수 없었다. 내 안에는 누구에게도 말할 수 없는 또 다른 믿음이 기생충처럼 자리 잡았다. 수트가이의 해사한 미소가 눈앞에 아른거릴 때마다 화장실로 달려가 변기를 붙잡고 속을 게워냈다. 밤마다 눈이 벌게지도록 핸드폰으로 도핑에 대해 샅샅이 알아보았다.

인간의 한계를 뛰어넘다.

스포츠 광고로도 유명한 그 말은 스포츠인이라면 누구나 자신의 이름 앞에 달고 싶은 수식어다. 선수들은 스스로의 한계를 깨려고 매일 지독한 훈련을 반복하는데 일단 그 한계를 깨고 나면 그다음부터는 수월하다. 근육 기억력 때문이다. 약물의 도움이든 순수한 노력이든 어떻게 해서든 몸을 만들어놓으면 몸이 훈련의 효과를 기억하고 있어서 그 후로도 향상된 경기력을 유지한다는 것이다.

도핑 옹호자들은 근육 기억력이란 게 쥐를 비롯한 동물 대상 연구에서만 확인된 것이라며 인간에게도 똑같은 잣대를 들이대선 안 된다고 반박하지만, 글쎄. 이미 자신의 한계를 한 번이라도 넘어선 것만으로도 심리적 구속에서 벗어나는데? 스포츠의 마지막은 결국 멘털 싸움이라 믿는 나에게 도핑 의혹은 치명적이었다.

한편 이에 대해 게르빌 매니지먼트사는 확인되지 않은 정보로 자국의 선수를 괴롭히는 사람들에게는 국적 불문하고 고소장을 날리겠다며 강경하게 대응했다. 나 대신 수트가이가 해외 언론을 상대로 인터뷰했지만, 동시에 모든 기사에 그와 내가 추가 도핑 검사를 마치고 빠르게 건물을 빠져나오는 사진이 실려 있었다.

갈린 멘털 때문인지 아니면 정말로 몸이 달라진 건지 올림픽 이후 참가한 모든 대회에서 나는 경기력이 떨어졌다. 평소 잘하던 동작도 잘되지 않는 입스$_{yips}$에 빠져 US 오픈에서 16강 진출마저 실패하자 광고주들이 새로운 루키를 찾아 카드를 만지작거린다는 소문이 돌았다.

그로부터 얼마 뒤 해외로 망명한 매니저 삼촌의 발표로 스포츠계가 발칵 뒤집혔다. 오래전 게르빌 내 이름을 밝힐 수 없는 실험실에서 근육량을 늘리고 골격 구조를 강화하는 물질 개발에 성공했고, 국가대표 선수 몇몇에게 도핑 검사에서 빠져나갈 수 있도록 특별히 고안된 디자이너 약물부터 생명을 담보로 이루어지는 위험한 유전자치료까지 비밀리에 실험했다는 것이다. 전 세계 모든 포털 사이트의 인기 검색어에 도핑, 약물, 실험실, 게르빌 등이 상위로 올라갔고 그중 1위는 '김존자'였다.

익명의 탈을 쓴 수많은 댓글이 다양한 언어로 인터넷 사이트마다 채워졌다. 진짜라고? 근데 그거 맞고 부작용 있다는 것들이 하나도 없네? 게르빌이잖아. 문제 있는 것들은 진즉에 싹 다 죽여서 묻어버렸겠지. 어디에? 방사능 드글드글한 땅에? 아니 근데 진짜로 기술력이 발전한 걸 수도 있잖아. 까고 있네. 상대는 게르빌이라고. 쟤들이 그딴 거에 성공할 리가 없지. 약물이니 치료니 하는 것도 다 지들 기술력 쩌는 척 쇼하는 거 아냐? 근데 그러기엔 김존자 성공이 너무 사기지. 이쁜 게 어린 나이에 세계 제패한 게 존나 의심스러움.

매니저 삼촌에게 질문이 쏟아졌지만 모든 건 내주 출간되는 〈게임의 백스테이지〉 책에서 다 밝히겠다면서 그는 말을 아꼈다. 소문에 의하면 김존자 이야기가 총 3개 챕터에 걸쳐 자세하게 나온다고들 했다. 출판사에서는 작가가, 김존자가 종말의 공주로 손가락질받던 어린 시절부터 옆에서 삼촌처럼 챙겨준 경험을 바탕으로 썼다는 걸 홍보에 알뜰히 이용했다.

나는 기사를 보고 또 보았다. 그래서 내가 약을 했다는 거야, 안 했다는 거야! 아무리 기사를 반복해서 읽어도 이스터 에그는 찾지 못했다. 그와 접촉할 방법이 없는 나로서는 진실을 알기 위해선 책이 나올 때까지 초조하게 기다릴 수밖에 없었다.

그런데 책 출간일에 맞춰 유명 호텔에서 진행하기로 예정된 그의 공식 인터뷰가 갑자기 취소되었다. 어떤 해명도 없이 책 출간은 전면 취소되었고 당사자는 모든 연락을 끊고 잠적했다. 그의 아내는 실종 신고도 하지 않은 채 자신과 아이는 아무것도 모른다는 말만 반복했다.

별안간 그가 사라지면서 모든 화살은 나에게 돌아왔다.

사람들은 나에게 디자이너 약물과 유전자치료 중 어떤 것을 몇 차례 받았는지 집요하게 물었다. 스토커처럼 따라붙는 파파라치들 때문에 밖으로 한 발짝도 나갈 수 없었다. 테니스를 시작한 이후 풍선이 부풀듯 팽창하던 나의 세계는 도핑 의혹으로 한순간에 터져버렸다. 사람들은 밝게 빛나는 별을 좋아하는 것처럼 보여도 사실은 그 별이 추락하는 걸 더 좋아했다.

가장 견딜 수 없는 건 동료들의 비난이었다. 나와 악수하거나 함께 사진 찍은 선수들은 예외 없이 죄다 약쟁이 취급을 받았다. 금세기 들어 가장 더러운 올림픽이라는 선정적인 기사와 함께 약에 취한 선수들이라며 검은 줄로 눈만 가린 사진이 타블로이드지에 뜨자 몇몇 선수들은 눈물로 호소했다. 자신은 김존자와 다르다고. 김존자가 누군지도 모른다고.

심지어 한 선수는 지인과의 술자리에서, 종말의 공주님께서 부모가 유산으로 남겨준 벙커에 처박혀 히키코모리로 조용히 숨죽이고 살았다면 이런 일도 없었을 거라면서 흥분했고, 그걸 옆자리 손님이 핸드폰으로 찍어 인터넷에 올리면서 종말의 밤 이야기가 사이버 렉카들 채널에 안주로 등장했다.

벙커에 가둬버려라, 왜 태어났냐, 죽어버려라, 설마 아직도 살아 있냐, 끈질기다, 부끄러운 줄도 모른다, 염치를 모르니까 살아 있는 거지, 이름부터가 욕 나오게 역겹다. 댓글로 시작된 글자들이 내 핸드폰 메시지함을 가득 채웠다. 모두 모르는 번호들이었다. 띵 띵 띵 띵띵띵띵. 손발이 묶인 채 트렁크에 갇혀 비포장길을 내달리는 것처럼 덜컹거리는 움직임이 내 몸을 흔들었다.

낯선 번호들 사이로 불쑥 이름이 떴다. 전화번호부에 저장된 사람에게서 문자가 온 것이다. 양궁 금메달리스트 이제한이었다. 게르빌 최초 올림픽 남자 양궁 개인전 금메달을 획득한 그는 나의 어릴 적 스승이기도 했다.

존자야, 긴 호흡으로 가자. 버텨라.

온 세상이 나를 욕하는 순간에도 그는 내가 비겁한 수를 썼다고 생각하지 않았다. 그는 내가 어릴 때 누구보다 나의 가능성을 믿어주고 살뜰히 챙겨주었는데 나는 가장 먼저 리스트에서 양궁을 지워버렸다. 아랫입술이 떨렸다. 전화를 걸었지만 연결되지 않았다. 뒤늦게 호텔 숙소로 온 매니지먼트사 신입이 내 핸드폰이 해킹당했다며 통신사에 정지를 요청하고 오는 길이라고 했다. 나는 싸구려 호텔에 갇혀 침묵을 강요받았다.

세상 모두에게 손가락질당하고 욕먹는 게 처음 있는 일도 아니었다. 종말의 공주 독극물 사건 때도 결코 지금보다 덜하지 않았다. 아무리 발버둥 쳐도 결국 바닥으로 추락할 운명이었던 걸까. 그딴 게 내 운명이라면, 어차피 삶의 굴레가 반복되는 거라면…….

호텔 방문을 뚫어지게 쳐다보았다. 주먹을 꼭 쥔 채 작고 못생긴 남자를 기다렸다. 모든 걸 잃고 나서야, 수트가이에게 뒤통수를 맞고서야 불현듯 깨달았다. 10여 년 전 병원 벤치에서 수트가이가 나에게 심은 의심의 씨앗 역시 이미 속까지 썩어 있던 게 아니었을까. 김덕배는 그런 인간이 아닌데, 내가 아는 김덕배는 그런 인간일 리 없는데, 너무 쉽게 그를 오해한 벌을 이렇게 받는 걸까.

김덕배가 미치도록 보고 싶었다. 그는 어디에 있을까. 수트가이에게 소식을 물어도 어차피 거짓말할 게 뻔했다. 내 힘으로 그를 찾기 위해 물속에 몸을 숨긴 하마처럼 고요하게 기회를 엿보았다. 퇴적물처럼 방에 가만히 있어도 시간은 빠르게 지나갔다.

반복된 일상으로 긴장이 풀린 경호원이 늦은 밤 호텔 직원들과 휴게실에서 포커를 쳤다. 술에 취해 왁자지껄하게 떠드는 사이 살금살금 기어서 로비를 지나 회전문으로 향했다.

그런데 하필 그때 모텔로 들어오던 커플과 눈이 마주쳤다. 그들의 시선이 고양이가 사냥감을 노리는 자세로 기어가는 나에게 꽂혔다. 그들은 만취한 중에도 나를 알아보았다.

"어? 맞지? 맞네, 맞아."

"아닙니다."

냉큼 일어서서 자연스럽게 지나가려고 했지만 술에 취한 자들은 자신이 틀렸다는 걸 죽어도 인정하지 않았다. 내 팔을 잡고 기어코 내 얼굴을 보려고 들면서 한바탕 실랑이가 벌어졌다.

나는 경호원에게 뒷덜미를 잡힌 채 다시 방으로 끌려갔다.

얼마 지나지 않아 수트가이가 연락을 받고 호텔 방으로 찾아와 그 커플 입을 막고 왔다고 전했다. 돌발 행동을 한 것에 대해 한 소리 할 줄 알았는데 수트가이는 핸드폰으로 메시지를 보내느라 바쁜지 따로 말이 없었다. 나에게는 관심도 없어 보였다.

계약서에 명시된 기간은 한참 남았는데 설마 이 거지 같은 호텔 방에 날 가두려는 건 아니겠지? 하지만 수트가이라면 충분히 그러고도 남았다. 그가 쉴 새 없이 연락하고 있는 사람은 누구일까. 날 대체할 어리고 건강하면서 독기까지 갖춘 '새로운 아이'를 찾은 걸까? 그럼 나는? 이제 나는 어쩔 건데?

그는 방을 나가지도, 그렇다고 나를 보지도 않은 채 핸드폰만 붙잡고 있었다. 나는 성큼성큼 그에게 다가갔다. 자존심 따윈 개나 줘버리고 애원했다.

"저기요, 어디든 상관없으니 대회 좀 잡아주세요. 큰 대회면 더 좋고요."

"나가고 싶어?"

그걸 말이라고 하냐? 게르빌 밖으로 미치도록 나가고 싶었다. 억지로 입술을 위로 올렸다.

"광고 위약금 갚아야 하잖아요."

돈 얘기를 꺼내며 미소를 지었지만 수트가이는 핸드폰 화면에 엄지를 두들기며 사무적으로 말했다.

"송 대리가 말 안 했나? 네 비자 취소됐는데."

언론에는 공표되지 않았지만 보름 전에 게르빌 정부에서 나를 출국 금지시켰다고 했다. 게르빌 내에서는 여전히 비인기 종목이라 테니스 대회라고 부를 만한 경기가 없었다. 공식적으로 버림받았다는 걸 확인한 순간이었다. 나는 국위 선양한 국민 여동생에서 한순간에 대역죄인 약쟁이로 추락했다.

이렇게 된 이상 이판사판이었다. 할 수 있는 모든 방법을 다 써서 매일매일 탈출을 시도했다. 실패가 거듭될수록 감시는 심해졌고 헤비급 출신의 경호원들과의 몸싸움에 밀려서 부상만 늘어갔다. 통제가 어려워지면 정신병원으로 옮기는 것도 생각해봐야 하지 않느냐는 말이 경호원들 사이에서 돌았다. 여기서 내가 할 수 있는 건 아무것도 없었다.

해가 바뀌고 20살 생일에도 나는 호텔에 갇혀 있었다.

이층집의 다락방처럼 창도 없는 끝방에 갇혀 천천히 말라 죽어가는데도 누구도 나를 찾지 않았다. 세상이 내가 죽기를 바라는 것 같았다. 내 부모는 나를 살아남게 하려고 독을 먹였다는데 내 전담 스태프들은 무엇을 위해 나에게 약을 먹인 걸까.

"씨발 것들."

허공에 유언을 남기듯 중얼거리고 복도를 걸어 뻑뻑한 환기창을 열려는데 환영처럼 눈앞에 글자가 보였다. 버텨라. 긴 호흡으로 가자. 버텨라. 버틸 수…… 있을까요? 제가요? 왜요? 왜 버텨야 하죠? 생각하고 망설이는 사이 주먹이 들어갈 만큼 열린 창문 틈으로 바깥공기가 들어왔다. 눈을 감고 폐 끝까지 닿도록 천천히 숨을 깊게 들이마셨다.

한참이 지난 후 다시 눈을 뜨니 바깥 풍경이 그림처럼 보였다. 크리스마스를 앞두고 거리에는 활기가 넘쳤고 사람들은 즐거워 보였다. 이 높은 곳에 내가 갇혀 있는 줄 저들은 모르겠지. 관심도 없을 거야. 창문 사이에 손을 넣어 핏기가 사라지도록 주먹을 꽉 쥐었다.

한 걸음 뒤에서 건조한 목소리로 수트가이가 말했다.

"약을 구하는 게 깔끔하지 않겠어? 난장판을 치울 사람도 생각해야지."

"나한테 그 짓거리를 해놓고도 내 앞에서 그딴 소리가 나와?"

그 순간 손에 가위든 뭐든 날붙이가 들려 있었다면 그를 공격했을 것이다. 신경질적으로 주먹을 쥐었다 폈다 다시 쥐었다. 꿩 대신 닭이라고 길게 자란 손톱으로 어떻게 해볼 수 있지 않을까?

수트가이는 고개를 옆으로 기울이며 반문했다.

"우리가 무슨 짓을 했는데?"

'우리'는 너와 나를 뜻하는 말이지만, 그의 말에서는 나를 뺀 다른 이들을 묶어서 말하는 것 같았다.

"왜 하필 나였는데?"

한 걸음 바짝 다가가며 작게 벼린 칼로 공기를 가르듯 날카롭게 물었다. 수트가이는 한 손엔 신문을 쥐고 다른 손은 바지 주머니에 넣은 채 담백하게 말했다.

"어렸을 때라 잘 기억이 안 나나 본데 종말의 밤 사건 이후 그 여파가 참 대단했지."

전국적으로 라면과 부탄가스 사재기가 이루어질 정도로 종말론이 빠르게 번졌다. 국민들이 종말론을 열광적으로 믿는 건 현 정부에 대한 불신의 증거인데 그걸 게르빌 정부에서 손 놓고 보고 있을 리 없었다. 곰팡이처럼 번진 종말론을 어떻게 잠재울 수 있을까. 정부는 머리를 쥐어 싸맸고 그때 해결책을 들고 나온 게 수트가이였다.

아이는 미래다 프로젝트에 김존자를 넣어서 종말의 공주를 새사람으로 만들어 국가의 명예를 드높이는 데 활용하자는 것이 수트가이의 아이디어였고 마침 나는 스포츠에 재능이 있었다. 프레퍼족의 딸이 모든 고난을 극복하고 올림픽 금메달리스트가 되어 국위 선양하는 그림은 게르빌에서 바라는 현 정권

승리의 상징이었다.

"그런 표정 지을 거 없어. 너도 꿈이 개천에서 난 용이었잖아. 성공만 하면 서로 윈윈인 그림 아닌가."

죽이자. 어차피 감옥이나 호텔이나 그게 그거지.

"그러니까 진흙 좀 묻었다고 우린 널 쉽게 포기할 생각 없어. 그동안 너한테 투자한 게 얼만데 다시 살려내야지."

그를 찢어발길 생각으로 다가가던 나는 우뚝 멈춰 섰다. 생각을 이어갈 여유를 주지 않고 수트가이가 대뜸 신문을 내밀었다. 1면에 허큘리스 타워 개장 기념 쇼를 광고하는 선전 문구가 대문짝만하게 박혀 있었다.

기계와 인간의 세기의 대결
상금 666억을 차지할 금메달리스트는
과연 누구인가?

수트가이는 한쪽 입꼬리를 올리고 검지로 신문의 모서리를 경쾌하게 튕겼다.

"세금 떼고 나면 우승 상금이야 소소하겠지만, 중요한 건 광고 효과지. 전 세계에서 허큘리스 쇼 중계권을 따내려고 경쟁할 거야. 물론 프리미엄 광고도 어마어마하게 붙을 거고. 우리 존자, 명예 회복해서 다시 사랑받는 국민 여동생 돼야지?"
 나의 눈은 집착하듯 오직 한 글자에만 매달려 있었다. 기계. 그러니까 기계만 이기면 된다. 기계만 이기면.

루저의 여신 니케

6

쇼에서 이기려고 제일 먼저 이름을 버렸다.

유치원 입학 첫날, 남다른 이름 때문에 놀림당해 울면서 집에 오자 김기광은 눈이 퉁퉁 부은 나에게 말했다. 역사책엔 수많은 영웅의 희생담이 있다. 하지만 그걸 쓰는 사람은 생존자다. 네 이름에 자부심을 가져라.

자부심은 개뿔, 웃기지도 않았다. 종말과 생존에 미쳐 있던 김기광은 죽어서도 날 이해하지 못할 것이다. 어쩌면 이름을 바꾸려는 나를 막으려고 무덤 밖으로 기어 나올지도 모른다고 생각하자, 피식 쓴웃음이 나왔다.

이제 와 굳이 개명하려는 이유는 그대로 뒀다가는 '김존자'라는 이름이 내 머리채를 붙잡아 나를 다시 그 지하 벙커로 데려갈 것 같았기 때문이다. 잘나갈 때는 촌스러운 이름을 외국인들이 우스꽝스럽게 발음하는 걸 보고도 웃어줄 여유가 있었지만 지금은 아니었다. 이름을 바꾸는 것으로 과거를 지울 순 없겠지만 김존자를 본체에서 그림자로 밀어낼 수 있지 않을까.

김존자를 버리고 내가 고른 이름은 니케. 날개 달린 승리의 여신 니케는 나를 종말의 공주라고 부르는 악플러들에게 전하는 응답 메시지였다. 백날 천 날 지껄여봐라. 나는 무조건 이긴다. 그게 나다. '니케'는 내가 그들에게 날리는 가운뎃손가락이었다.

개명 신청서를 작성해서 내밀었더니 수트가이가 피식 웃었다.

"이름에서 돈 냄새가 나고 좋네. 오케이, 바로 처리하지."

하지만 수트가이가 그토록 손잡길 바라던 유명 브랜드들은 후원을 거절했다. 스포츠 팬들이 자신들이 응원하는 선수가 기계를 이기는 모습을 원하는지 확신할 수 없다는 것이 그들이 내세운 이유였다.

하지만 그건 공식적인 입장이고 실은 도핑 똥물이 자신의 브랜드에 튀는 걸 저어하는 것이었다. 천문학적인 돈을 들여 계획한 세계 최초의 쇼라는 걸 아무리 강조해도 스포츠 브랜드 기업들의 돈줄은 끝내 열리지 않았다. 쇼는 시작 전부터 삐거덕거렸다.

끝내 〈게임의 백스테이지〉는 출간되지 않았고 게르빌 국가대표 출신 그 누구도 올림픽에서 받은 메달을 반납하는 사태는 벌어지지 않았지만, 전 세계를 뒤흔든 도핑 파문으로 게르빌 선수들은 모두 이마에 'D'가 낙인찍힌 것이나 다름없었다. 결국 쇼 참가자 대부분은 금메달리스트면서도 생활고에 시달리거나 나처럼 도핑 파문으로 끝에 몰린 절박한 선수들이었다.

쇼 참가 선수는 12명, 기자들과 쇼 관계자들을 비롯해 추첨으로 뽑은 타워 입장객은 총 1만 2000명으로 게르빌 전체 인구의 1만 분의 1이었다. 홍보에 이용하려고 입장객부터 상징적인 숫자로 맞춘 듯했다.

쇼는 저녁 6시부터 다음 날 오전 6시까지 12시간 동안 이루어지는데, 12개의 과업을 통과해야 하므로 한 단계를 1시간 안에 클리어하면 다음 단계로 오르기 전까지 나머지가 휴식과 재정비 시간으로 주어진다.

또한 시청자들의 적극적인 참여를 끌어내기 위해서 쇼에서 누가 우승할지 맞히는 베팅이 이루어지는데, 플로어를 올라갈 때마다 탈락자가 생기므로 재정비 시간에 선수들에게 거는 배당금은 매번 바뀌는 방식으로 진행된다.

쇼가 이루어지는 건물의 세부적인 특징을 보면, 허큘리스 타워는 A부터 Z까지 총 26층으로 이루어져 있고 1층 로비가 플로어A였다. 오픈된 층마다 CCTV가 빼곡하게 설치되어 있으며 프리미엄 결제를 하면 은밀한 곳까지 3초간 볼 수 있다. 시청자들의 결제를 활성화하기 위해 경기 시작 직후부터는 타워 안에서 사전에 허가받은 기기를 제외하고는 핸드폰을 비롯한 모든 통신이 금지된다.

"내가 그걸 지금 왜 들어야 하죠?"

1시간 전 허큘리스 타워에 도착해 숙소를 배정받은 나는 라켓의 스트링을 팽팽하게 조이며 수트가이에게 물었다. 수트가이는 한쪽 벽면을 가득 채운 방탄유리를 통과해 들어오는 햇살을 등지고 서서 방에 설치된 CCTV 위치를 턱짓으로 짚으며 말을 이었다.

"지금부터 네 행동 하나하나가 다 돈이 된다는 거지."

손질이 끝난 라켓을 테이블 위에 놓고 그가 가져온 옷과 고글, 이어 커프를 보았다. 특수 제작된 고글과 이어 커프를 차야 하는 이유는 귀가 따갑게 들어서 알고 있었다. 시청자들은 내 시선으로 경기가 진행되는 걸 보고 싶어 한다는 것이다. 물론 모든 건 돈이 되고.

"경기 때만 쓰면 되잖아요."

"계약서 다시 읽어줘? 경기 시작 24시간 전부터 착용해야 한다니까."

"저걸 쓰고 화장실을 어떻게 가요?"

"넌 여기서 경주마야. 시청자들은 자신이 돈을 걸 말이 어떤 걸 먹고 몇 번이나 싸는지, 잠은 충분히 잤는지 모든 걸 다 알고 싶어 한다고."

중도 포기하면 위약금만 666억이었다. 666억 빚을 지고 타워 밖으로 나갈 생각은 추호도 없었다. 침대 위에 단정하게 놓인 하얀 옷을 보며 노골적으로 미간을 찌푸리자 수트가이가 내 어깨에 손을 얹고 다정하게 속삭였다.

"핸드폰 다시 보여줘? 네 우승 예상 순위가 아직도 12등이야. 꼴찌라고."

사람들은 내가 이길 거라고 믿지 않았다. 최연소 참가자인데다 지난 올림픽 도핑 파문의 도화선이 된 나는 그 사건 이후 1년 가까이 지났는데도 여전히 사람들에게 제일 맛있는 육포였다. 이름을 바꿔도 소용없었다. 나는 가정 폭력으로 재판장에 선 놈과 재활 치료에만 수천을 썼다는 주정뱅이보다도 순위가 낮았다.

경마 쪽은 잘 모르지만 꼴찌가 우승하면 나중에 돌아오는 배당금이 크지 않냐, 그러니 지금은 꼴찌여도 상관없지 않냐는 소릴 했다가 수트가이에게 야멸치게 면박을 당했다.

"우승 예상 순위에 따라 플로어 입장 시간이 달라져. 그게 무슨 말인지 알아? 꼴찌가 가장 선두에 서서 총알받이 되는 거라고. 순위가 높아야 살아남을 확률이 커진다니까."

이게 무슨 내 손으로 만드는 아이돌 오디션 프로그램도 아니고 빌어먹을 인기투표 같은 건 왜 하는 거냐고 꿍얼거렸으나 쇼에 참가한 이상 우승하기 전까지 나는 철저하게 을이었다. 까라면 까야지.

"구체적으로 뭘 어떻게 해야 하는데요?"

"고글이랑 이어 커프 차고 옷부터 갈아입어."

"순서가 반대여야 하는 거 아니에요?"

"너를 보러 들어온 채널 입장객이 10만 명이 넘어섰을 때 욕실 거울 앞에서 최대한 천천히 옷을 갈아입어야 해."

"……"

"잊지 마. 최소 기준이 10만 명이야."

"도핑 검사는 왜 안 해요? 경기 직전에 해요?"

"몰라서 물어?"

"알면 묻겠어요?"

"고글 쓰면 알게 될 거야."

기승전 고글이었다. 수트가이는 10만 명을 다시금 강조한 후 핸드폰으로 메시지를 보내며 내 방을 나갔다.

드디어 방에 혼자 남았지만 혼자가 아닌 것만 같았다.

방 곳곳에 설치된 CCTV 쪽으로 자꾸만 눈길이 갔다. 미간을 좁힌 채 침대로 걸어가 엄지와 검지로 옷을 집어 들었다. 홀터넥 스타일의 화이트 원피스는 역시나 가장 중요한 게 없었다. 내 이럴 줄 알았지. 캐리어 밑바닥에 몰래 챙겨 온 테니스용 언더팬츠를 꺼냈다. 인기투표 따위는 내 알 바 아니었다. 나는 우승하러 왔고 어떤 약물의 도움도 없이 순수 내 능력으로 그걸 증명해낼 생각이었다.

방을 샅샅이 훑어서 사각지대를 찾아보았지만 화장실은 물론이고 붙박이장 안쪽에도 버젓이 CCTV가 설치되어 있었다. CCTV를 가리거나 임의로 방향을 바꾸거나 훼손 시 대당 1억 원의 피해 보상금을 내야 한다는 조항을 곱씹었다.

도핑 파문으로 광고 위약금을 몇 배로 물어내느라 상금은 진즉에 거덜 난 데다, 쇼에 참여했는데도 어떤 기업으로부터도 후원받지 못한 탓에 나는 거지였다. 인기가 곧 돈이 되는 자본주의 시장에서 돈도 인기도 빽도 없는 나는 확신의 루저상이었다. 고로, 뭣도 없는 가난한 스포츠 선수로서 참을 인을 가슴속 깊이 새기며 CCTV를 향해 라켓을 휘두르고 싶은 욕망을 간신히 참았다.

고글과 이어 커프를 착용하고 입장객이 10만 명이 되기를 기다렸다. 내가 방송을 시작했다고 알림이라도 떴는지 1분 만에 가뿐하게 30만이 넘었다. 변태들이 거액을 투자해 프리미엄 결제를 공격적으로 했는지 내 방의 모든 CCTV에 붉은 불이 들어왔다. 새하얀 유니폼을 만지작거리자 입장객은 단숨에 100만이 넘었다.

"하, 끝내주네."

태연하게 붙박이장으로 들어가 문을 닫은 채 어둠 속에서 옷을 갈아입었다. 그런 뒤 붙박이장 문을 열고 나와 CCTV를 올려다보며 무표정하게 가운뎃손가락을 들어 보였다. 열받은 시청자들이 욕을 박고 우르르 나갔지만 욕망에 충실한 변태들은 달랐다. 내가 언제 화장실 갈지 모른다며 존버 하겠다는 놈들이 내 채널에 남았다.

바나나망고: 니케 여자 맞아? 존나 조안처럼 클로즈업하면 수염 보이는 거 아님?
오늘뭐먹지: ㅋㅋㅋㅋ존나조안ㅋㅌㅋㅋㄷ

세계에서 가장 빠른 여자 육상 선수 조안. 한 시대를 풍미했던 그녀가 세운 올림픽 기록은 몇십 년이 지난 오늘날까지도 깨지지 않았다. 그녀는 이른 나이에 밤에 자다가 사망했는데 그 이유로 지목된 것이 스테로이드 과다 투여였다. 약물 과용으로 몸 전체의 혈관이 망가진 것 아니냐며 죽은 후에도 호사가들의 입방아에 오르내렸다.

그녀가 약물 주사 꽂는 광경을 직접 봤다. 인간의 것이 아닌 소변을 제출했다더라 등 수많은 소문이 돌았지만, 공식적으로 그녀는 도핑 검사에 걸린 적이 없었다. 이제 사람들은 나에게서 조안을 찾으려고 들었다. 조안이 아니라는 걸 증명하고 싶으면 화장실 거울 앞으로 바짝 좀 다가가보라고 노골적으로 주문하는 사람도 있었지만 초지일관 무시했다.

원하는 대로 내가 움직이지 않자 조바심이 났는지 바나나망고가 급발진했다. 털을 집중적으로 파고들며 외설스러운 글을 도배하자 이내 "해당 댓글은 유해 게시물로 신고되었습니다"라는 문장과 함께 바나나망고가 강제 퇴장당했다.

겉으로는 아무렇지 않은 척했지만 조안 이야기가 나온 순간부터 누군가가 내 가슴속으로 손을 뻗어 심장을 꽉 쥐었다가 놓은 것처럼 통증이 느껴졌다. 나는 정말 깨끗한가. 내가 입은 순백의 원피스처럼 티끌 하나 없을까.

몇 년 전, 꿈의 무대인 윔블던을 앞두고 수트가이는 저녁마다 나를 피부관리실에 보냈다. 나와 동갑내기인 외국의 피겨스케이팅 선수가 모델로 활약 중인 명품 화장품 브랜드 이사들을 따로 만나 광고를 따오고자 물밑 작업 중이라고 했다.

그래서 그런 줄로만 알았는데, 정말 그랬을까. 피부가 맑아진다며 정기적으로 맞은 비타민C 주사가 진짜 그런 용도였는지 끝내 확인할 수 없었다. 당시 나는 피부 관리를 받는 동안 새벽부터 시작된 훈련으로 지쳐 침대에 눕자마자 누가 업어 가도 모를 정도로 깊이 잠들었다.

조안과 달리 나는 턱에 거뭇거뭇한 수염이 없고 피부는 백옥처럼 깨끗하다. 하지만 그게 약물을 하지 않았다는 증거가 될 순 없다. 스테로이드도 EPO도 아니라면 대체 뭐였을까. 그게 뭐였든 스테로이드보다 훨씬 더 센 약물이겠지. 나 역시 조안처럼 어느 날 갑자기 자다가 죽을지 모른다. 불안과 함께 불면의 밤이 켜켜이 쌓였다.

제멋대로 내 목숨과 인생을 가지고 도박을 한 게르빌을 증오하지만, 수트가이 앞에서는 증오를 뱃속 깊숙이 누르고 무표정한 얼굴로 독하게 몸을 만들었다.

윔블던 우승 후 바로 튀었어야 했는데 바보같이 올림픽 직전에 게르빌 매니지먼트사와 10년 재계약을 했다. 변명하자면 당시엔 그게 당연한 선택이었다. 나를 믿어주고 키워준 매니지먼트사와 의리를 지켰다며 〈게르빌 타임즈〉에서 대대적으로 나를 개념 있는 선수로 치켜세울 때 조금 우쭐했다. 뭣도 모르고.

보란 듯이 우승해서 666억을 계약 파기 위약금으로 던지고 뒤도 안 돌아보고 게르빌을 떠날 것이다. 자유를 위해선 돈이 필요하다. 기계만 이기면 자유로워질 수 있다.

7

기계가 미래다 vs 인간이 먼저다

 모자를 푹 눌러쓰고 후드집업을 걸친 채, 플로어C 복도를 따라 벽을 가로지르는 LED 전광판에 뜬 글자를 보았다. 곧이어 글자가 격렬하게 흔들렸다. 파스 쪼개진 조각을 떨구듯 조사와 동사가 부서져 사라지고 마지막에 남은 건 두 개의 명사. "기계"는 푸른색이고 "인간"은 붉은색이다. 게르빌 국기에서 따온 것이다. 인간은 피가 빨갛지만 기계를 움직이는 액체는 파래서 그렇게들 정했다는데, 글쎄. 내가 살면서 본 기계는 공항에서 길 안내하는 둔탁하게 생긴 녀석과 눈, 코, 입도 없이 식당에서 서빙하던 것뿐이라 피가 파란지 검은지 알 수 없다.

 잠시 후 '기계'와 '인간' 글자가 크기를 키우더니 유도 하듯 맨몸으로 부딪쳐 힘겨루기를 했다. 업어치기를 노리는 걸까.

나는 팔짱을 낀 채 그 모습을 지켜보며 머리를 굴렸다. 게르빌이 원하는 그림이 대체 뭘까? 머리 위에서 실이 연결된 손가락을 은밀히 움직이는 자에게 묻고 싶었다. 당신의 마리오네트가 기계인지 아니면 인간인지. 이런 쇼를 하는 저의가 뭔지.

전광판에 뜬 승부는 쉽게 나지 않았다. '기계'가 도망치는 듯하다가 공중제비 돌기로 '인간'을 쓰러뜨렸다. 유도가 아니었나? 격투기인가? 다음 순간 '인간'이 절묘하게 앞구르기를 해 공격을 피한 뒤 갑자기 바닥에서 총을 꺼내 '기계'에게 쏘아댔다. 뭐지? 나는 흰색 페인트를 뒤집어쓴 것처럼 머리가 하얘졌다. 설마 이거 내일 경기에 대한 예고편 같은 건가?

생각에 잠긴 사이 어느새 화면이 바뀌었다. 붉은색과 푸른색을 합친 보라색 글자가 쓰였다.

지금 당장 1588-666으로 전화해서
당신이 응원하는 쪽을 알려주세요.

광고였어? 맥이 빠졌다. 저 번호로 전화하면 기계 목소리가 어떤 선수에게 얼마나 응원할 거냐고 묻는다. 한 번 전화로 걸 수 있는 금액은 최소 10원부터 최대 1억. 전화를 건 사람에게 문자메시지를 보내 허큘리스 쇼 앱 다운로드를 유도하는데 이후의 과정은 경마 베팅 방식과 비슷했다.

경마 베팅과 허큘리스 쇼 베팅이 다른 점은 두 가지인데, 먼저 최종 우승자가 기계가 될지 인간이 될지 맞히면 경기 종료 후 등록 계좌에 전통시장 100만 원 상품권이 자동으로 지급된다. 또한 최종 우승자가 누가 될지 예측하는 인기투표 결과로 플로어 입장 순서가 결정되는데, 순서는 탈락자를 제외하고 각 단계를 통과한 선수들 중심으로 라운드마다 바뀐다.

"여러분의 응원으로 선수들의 플로어 생존 가능성이 바뀝니다. 지금 당장 1588-666으로 전화 주세요."

영상에서 연예인 뺨치게 예쁜 AI 모델이 상큼한 미소를 지으며 전화를 재차 독촉했다. 설마 내일 경기장에 저렇게 생긴 휴머노이드가 기계 대표로 나오는 건 아니겠지? 아이돌 센터처럼 생긴 휴머노이드를 엎어치기로 때려눕혔다가는 공공의 적이 되기 딱 좋았다.

근데 진짜 기계는 누가 나오는 걸까? 왜 기계는 베일에 감춘 채 그들에 대해서는 투표도 응원도 독려하지 않는 건지 알 수 없었다. 기계에겐 따로 돈을 안 줘도 되니까 베팅할 필요 없다는 건가? 상금을 주지 않아도 된다는 이유로 설마 이 쇼의 우승자가 기계로 내정된 건 아니겠지?

아랫입술을 잘근잘근 깨물며 반복되는 광고의 '기계'와 '인간' 글자를 노려보았다. 혹시 이 쇼를 주최하는 정부가 인간과 기계 중 누구의 손을 들어줘야 할지 결정하지 못한 상태인가? 다음 정권에서 방향을 정하기 전에 앞으로 어디에 투자해야 할지 이 쇼를 통해 간 보겠다는 거 아냐? 소문대로 이 타워 안에서 최첨단 휴머노이드 개발에 성공했을까? 빌어먹을 기계는 대체 어디까지 발전한 걸까?

시청자들처럼 나 역시 모르는 것투성이였다. 진짜 궁금한 것들은 기사에 뜨지 않았고 두꺼운 계약서 어디에도 없었다. 기자들 역시 정보를 더 얻기 위해 매의 눈으로 타워를 돌아다녔지만 휴머노이드는커녕 그 어떤 인간형 기계도 찾아내지 못했다.

그렇다고 타워에 기계가 없는 건 아니었다. 배달을 담당하는 원통형 기계는 발에 채일 정도로 많았고 무슨 역할을 담당하는지 알 수 없는 골 때리는 기계들도 있었다. 무릎에도 미치지 않는 크기의 눈사람 모양 기계가 셋이서 짝을 지어 돌아다니며 자기들끼리 오늘 무슨 일이 있었는지 이야기하며 시간을 보냈다. 그것들을 유심히 지켜보던 사람이 무슨 얘기 중이냐고 말을 걸면 외계인 모드라도 발동된 것인지 의미를 알 수 없는 옹알이를 했다.

"우와왕 왕왕와왕."

추첨을 통해 타워에 온 관광객들은 그것들이 귀엽다고 난리였다. 특히 아이들이 열광했다. 어머니에게 잘 익은 복숭앗빛 스카프를 받아 눈사람 기계 목에 직접 둘러준 아이도 있었다. 바가지 머리였지만 정수리에 핑크빛 왕리본 핀을 꽂은 걸 보고 아이의 성별을 짐작할 수 있었다.

그중 제일 귀찮은 건 쓰레기통처럼 생긴 기계였다. 바퀴가 발처럼 달린 기계는 바닥에 떨어진 쓰레기 근처로 이동해 "저거! 저거!"라고 외치며 지나던 사람이 주워 담을 때까지 졸랐다. 마지못해 쓰레기를 넣어주면 쓰레기통 기계는 "고맙네"라고 직장 상사가 부하 직원 대하듯 치하했다. 플로어를 활보하는 기계들은 어딘지 나사가 빠져 보이는 것들뿐이었다.

"대체 저딴 것들은 왜 만든 거야."

불만을 꿍쳐 담아 중얼거리는데 지나가던 사람이 내 말을 들었는지 다가왔다.

"인간이 기계보다 우월하다는 걸 보여주려는 게 아닐까요? 아니면 반대로 우리를 방심하게 하려는 건지도 모르죠. 제조사에서 밝힌 것처럼 그저 삶에 지친 사람들을 힐링하고 싶어서일지도 모르고요."

내가 그를 빤히 바라보자 그는 주머니에서 기자 출입증을 꺼내 목에 걸며 말을 이었다.

"〈게르빌 타임즈〉 스포츠 기자 진가현입니다. 김존자 선수,

잠깐 인터뷰 가능할까요?"

"니케입니다."

"네?"

"니케라고요."

충분한 답변이 됐기를 바란다는 뜻을 담아 매섭게 눈빛을 쏘아준 후 돌아섰다. 〈게르빌 타임즈〉면 현 대통령의 차남이 장악한 중앙 언론사였다. 게르빌 매니지먼트사는 육군 참모총장의 사돈이 운영하는 회사고, 허큘리스 타워는 수십 년째 집권 중인 여당 총재의 누나가 운영하는 건설사에서 건물을 올렸다. 그들 모두 핏줄과 호적으로 거미줄처럼 끈끈하게 얽혀 있었다.

내가 〈게르빌 타임즈〉 인터뷰를 거절하자 댓글 창이 난리가 났다. 1라운드에서 빛의 속도로 탈락할 셈이냐며 〈게르빌 타임즈〉에서는 우승 예상 랭킹 3위까지만 인터뷰했다면서 시청자들은 빨리 달려가 그를 붙잡으라고 조언했다. 감 놔라 배 놔라를 넘어서서 이 정도면 결혼한 적도 없는데 수만 명의 시어머니가 생긴 것만 같았다. 그러거나 말거나 난 시간 맞춰서 플로어C 연회장으로 발을 옮겼다.

연회장 앞쪽이 무척이나 소란스러웠다. 타워에 초대받은 기자와 유튜버 등이 생동감 넘치는 밀착 취재를 위해 자신들도 연회장 안으로 들여보내달라고 항의하고 있었다. 쇼 관리자들은 연회장에는 오직 선수들만 입장 가능하다면서 철통같이 막았다.

그중 몇몇이 이목을 끌었는데, 화려한 색감의 옷으로 자신을 꾸민 유튜버들이 셀카 봉을 든 채 끊임없이 이 상황을 라이브로 중계했고, 그 옆에 몸집이 곰처럼 큰 남자가 고개를 푹 숙인 채 수첩에 쉴 새 없이 뭔가를 끄적이고 있었다. 인플루언서들 중 특히 유난스러운 파들은 쇼 참가 선수처럼 고글과 이어 커프를 착용하고 있었다. 실제로 내 것과 기종이 같아 보이진 않았지만.

"어? 니케 선수다!"

나를 알아본 몇이 인터뷰 좀 하자며 눈을 까뒤집고 맹렬하게 달려왔다. 뭐라도 뜯어가려고 혈안이 된 게 꼭 사생팬과 좀비 사이의 변종 같아 보였다. 식겁해서 순간 몸이 마네킹처럼 굳었다. 다행히 그들보다 경호원들이 더 빨랐다. 순식간에 달려와 나를 에워싼 경호원들의 호위를 받으며 레드카펫을 따라 입구 쪽으로 발을 옮기는데, 문 앞에서 서성이던 수트가이가 나를 붙잡고 미간을 좁힌 채 신신당부했다.

"절대 문제 일으키지 마."

"내가 알아서 할게요."

가볍게 선수들끼리 인사하는 자리인데 문제 될 게 뭐가 있다는 건지. 수트가이에게 불퉁스럽게 쏘아붙인 뒤 홀로 연회장으로 들어갔다.

입장하자마자 고글 정면에 "지금부터 10분 동안 화면 조정이 있겠습니다"란 안내 문구가 떴다. 쇼 준비가 허술한 게 이렇게 반가울 수가 없었다. 고글을 착용한 후 시작된 두통과 피로가 한꺼번에 사라지는 기분이었다.

"저기, 화장실이 어디예요?"

급한 마음에 지나던 옆 사람을 잡고 물었는데 웨이트리스가 아니었다. 피부에서 광이 나는 여자는 드레스를 빼입고 있었다. 그녀는 나를 보자마자 화색이 돌았다.

"어머, 니케 맞죠? 가까이서 보니까 너무 예쁘다. 진짜 얼굴이 애기네. 나, 사진 찍어도 돼?"

딱 봐도 선수는 아닌 것 같은데 누구지? 내가 벙쪄서 입을 벌리고 서 있자 쇼 관리자가 다가와서 부드럽게 여자를 막았다.

"사모님, 미리 안내받으셨듯이 따로 촬영은 불가합니다."

"아유, 너무 빡빡하네. 우리 아들이 니케 선수 팬인데."

어쩌라고? 근데 이 여잔 진짜 뭐지? 머릿속이 어지러운데, 나뿐만 아니라 다른 선수들 주변에도 드레스와 연미복을 갖춰 입은 아줌마 아저씨 할아버지 할머니들이 득시글거렸다.

연회장은 경기 전에 선수들끼리 인사나 하라고 부른 자리가 아니었다. 경주 직전 예시장에서 말의 상태를 확인하는 것과 다를 바 없었다. VVIP들만 프라이빗하게. 이래서 아까 나보고 문제 일으키지 말라고 한 거였어? 한결같이 개새끼인 수트가이의 태도가 새삼 감탄스러웠다.

뒤늦게 나의 입장을 눈치챈 VVIP들이 나에게 바짝 다가왔다. 몸무게가 몇이냐, 악력 좀 확인하게 악수 좀 해보자, 그런데 눈 밑이 너무 검은 거 아니냐, 혹시 매니지먼트사에서 따로 챙겨준 특별한 음료를 마신 적 있냐, 화면으로 보던 것보다 가슴이 좀 작네, 한 바퀴 돌아봐라 등 무례한 질문과 요구를 아무렇지도 않게 던졌다.

어금니를 꽉 물고 삐딱하게 팔짱을 낀 채 대꾸도 하지 않자 여자가 가소롭다는 표정으로 한쪽 입술을 비틀어 올렸다.

"이렇게 뻣뻣하니까 꼴찌지. 내가 누군 줄 알고, 흥."

"누구신데요?"

"그거야, 알 거 없고."

대기업 총수의 숨겨진 세컨드일까. 여자는 신분을 숨긴 채 몸을 돌려 다른 남자 선수들 쪽으로 가서 노골적으로 그들의 이두박근을 쓸어내리며 경박스럽게 웃어댔다.

머리에 기름을 과하게 바른 소년이 소리 없이 다가와 내 허리를 꼬집으며 귀에 속삭였다.

"바나나망고."

축축한 숨이 귀에 닿는 순간 피가 단단히 뭉치는 것 같았다. 소년의 눈이 거침없이 아래로 향했다. 그는 왜 언더팬츠를 입었느냐며 실망이라고 덧붙였다. 아무리 끔찍해도 활자로 보고 넘기는 것과 그 대상이 실제로 내 옆 10센티미터 거리에서 지분거리는 것은 달랐다.

"이런 거지 같은 새끼가!"

팔을 뒤로 빼며 욕을 뱉자 쇼 관리자가 민첩하게 다가와서 소년에게 말했다.

"선수와의 접촉은 절대 불가합니다, 도련님."

"치잇."

바나나망고 새끼가 아까 나와 사진을 찍으려던 중년 여자에게로 통통거리며 뛰어간 뒤 귀에 뭐라고 속삭였다. 중년 여자가 알았다는 듯 고개를 끄덕이며 바나나망고의 엉덩이를 톡톡 두드렸다. 바나나망고가 너 이제 큰일 났다는 표정으로 내 쪽을 돌아보며 엄지와 검지를 비비며 제 손 냄새를 맡았다.

변태 마마보이 새끼가 조금 전 내 살을 꼬집던 감각이 되살아나면서 몸이 부들부들 떨렸다. 전에 없이 강렬한 감정이 끓어올랐다. 죽여버리고 싶다.

8

"잘 버티고 있어?"

등 뒤에서 들려오는 나직한 목소리에 숨이 쉬어지지 않았다. 천천히 돌아보니 역시 그였다.

"코치님."

"코치는 무슨, 여기선 너나 나나 똑같은 선순데."

양궁 금메달리스트 이제한이 접수 마감 1분 전에 참가 신청을 넣었다는 소식을 들었을 때만 해도 나를 비롯해 많은 사람이 믿지 않았다. 바른 생활의 FM인 그가 왜, 뭐가 아쉬워서.

그런데 그를 보는 순간 말하지 않아도 그 이유를 알 것 같았다. 오랜만에 만난 그는 짙은 화장으로 가렸는데도 안색이 눈에 띄게 어두웠고 이마에 식은땀이 송골송골 맺혀 있었다. 우리는 서로의 안부를 묻고 잘 지낸다고 답했지만 그건 거짓말이었다.

더 이야기를 나누려는데 화면 조정 시간이 끝났다. 언제 그랬냐는 듯 연회장엔 선수들과 쇼 관리자들만 남았고 화면에 밀렸던 댓글이 와다다 올라오기 시작했다. 10분 동안 연회장 CCTV도 막고 그 안에서 뭣들 한 거냐고 시청자들이 성토했지만 나는 입을 떼지 않았다. 그 정도 눈치는 있었.

잠시 후 내 고글로 이제한의 모습이 비치자 채널에는 온통 그에 관한 이야기로 가득 찼다.

니케이케: 희귀병에걸려서미국에서새로개발된유전자치료받아
야하는데금액이천문학적이라서쇼에참여했다는소문
이있던데확인바람

허큘리스 쇼가 시작되고 한 단계씩 올라갈수록 포상금 1억이 입금되는 데다, 그 외에 댓글과 후원금으로 들어오는 돈을 계산해보면 꼭 우승하지 않아도 랭킹 상위권 선수들은 최소 100억은 보장받는 시스템이었다. 이제한을 보는 순간 알았다. 도핑 검사는 없을 것이다. 사람들이 댓글에서 말하는 병이 맞다면 그는 마약성 진통제를 먹으며 버티고 있을 테니까.

"화면에서 본 것보다 더 말랐네. 뭐 좀 먹었니?"
"코치님은요?"

"나야 뭐."

이제한은 머쓱한 표정으로 뒷머리를 매만졌다. 그는 어렸을 때부터 나만 보면 너무 말랐다면서 뭐 좀 먹었냐며 묻곤 했다. 그는 스포츠센터 수업에서 양궁만 가르친 게 아니었다. 소음에 익숙해져야 한다며 플레이오프가 한창인 야구장에 데려가고, 관중이 아무리 많아도 쏠 수 있어야 한다며 사람이 바글거리는 주말 놀이공원에도 데려가고, 담력을 키워야 한다며 다이빙을 하기 위해 수영장에도 데려갔다.

늘 놀기만 한 건 아니었다. 갑자기 거센 바람이 불면 빨리 활을 들고 센터 뒷마당으로 나오라고 했다. 다른 애들은 바람 때문에 화살이 과녁에 안 맞는다고 투덜댔지만 나는 묵묵히 활을 들고 중앙을 쏘았다. 이제한은 그런 나를 기특해하며 딸기 우유를 챙겨주었다.

나에게 투지가 보인다며 본격적으로 가르치고 싶다고 집을 찾아온 그에게 김기광은 국가대표 따위는 필요 없으니 움직이는 대상도 한 번에 맞힐 수 있게 훈련이나 제대로 하라고 윽박질렀다. 이제한은 양궁은 정지된 과녁에 쏘는 경기라고 설명했지만, 김기광은 코웃음 치며 움직이지도 않는 거 맞히는 걸 가지고 뭘 그렇게 호들갑이냐며 모욕만 잔뜩 주었다. 그런데도 이제한은 나를 포기하지 않았다. 내가 수트가이를 만나고 양궁을 포기하기 전까지.

그간 하지 못한 이야기가 많았지만 우리는 스스럼없이 이야기할 수 없었다. 일거수일투족이 고글을 통해 전 세계로 송출되고 있었다.

VVIP들이 빠진 연회장은 휑할 만큼 컸다. 우리를 제외하고 다른 선수들은 섞이지 않은 채 멀리 떨어져 서로를 관찰했다. 그중 가장 눈에 띄는 건 케이지였다. 우승 예상 랭킹 1위 케이지는 올림픽 최다 금메달리스트였다. 그는 통산 32개의 메달에 작년 대회에서만 금메달 7개를 휩쓴 수영 선수였다. 그는 2미터에 가까운 장신으로 세계 신기록을 열여섯에 갈아치운 전설적인 선수였다.

케이지는 〈게르빌 타임즈〉와의 인터뷰에서 쇼에 참여한 이유에 대해 기계와 인간이 겨룬다는 발상이 재미있어서 참가한 것이라며 환하게 웃었다. 뼛속까지 '내가 왜 져'가 박혀 있는 대단한 자신감이었다.

나는 씁쓸하게 혼잣말처럼 중얼거렸다.

"저런 선수가 첫 번째로 플로어에 들어가야 하는데 꼴찌를 제일 먼저 들여보내다니, 룰이 너무 매정해요."

"오기 전에 너한테 투표했는데 순위 안 바뀌었어? 이따 가족한테도 투표하라고 할게. 참, 우리 하나 못 봤지? 너 어릴 때랑 비슷해. 쪼끄만 게 얼마나 눈치가 빠른지."

그가 딸 사진을 보여주려고 바지 주머니에 손을 넣었다가 머쓱한 표정을 지었다. 고글을 쓴 이후부터 모든 게 찍히고 있으니 핸드폰은 경기 끝나기 전까지 가방에서 꺼내지 말란 소속사의 조언을 깜빡한 것 같았다.

큰돈이 걸린 만큼 참가 선수들 모두 이번에 새로 계약해서 소속사나 매니저가 따로 있었다. 물론 규모 면에서 정부 산하의 게르빌 매니지먼트사를 따라올 만한 곳은 없었지만 소속사의 말에 따라 움직이는 건 그 역시 나와 다르지 않았다. 소속사는 달라도 그도 나도 결국 돈 때문에 여기 온 것이다. 우리는 경쟁자였다.

그의 손목시계에서 아주 작게 알림음이 울렸다. 그는 주머니에 손을 넣은 채 마실 것 좀 가져오겠다고 어색하게 말했다. 약 때문인 것 같았지만 모르는 척했다. 다들 짐작하고 있더라도 약 먹는 모습은 감추고 싶을 테니까.

그가 음료를 가지러 간 사이 이제한이 내 고글에 비치지 않게 하려고 몸을 반대쪽으로 돌렸다. 이제한을 따라가보라고 몇몇 시청자들이 후원금을 쏘며 재촉했지만 늘 그랬듯 무시했다.

그런데 댓글 중에 이상한 게 눈에 띄었다. 1분 전에 허큘리스 쇼 앱에 새로 뜬 서브퀘스트 봤느냐는 글이 올라오자마자 순식간에 창이 그 얘기로 가득 찼다.

참여 선수 중 과연 누가 인간인가?

 니케이케가 퀘스트를 복사해서 올린 글은 이랬다. 이름을 밝힐 수 없는 쇼 관계자에 따르면 선수 중 일부는 휴머노이드 외양 사용권만 빌려주고 50억을 챙겼다는 것이다. 인간형 휴머노이드가 이 정도로 정교하게 발전했다고? 여기 기계가 있다고? 말도 안 돼.
 주위를 둘러보니 다른 선수들 채널에 서브퀘스트 이야기가 도는지 연회장이 갑자기 소리를 지운 것처럼 조용했다. 선수들 모두 서로를 관찰하고 있었다.

오늘점심뭐먹지: 근데 오늘 니케는 먹지도 싸지도 않았잖아. 니케가 기계 아니야?
니케이케: 너딴채널에서보낸첩자지?너이새끼몇살이야?

 경기 전 친목 도모 전야제 파티가 아니었나? 누가 기계이고 누가 인간인지 서로들 맞혀보라며 한 공간에 몰아넣은 거라고?

폴링인럽: 다 기계 아냐? 솔까 인간과 기계가 대결하는 게 말이 되냐고. 무조건 기계지.

링 위에서 쇠주먹에 맞으면 바로 골로 갈 텐데 아무리 쇼 기획자가 미쳤어도 인간과 기계를 한 경기장에 넣겠냐며 다 기계라고 확신했다. 그리고 지금이야 어찌 됐든 다들 올림픽 금메달리스트 출신이라 지켜야 할 품위가 있고 명예가 있는데, 돈이 좋아도 그렇지 이런 막장 쇼에 직접 나오는 게 말이 되느냐며 댓글이 들끓었다.

나는 아랫입술을 깨물었다. 설마 나만 인간이라고? 이제한은 인간일까. 고개를 돌려 보니 이제한은 멀찌감치 떨어진 곳에서 음료를 든 채 나를 보고 있었다. 그의 채널에서는 어떤 말이 오갈까. 나에 대해 이야기하고 있겠지?

불현듯 코를 찌르는 진한 향수 냄새가 5시 방향에서 쑥 다가왔다. 최동기였다. 산악자전거 금메달리스트인 그는 쇼 우승 예상 랭킹 2위로, 선수촌 식당에서 나와 함께 찍은 사진이 외부로 유출되는 바람에 도핑 파문 이후 곤욕을 가장 크게 치른 선수였다. 최동기는 내가 누군지도 모른다고 가장 먼저 부정했지만 사람들은 그의 말을 믿지 않았다.

얼마 뒤 그의 측근이 그 사진을 찍은 후 그가 나를 기필코 따

먹겠다고 술자리에서 떠벌렸다고 익명 게시판에 올리면서 쉬쉬하던 그의 여성 편력이 도마 위에 올랐다. 결국 문어 다리 걸치며 원 나잇한 여성과 몰래 촬영한 게 터지면서 스포츠 브랜드와의 광고 계약이 줄줄이 해지되었고 위약금도 엄청나게 물었다.

형사소송까지 가지 않은 이유는 영상 속 얼굴이 적나라하게 드러난 여자와 갑자기 약혼을 발표했기 때문이다. 예신예랑 TV 프로그램에서 눈물 몇 방울로 사랑꾼 이미지 변신에 성공한 최동기는 결혼식을 일주일 앞두고 쇼에 참여했다.

"히야, 대단한데? 동료 선수들한테 똥물을 먹여놓고 여길 올 생각하다니. 역시 난 년이네."

지금 우리가 하는 모든 대화가 영상으로 송출되고 실시간으로 댓글이 달리는데, 이 새끼가 보란 듯이 나한테 말을 건다고? 왜?

니케이케: 저미친새끼퀘스트받고온거아니야?
순백의원피스: 최똥 채널에 들어간 부랄한테 확인해보고 오겠음.
꽁짜쪼아: 어떤 미친놈이 니케한테 욕 박고 오면 한 자당 100만
        원 쏜다고 적었다는데?!

고작 100만 원에 '년' 자 하나 소심하게 붙인 거야? 애잔하게. 속사포 랩처럼 욕을 박아서 역관광시켜주려다가 참았다. 난 고작 푼돈에 움직이지 않으니까. 내 목표는 666억이다.

"저 아세요?"

대답 따윈 필요 없다는 듯 야멸치게 돌아서는데 그가 내 손목을 잡고 힘으로 눌렀다. 동시에 보이지 않게 은밀히 엄지로 내 살을 살살 문지르며 이어 커프를 차지 않은 귀에 속삭였다.

"우리 여신님 살이 애기처럼 부드럽네? 난 네가 기계여도 상관없는데. 큭."

퀘스트는 욕이 아니라 이쪽이었나? 감정보다 몸이 먼저 반응했다. 그의 손목을 비틀어버린 후 다른 손으로 그를 때렸다. 아주 오래전부터 만나면 한 대 때려주고 싶었다. 그의 목에 사선으로 빨갛게 핏방울이 고일 정도로 상처가 깊게 났다. 이놈은 인간인가? 인간 대 인간이면 상대가 근육질의 최동기여도 해볼 만하다는 생각이 들었다.

어쨌거나 이로써 선수 1명은 확인했다. 나는 다른 선수들도 확인하려고 광견병 걸린 맹수처럼 거침없이 사방으로 손을 뻗었지만 실패했다. 이내 밖에 있던 경호원들이 연회장 안으로 달려 들어오고 아수라장이 되었다.

장내가 정리된 직후 연회장으로 들어온 단발머리 여자가 자신을 소개했다.

"허큘리스 쇼 총책임자 유토입니다. 불미스러운 일이 발생한 것에 대해 유감을 표합니다."

총책임자면 이 사람이 쇼 기획자일까? 그녀는 우리 중 누가 기계고 누가 인간인지 알 것이다. 나는 도망갈 틈을 주지 않고 그녀에게 바짝 붙어서 물었다.

"기계가 누구예요?"

대답은 필요 없었다. 어차피 거짓말일 테니까. 내가 보고 싶은 건 그녀의 눈이었다. 본능적으로 눈동자가 어떤 선수에게 향하는지 주시했다. 그런데 그녀는 흔들림 없이 오직 나만 바라보았다.

"그래서 최동기 선수를 공격한 건가요? 피 색깔을 확인하려고? 재밌네."

그녀는 한 발 앞으로 나에게 다가와 차분하게 말을 이었다.

"모든 스포츠는 지략 싸움이 기본인데, 상대가 파란 피가 아니니까 기계가 아니라고 안심할 만큼 순진한 건가."

그녀의 유려한 말솜씨에 나는 주먹 안에 구겨진 휴지처럼 찌그러졌다. 닳고 닳은 관리직답게 그녀는 친절하지만 건조한 목소리로 사후 처리를 이야기했다. 문제를 일으킨 페널티로 최동기와 나는 둘 다 순위가 다섯 단계 하락했지만 나는 꼴찌라 더 떨어질 데도 없었다.

  천천히 돌아보니 모든 선수가 나를 보고 있었다. 고글 뒤에서 그들의 눈이 차갑게 반짝였다.

9

 쇼 시작 10분 전, 선수들은 숙소에서 나와 플로어D로 이동했다.

 나는 눈 아래 위장 크림을 바른 것처럼 다크서클이 진했다. 이게 다 고글과 이어 커프 때문이었다. 어떤 선수가 기계냐를 두고 자기들끼리 셜록 홈스에 빙의해서 추리하느라 댓글이 멀미 날 만큼 빠르게 올라갔다.

 시청자들은 마음대로 채널을 골라 들어가 선수들의 일거수일투족을 지켜보고 엿들을 수 있는 데 반해 나는 그럴 수가 없었다. 내가 기댈 곳은 내 채널 입장객의 말들을 통해 다른 선수들의 정보를 취합하는 것뿐이었다. 그런데 너무 많은 이야기가 넘쳐서 도대체 뭘 믿어야 할지조차 알 수 없었다.

 결국 어떤 선수가 기계인지 확신하지 못한 채 침대에 누워 눈을 감았다. 컨디션을 위해 조금이라도 자려고 눈을 감아도 귀에서 계속 띵띵띵 후원금 소리가 들렸다. 밤새 한숨도 자지 못해 수면 부족으로 심장이 빠르게 뛰었다.

긴장을 떨쳐낼 겸 주먹을 쥐었다 펴기를 반복하며 플로어D 입구에 섰다. 플로어D에는 쇼 관리자들과 선수들밖에 없었다. 첫 번째 경기만 예외적으로 기자를 비롯한 관광객들이 플로어C 연회장에서 스크린을 통해 경기를 관람하도록 조처했다.

1라운드 경기가 끝난 후부터 초대받은 사람들에게 경기장을 오픈하겠다는 게 쇼의 방침이었다. 그다음 경기부터는 초대 손님들 역시 한 층당 1000만 원의 후원금을 결제하면 선수들을 따라 함께 위층으로 올라가 경기를 직관할 수 있다. 돈이 없는 자들은 계속 플로어C에서 대형 스크린으로 관람할 수밖에 없고.

잠시 후 진한 향수 냄새를 풀풀 풍기며 최동기가 내 옆에 섰다. 그런데 그의 목이 너무 말끔했다. 나는 굶주린 뱀파이어가 인간을 보듯 그의 목에서 눈을 떼지 못했다. 이렇게 상처가 빠르게 회복된다고? 저건 아예 상처가 없던 것 같은데? 수면 부족 상태에서 생각이 밀물처럼 몰려들자 과부하가 걸린 듯 어지러웠다.

곧이어 천장에서 정갈한 여자 목소리가 나왔다. 톤은 쇼 총책임자와 같았지만 어조가 딥페이크로 만든 것처럼 인위적이었다. 그녀는 쇼 진행을 맡은 인공지능이라고 자신을 소개했다.

"공지한 대로 경기가 시작된 후 모든 경기를 마칠 때까지 헤라클레스... 헤라클레스... 허큘리스 타워는 폐쇄됩니다."

건물 전체 주요 시설마다 위에서 방호문이 내려오듯 엄청난 소리와 함께 진동이 느껴졌다. 인간과 기계의, 세기의 대결을 끝내기 전까지는 누구도 밖으로 나갈 수 없다는 긴장감을 조성하려는 의도였다. 일부러 볼륨을 키운 것처럼 소리가 위압적으로 컸다. 놀이공원에서 으레 사용하는 서프라이즈 효과 같은 것이라고 생각하면서도 가슴이 떨리는 건 어쩔 수 없었.

"우승 예상 순위 마지막 선수부터 역순으로 1분 간격으로 경기장에 입장합니다. 12위 니케, 앞으로 나와주세요."

좁은 복도를 따라 성큼성큼 걸었다. 복도 바닥에는 경기장을 안내하는 화살표가 깜빡이며 나를 앞서갔다. 뭐가 기다리고 있을까? 철인 3종 경기의 변형일까? 수영? 아니면 사격? 누가 더 높은 점수를 얻느냐일까, 아니면 누가 더 빠르게 통과하느냐일까.

설마 유도처럼 육탄전은 아니겠지? 원거리 종목인 사격, 양궁과 달리 나는 근거리 종목인 유도에 취약한 편이었다. 센터 평가전에서는 또래를 상대했으니 잘한다고 칭찬받았지만 상대가 기계라면⋯⋯ 답이 없다. 기계와의 일대일 육탄전만 아니기를. 긴장으로 위산이 역류해서 속이 따끔거렸다. 숨을 크게 들이마신 후 플로어D 경기장에 입장했다.

경기장은 충격적일 만큼 밝았다. 조명부터 천장과 벽, 바닥까지 너무 새하얘서 눈이 부셨다. 시각의 충격이 가시기도 전에 청각이 예민하게 반응했다. 숨소리도 없이 주위가 지나치게 고요했다. 머릿속이 분주해졌다. 이제는 경기 규칙을 설명해줘야 하지 않나? 설마 선수 중 한 명이 기계 쪽 대표로 입장하려나?

혼란스러운 가운데 경기장 끝에 명도가 다른 것이 눈에 띄었다. 눈동자만 왜 동동 떠 있는 거지? 눈이 너무 큰데 동물인가? 잠시 후 그르렁거리는 소리와 함께 녀석의 검은 이빨을 보는 순간 이게 왜 허큘리스 쇼인지 깨달았다. 단순히 타워 이름을 따서 쇼 이름을 그렇게 지은 게 아니었다.

허큘리스, 즉 헤라클레스는 신과 인간의 자식으로 반인반신이었다. 그는 가족을 죽음으로 몰고 간 자책감으로 목숨을 끊으려 했지만 12가지 과업을 완수하라는 델포이의 신탁 때문에 목숨 걸고 그것들을 이행한다. 그 첫 번째가 네메아의 사자 사냥. 괴물 사자라는 명성답게 화살을 퍼부어도 가죽을 뚫지 못하고 튕겨 나갔고 창은 부러졌고 몽둥이찜질도 소용없었다.

그런데 그걸 재현해냈다고? 거짓말이지? 설마 저게 진짜라고? 유전자 변형이라도 한 걸까. 젠장! 저게 뭔데 대체! 왜 여기 있는 거냐고! 온몸이 하얀 사자가 나와 불과 수십 걸음 떨어진 곳에 있다니. 백사자가 몸을 낮추고 천천히 나를 향해 걸어왔다. 시청자들도 놀랐는지 댓글 창에는 어떤 글도 올라오지 않았다.

상대가 괴물 사자인데 내 손에는 아무것도 없었다. 화살도, 창도, 하다못해 몽둥이도. 빌어먹을, 라켓이라도 들고 올걸. 눈을 돌려 주위를 훑어보았다. 서쪽 벽에 양각으로 새긴 듯 뭔가 튀어나와 있는 게 보였다. 몇 걸음 가까이 가자 확신이 들었다. 무기였다. 화살, 활, 쇠스랑, 총! 새삼 이 쇼가 인간과 기계의 대결이란 게 떠올랐다. 기계로 이렇게까지 괴물을 정교하게 만들었다니, 놀라우면서도 역겨웠다.

기계의 몸을 뚫으려면 무조건 총을 잡아야 한다. 그러니까 이건 순발력 싸움인가. 누가 더 빠르냐 겨루는 거야? 그래, 어디 해보자고. 눈에 힘을 주고 녀석과 눈을 맞춘 채 천천히 움직였다.

"크어어어!"

백사자가 포효했다. 놈의 걸음이 빨라지며 이내 녀석과 나의 사이가 좁혀졌다. 몸을 돌려 총을 향해 뛰었다. 제발 내가 본 게 장식품이나 조각상이 아니라 진짜 무기이길 간절히 바라면서. 하지만 녀석이 더 빨랐다. 녀석의 발이 탕 벽을 때리면서 벽에 세워져 있던 총이 멀리 날아갔다. 나는 급한 대로 손에 닿는 화살을 쥐었다. 활도 없이.

지이이잉. 문이 열렸다. 그새 1분이 지난 것이다. 11위는 하이다이빙 금메달리스트. 연회장에서 금주로 인한 금단 현상 때문에 간간이 손이 떨리던 그녀의 모습이 떠올랐다. 그녀는 나와 백사자를 보고는 극도의 공포감으로 그 자리에서 얼어버렸다.

"조심해요!"

내가 경고하기가 무섭게 그녀가 다시 밖으로 나가려고 했지만 이미 등 뒤로 문이 닫힌 뒤였다. 백사자는 곧장 출입구로 뛰었다. 내가 급하게 활을 찾는 사이 입구 쪽에서 끔찍한 비명이 귀를 파고들었다. 슬쩍 눈을 돌려 보니 출입구가 붉게 물들어 있었다. 너무 끔찍해서 차마 똑바로 볼 수가 없었고 눈물이 앞을 가려 활이 어디 있는지 보이지 않았다. 화살을 꼭 쥔 채 손으로 바닥과 벽을 더듬었다. 우걱우걱 씹는 소리가 이어졌다.

문이 열렸다. 또 1분이 지난 것이다. 이게 뭐야! 놀란 목소리가 들렸다. 곧이어 그는 재빠르게 도망쳐서 살아남았다. 백사자는 벌겋게 피 칠갑을 한 채 랭킹 10위에게 몸을 돌렸다. 나는 입을 달싹이다 겨우 소리를 냈다.

"무, 무기가 있어요. 이쪽이에요!"

그가 내 쪽으로 뛰었다. 그런데 그가 노린 것은 내 손에 쥐고 있던 무기였다.

"이리 내놔! 빨리!"

제 목숨이 다급해지니 그는 눈에 뵈는 게 없는 것 같았다. 난 안 된다고 버텼지만 가정폭력범 출신답게 그는 솥뚜껑만 한 손으로 내 뺨을 세게 후려쳤다. 불시에 공격당한 나는 몸이 구겨진 빨래처럼 바닥에 쭈우욱 미끄러졌다. 조금 떨어진 곳에서 백사자의 포효가 들렸다.

"크어어어어!!"

"으윽, 저리 가! 주…… 죽어! 으아아악!!"

곧이어 남자의 비명과 함께 또다시 뼈를 씹어 먹는 소리가 들렸다. 내 뼈가 으스러지고 피가 분출하는 것 같았다. 그런데 그것보다 가까이, 마치 손에 잡힐 것처럼 귀에 큰 소리로 또롱또롱 경쾌한 알림음이 들렸다. 뒤이어 랭킹 11위와 10위가 탈락했다는 안내 메시지가 눈앞에 떴다. 믿을 수가 없었다. 사람이 죽었는데 고작 탈락? 이게 말이 돼? 미쳤어. 다들 제정신이 아니야!

"그만! 그마안! 그만!!"

나는 빈손으로 머리를 감싼 채 고래고래 소리를 질렀다. 그러자 백사자가 내 쪽으로 고개를 돌렸다. 나는 눈물을 질질 짜며 애원하듯이 중얼거렸다.

"그…… 그만. 제발 그만해."

"12위 니케 선수의 기권으로 플로어D는 종료되었습니다."

인간의 것이 아닌 듯한 정갈한 목소리의 안내와 함께 순식간에 눈앞의 모든 것이 사라졌다. 피가 모두 지워진 방에 11위와 10위가 각기 다른 곳에 쓰러져 있었다. 11위는 기절해 있었고, 10위는 살아 있는 걸 확인하려고 두 손으로 연신 자기 얼굴과 몸을 발작적으로 더듬었다. 고글 오른쪽에 댓글들이 랙 걸렸다 풀린 것처럼 빠르게 올라오기 시작했다.

폴링인럽: 우와! 지렸다! 이게 다 사기였다고?
배고팡JG: 사기가 아니라 홀로그램. 시작 후 몇 초간은 나도 진짜 인 줄.
도리뱅뱅죠아: 실시간으로 반응하는 CG라니 기술력 쩌네. 조만간 게임으로 나오려나?
니케이케: 미친찐따냐이깟CG에속아3분만에기권을해에라이진짜씨

문이 열리면서 선수들이 한꺼번에 플로어D로 들어왔다. 나는 눈물 콧물 범벅이었지만 다행히 오줌은 지리지 않았다. 이 방에서 있었던 일을 하이라이트 영상으로 빠르게 확인한 몇몇 선수들이 팔짱을 낀 채 헛웃음을 짓는 중에 이제한이 나에게

다가와 손을 내밀었다.

"괜찮아. 괜찮아."

하나도 괜찮지 않았다. 니케 선수는 중도 포기했기 때문에 앞으로 허큘리스 쇼 재단 측에 666억 원을 갚아야 한다며 친절하게 안내하는 쇼 관리자의 말에 어안이 벙벙했다. 그제야 내가 무슨 짓을 벌였는지 실감이 났다. 이래서 댓글도 통제하고 첫 경기에 관중이 직접 관람하지 못하게 한 거였나? 이딴 사기에 속아 넘어가는 바보 천치가 필요해서?

나는 검지로 고글을 위로 올리고 최동기를 노려보았다. 목의 상처 위로 살성과 비슷한 반창고가 붙어 있었다. 고글을 통해서는 보이지 않던 것이었다.

"선수 중에 기계가 있는 줄 알았는데, 저 괴물이 진짜 기계인 줄 알았는데……"

"존자야, 진정하고……"

"이래서 인간과 기계의 대결이라고 한 거야? 저딴 가짜로 사람을 속여서 엿 먹이려고! 알고 있었어요? 이게 다 가짜라는 거 알았냐고요!"

"……"

한 번도 본 적 없는 표정이 이제한의 얼굴에 그림자처럼 드리웠다. 보는 순간 알았다. 그의 얼굴에 뜬 표정은 죄책감이었다.

활화산처럼 뜨거웠던 피가 빙하처럼 차가워졌다. 이제한은 내가 모르는 걸 알고 있었다. 오직 하위권 선수들만 몰랐다.

"아니죠? 아니야. 대체 왜…… 씨발, 이거 놓으라고!"

경호원들과 쇼 관리자들 여럿이 달려와 나를 제압했다. 나는 범죄자 취급받으며 플로어B의 숙소에 갇혔다. 모든 경기가 끝날 때까지 방에 있으라는 지시와 함께.

고글 위로 댓글들이 빛의 속도로 달렸다. 〈게르빌 타임즈〉 편집장의 태블릿PC를 뚫은 해커가 익명 게시판에 올린 글이라며 니케이케가 댓글 창에 복사 붙여넣기를 했다. 기계와의 대결이라고 했지만 참가 선수 중 기계는 없었다. 쇼의 재미와 시청률을 위해 던진 낚시 퀘스트였다. 어제 나에게 접근한 스포츠 기자 진가현 역시 내가 미끼라는 걸 알고 인터뷰를 요청한 걸까.

지난밤 연회장에서 최동기가 시비를 걸었던 것은 의도적이었고 이제한 역시 알면서도 침묵했다. 쇼 총책임자가 경기 전에 상위 랭킹 1, 2, 3위에게 접근했다는 소문이 파다했다. 초반 시청률을 드라마틱하게 올려줄 트러블 메이커가 필요한데 그게 나로 낙점된 것이다.

쇼 우승 예상 랭킹 3위는 이제한이었다. 희귀병으로 병색이 짙은데도 가족을 위해 어떻게든 살려고 고통을 참고 쇼에 참가한 그의 사연에 사람들이 너도나도 투표로 응원한 것이다.

이제한이 눈물 나는 가족애를 대표한다면 그 대척점은 비틀린 가족애와 신념 속에서 자란 종말의 공주인 나였다. 전 세계 축제인 올림픽에서 도핑으로 선수들의 얼굴에 먹칠을 한 김존자는 제대로 인과응보를 받아야 한다는 게 여론이었고, 쇼에서 준비한 깜짝쇼는 나를 향해 내려진 대중의 심판이었다. 그걸 오직 나만 모르고 있었다.

쇼에서 바란 게 나의 탈락인지 기권인지 알 수는 없으나 효과는 확실했다. 내가 착용한 고글 상단 왼쪽에는 시청률, 채널 입장객 수, 후원금이 실시간으로 보이는데, 모든 숫자가 폭발적으로 증가했다. 특히 내 채널 입장객 수는 1000만에 육박했다.

666억 빚을 지며 꼴사납게 기권한 내가 어쩌고 있는지 보려고 사람들이 개떼처럼 몰려들었다. 노이즈 마케팅의 희생양이 된 기분이 어떠냐며 노골적으로 비아냥거리는 사람부터 이제부터 숙소에서 프라이빗한 개인 쇼로 666억 빚을 탕감해보자며 빨리 욕실 거울 앞으로 가라고 조언하는 놈도 있었다. 그중 눈에 띄는 아이디가 있었다.

동기사랑나라사랑: 다 뿌린 대로 거두는 거지ㅋㅋㅋ

약쟁이 하나 때문에 인생을 바쳐 운동해온 선수들의 모든 노력이 부정당하고 내려치기당했다면서 이번 기회에 금융 치료 받게 돼서 잘코사니라고 댓글이 줄줄이 이어졌다.

루저의여신니케 님이 10원을 후원합니다.
루저여신니케v 님이 10원을 후원합니다.

 조롱하듯 10원 후원이 끝도 없이 이어졌다. 거칠게 이어 커프를 빼고 고글을 벗어 벽에 던져버렸다. 나는 끝났다.

흩어지면 살고
뭉치면 죽는다

10

 드디어 주위가 고요해졌다. 고글과 이어 커프를 박살 내자 안팎으로 평화가 찾아왔다.
 생각해보면 어릴 때부터 고독에 익숙했다. 테니스는 종목 자체의 특성상 상대 선수와 일대일로 맞서지만 그를 건드리거나 대화하는 일은 없다. 규칙에 어긋나기 때문이다. 코트 안에 서서 경기하는 동안에는 독방에 감금되어 혼잣말하는 것처럼 누구와도 이어지지 못한 채 오직 혼자 싸워야 한다. 그러니까 이런 거지 같은 기분 정말이지 익숙하다. 익숙해도 엿 같은 건 똑같고.
 눈을 떠도 감은 것 같고 감아도 뜬 것만 같다. 눈앞에서 이제 한의 표정이 지워지지 않는다. 피식 웃음이 나왔다. 믿는 도끼에 발등 찍힌 게 처음도 아닌데 촌스럽게 왜 이래. 진짜 아메바냐. 학습이 안 돼? 인생은 어차피 독고다이라는 걸 이제 좀 받아들일 때도 되지 않았냐고 조롱하듯 화내고 비웃었다.

"죽고 싶다, 진짜……. 아씨, 배고파."

침대에서 벌떡 일어나 앉았다. 배신감에 가슴이 쓰리고 666억 빚에 머리가 어지럽고 진짜 짜증 나서 죽고 싶은데, 당장은 미치도록 배가 고팠다. 죽음에 대한 유혹도 이겨낼 만큼 식욕은 강력했다. 내 몸은 따뜻한 탄수화물과 다디단 지방을 달라고 아우성쳤다. 그간 몸 관리를 이유로 지겹게 먹은 닭 가슴살만 아니면 뭐든 먹을 수 있을 것 같았다.

혹시나 해서 캐리어를 뒤져봤지만 반 남은 물병밖에 없었다. 복도에 설치된 자판기는 그림의 떡이었다. 문이 밖에서 잠긴 데다 전자 카드로 열리는 구조라 문고리를 신경질적으로 돌렸지만 어림도 없었다.

주섬주섬 고글을 써보았으나 아까 벽에 부딪힌 충격이 꽤나 컸는지 완전히 맛이 가서 화면이 지지직거렸다. 비뚤어진 고글을 벗어서 다시 내던진 후 고개를 들어 침대를 비추는 CCTV를 보았다. 빨간 불이 들어온 걸 보니 누군가가 프리미엄 결제를 해서 지켜보는 것 같았다.

손으로 배를 문지른 후 오른손을 티슈 뽑듯이 모아 입으로 가져가는 시늉을 했다. 외국인은 물론 외계인도 알 수 있을 만큼 분명한 수신호로 배가 고프다고 전했지만, 기다려도 누구도 내 방으로 오지 않았다. 심지어 수트가이도 코빼기도 보이지 않았다.

완전한 고요였다. 이 고요를 얻기 위해 내가 지게 된 돈의 무게를 가늠해보았다. 초등학교 중퇴에 할 줄 아는 거라곤 테니스뿐인 종말의 공주가 게르빌 밖으론 한 발짝도 나가지도 못하는데 666억? 평생 죽을 때까지 소처럼 일해도 그 돈을 갚을 순 없을 것 같은데. 상금 대신 빚만 질 줄 알았으면 싸구려 호텔 방에 계속 처박혀 있는 건데, 얼어 죽을 자유는 개뿔. 허황한 꿈에 부풀었던 스스로가 한심했다.

"에이씨, 다 망해버려라."

그토록 김기광과 정다정이 바라던 종말의 밤 시나리오 중 지금 나에게 가장 필요한 건 금융 시스템의 붕괴였다. 문득 국제 대회에 출전하기 위해 장거리 비행으로 이동하며 본 미국 드라마가 떠올랐다. 천재 해커가 전 세계 사람들의 빚을 모두 없애버리는 내용의 드라마였다. 제목이 〈미스터 로봇〉이었나? 제목 때문에 천재 해커가 로봇이었다는 반전을 기대했지만, 시즌1 마지막에 그는 자신이 로봇임을 커밍아웃하는 게 아니라 사랑하는 사람을 비롯한 전 세계 모두의 빚을 없애버렸다.

드라마 속 이야기가 현실이 된다면 얼마나 좋을까. 달콤한 상상에 젖는데 배에선 꼬르륵 소리가 엇박자로 피처링을 넣었다. 성냥팔이 소녀처럼 순진하게 상상에 매달리기엔 너무 늙어버린 것 같았다. 죽고 싶지만 배고프고 배고픈데 미치도록 졸렸다.

빨리 쇼가 끝나버리길 바라면서 주린 배를 손으로 누른 채 눈을 감고 누웠다. 그간의 불면의 밤을 보상받으려는 듯 내 몸은 간절히 잠을 원했고 이내 늪에 빠지듯 정신을 잃었다. 이 순간만 기다렸다는 듯이 불타는 벙커에 갇힌 악몽이 나를 덮쳤다. 얼굴이 보이지 않는 누군가를 향해 살려달라고 애원했지만 그들은 내가 타들어가는 것을 보고만 있었다. 소리 지르고 발버둥 치는데 갑자기 가위로 잘라내듯 모든 게 멈췄다.

기분 나쁜 축축한 느낌에 잠에서 깼다. 온몸이 땀에 흠뻑 젖은 데다 몸이 뜨거웠다. 몸살인가? 기묘한 정적이 귓가로 파고들었다. 천장에서 에어컨 바람이 느껴지지 않았다. 빌어먹을 중앙 통제 시스템. 기권 좀 했다고 쪄 죽일 셈인가. 벌떡 일어나 성큼성큼 문으로 걸어가 주먹으로 문을 두드렸다.

"밖에 아무도 없어요? 저기요!"

잠시 후 바퀴가 굴러가는 소리가 가까워지더니 문을 사이에 두고 소리가 들렸다.

"인간인가?"

"방에 인간이 있나 봐."

"신기하다."

아이 목소리를 흉내 낸 듯한 각기 다른 기계음이 자기들끼리 대화를 나누고 있었다. 눈사람 모양의 기계 3인방 같았다. 문에 난 손톱만 한 유리 구멍을 통해 밖을 보았지만, 녀석들은 키가 작아서 보이지 않았다. 그런데 방에 인간이 있는 게 왜 신기하지?

"어이, 밖에 무슨 일 있어?"

대답이 없었다. 기계 주제에 인간이 묻는 말을 씹다니 싸가지 없게. 하지만 아쉬운 건 이쪽이었다.

"저기, 누구든 좀 여기로 데리고 와줘. 내 말 듣고 있는 거야?"

잠깐의 정적 후 문을 통해 들려오는 소리는 오해의 소지가 없게끔 명확했다.

"우와왕 왕왕와왕."

저것들이 또 못 알아듣는 척이었다. 아니지, 인간의 언어를 못하는 척이라고 해야 하나? 대체 저딴 기계를 뭐가 귀엽다고 만든 건지 제조회사의 정신세계가 의심스러웠다.

"우리 다른 인간 또 찾으러 가자."

"그럴까?"

"그래."

"야! 어딜 가? 다른 인간 찾아서 다시 올 거지? 야아! 너 이름이 뭐야? 어제 스카프 목에 두른 놈 맞지? 너 내가 누군지 다 기억해뒀어!"

협박도 해보고 애원도 해보았지만 바퀴 굴러가는 소리는 점점 멀어졌다. 다시 혼자 남겨졌다. 침대까지 걸어갈 힘도 없어서 문에 등을 기대고 스르르 주저앉았다. 배고파 죽겠고 더워 죽겠고 짜증 나 죽겠다. 죽고 싶은데 그렇다고 또 뭘 해볼 기운은 없다.

얼마나 시간이 지났을까. 복도에서 발소리가 들렸다. 이번엔 바퀴가 아니었다. 용수철을 깔고 앉은 듯 벌떡 일어나 문을 두드리며 소리쳤다.

"저기요! 문 좀 열어주세요! 방에 갑자기 에어컨도 꺼졌고요, 배도 너무 고파요. 저기요!"

이쪽으로 가까워지던 발소리가 문 앞에서 멈췄다. 끼이이익. 건너편에서 손톱으로 문을 긁는 소리가 들렸다. 술 취했나? 눈에 힘을 주고 문에 난 구멍으로 밖을 보았으나 시꺼멓기만 할 뿐 아무것도 보이지 않았다. 상대가 문에 바짝 몸을 붙인 것 같았다.

"저기, 조금만 뒤로 가주시겠어요?"
"그어어어!"

기괴한 음성과 함께 닫힌 문이 요동쳤다. 문을 사이에 두고 복도에서 여러 발소리가 겹쳐서 울리더니 곧이어 내 방의 문으로 달려드는 소리가 들렸다. 다들 미친 것 같았다.

급한 대로 침대 옆 테이블을 끌어와 문을 막았다. 문에서 다섯 걸음 뒤에서 라켓을 무기처럼 손에 들고 문을 쏘아보았다. 영원 같은 시간이 지나고 나서야 문에 몸을 부딪치는 소리가 점차 잠잠해졌다. 다시 느릿한 박자로 신발을 질질 끌며 복도를 걸어가는 소리가 들렸다.

뒤꿈치를 들고 문에 가까이 가서 구멍을 들여다보니 터덜터덜 복도를 걸어가는 사람 하나가 보였다. 거북 목 자세로 팔을 늘어뜨린 채 비스듬히 걸어가는 남자의 몸이 피투성이였다. 숨을 참고 발을 옮기다가 이어 커프를 밟았다. 악 소리가 나왔지만 재빨리 손으로 입을 가렸다. 걸어가던 남자가 기괴한 자세로 천천히 문 쪽으로 몸을 틀었다. 남자의 동공이 내가 입은 순백의 원피스처럼 하얬다. 이내 남자는 방향을 바꿔 걸어와 손으로 문을 긁었다. 천천히. 하지만 집요하게.

저것의 이름이 뭔지 알지만 차마 입 밖으로 뱉을 수 없었다. 생각으로도 정의 내리고 싶지 않았다. 이건 말이 되지 않으니까. 그건 TV 시리즈나 영화에서나 볼 법한 콘텐츠일 뿐이니까. 오락거리로 즐기는 소재여야 할 좀비가 왜 복도를 걸······.

불온한 생각을 떨쳐내려고 고개를 세차게 가로저었다. 불과 몇 시간 전에 플로어D에서 그딴 일을 겪어놓고 또 속는다고? 정신 차리자. 손으로 얼굴을 쓸었다. 아. 내 눈에는 고글이 없고 내 오른쪽 귀에는 이어 커프가 없다.

눈사람 모양 기계가 문 앞에서 중얼거린 말이 떠올랐다. 인간인가? 방에 인간이 있나 봐. 신기하다. 우리 다른 인간 또 찾으러 가자.

그 후 눈사람 기계는 돌아오지 않았다. 이 타워에 나 말고 살아남은 인간이 또 있을까. 알 수 없다. 하지만 밖은 확실하겠지. 저 빨간 불은 내 채널을 시청하는 누군가가 계속 결제 중이란 소리니까. CCTV를 향해 침묵 속에서 구조 요청하듯 팔을 위로 뻗어 오른쪽 왼쪽으로 크게 교차했다. 나 아직 살아 있다고, 제발 좀 살려달라고. 하지만 빨간 점은 침묵했다.

"구조대가 곧 올 거야. 내가 여기 있는 걸 다 보고 있을 테니까."

머릿속 생각을 소리 내서 말해보았지만 불안감은 가시질 않았다. 창가로 가서 미어캣처럼 초조하게 밖을 살폈다. 게르빌K 지역은 오래전 원전 사고 이후 허큘리스 타워를 빼고는 개발이 이루어지지 않아 타워 주변은 허허벌판이었다. 허큘리스 쇼에서 벌어들인 수익금으로 게르빌K 지역을 개발할 거라고 했는데, 근데 왜 아무도 오지 않는 거지? 설마 여길 버린 건 아니겠지?

 문이 점점 더 강하게 요동쳤다. 숨죽이고 있는데도 그것들이 더 많이 몰려왔다. 그새 여기 먹을 게 있다고 소문이라도 난 걸까? 정수리에 고인 땀이 목덜미를 따라 척추를 타고 쪼르르 흘러내렸다. 몸을 돌려 자세를 낮춘 후 라켓을 쥐고 문을 쏘아보았다.

 몇 년 전 매니저 삼촌이 에너지 음료를 타며 말해주었다. 피부는 뇌가 분화해 표면에 드러난 거라 손으로 만지는 물건을 나의 일부처럼 느껴 메이저리그에서 활약하는 야구선수들도 배트와 글러브를 자신이 직접 정성껏 닦는 것이라고. 그날 이후로 나는 불안할 때면 라켓의 그립을 마른 수건으로 정성껏 닦고 직접 스트링을 매기 시작했다. 라켓은 곧 나였다. 라켓만 쥐면 심박수가 느려지며 차분해졌다. 그러니까 이제 곧…….

 그어어어, 퍽! 내 심장을 쥐고 흔들 듯 낯선 소리가 바깥에서부터 파고들었다. 그어어어, 찍, 그어어어, 윽! 마지막은 소리가 아니라 사람의 음성 같았다. 엎치락뒤치락하는 소리 뒤로 정적이 이어졌다. 살금살금 걸어가 문에 바짝 몸을 붙였다. 건너편에서 남자가 속삭이듯 물었다.

 "존자야, 거기 존자 맞니?"
 "저 여기 있어요. 근데 누구세요?"

"윽!"

그어어어, 퍽, 그어어어, 찍 소리가 오간 후 기구를 이용해 문이 덜컹거리는 소리가 들렸다. 문구멍을 통해 밖을 보았다. 좀비들에게 둘러싸여 남자의 얼굴이 보이지 않았다. 그는 장도리를 휘둘렀지만 그에게 달려드는 좀비 수가 점점 많아졌다. 저러다 죽는 거 아냐? 나는 문고리를 세게 돌렸지만 아무리 힘을 줘도 문은 꿈쩍도 하지 않았다.

"찾았어요! 으윽!!"

젊은 남자의 흥분한 목소리와 함께 뒤이어 문이 벌컥 열렸다. 그런데 문이 열리자마자 또 다른 문이 보였다. 이게 뭔 상황인지 눈을 의심할 새도 없이 빙그르르 문이 돌아가더니 작은 남자가 장도리를 휘두르며 큰 남자에게 소리쳤다.

"밀어!"

큰 남자는 문짝을 방패 삼아 밀려오는 좀비를 밀어냈지만 문짝이 돌려지는 사이 그 틈으로 좀비 두엇이 방으로 들어왔다. 손에 든 라켓으로 좀비들을 밀어냈으나 놈들은 반 발짝 밀린 게 다였다. 작은 남자가 소리쳤다.

"머리! 머리를 쳐!"

그 즉시 라켓을 돌려서 그립 부분으로 좀비의 머리를 쳤다. 한 놈이 뒤로 밀리는가 싶었지만 바닥에 쓰러진 다른 좀비가 내

다리를 잡았다. 나를 움켜쥐는 힘에 놀라 균형을 잃고 뒤로 자빠졌고 쓰러진 내 몸 위로 내가 죽이다 만 좀비가 숟가락처럼 포개졌다. 놈이 입을 쩍 벌리며 나를 먹으려 들었다. 라켓 그립으로 머리를 치고 치고 또 쳤다.

찍. 좀비가 머리를 툭 떨구었다. 작은 남자가 피가 뚝뚝 떨어지는 장도리를 들고 나를 내려다보고 있었다.

"할아버지?"

11

 지난 10년간 그에게 무슨 일이 있었던 걸까.

 바싹 말라비틀어진 노송처럼 얼굴에 주름이 자글자글했고 눈빛 역시 나무옹이처럼 깊고 어두웠다. 그동안 대체 어디서 뭐 한 거냐고 화를 내고 싶었다. 그런데 나를 보는 그의 눈에 고목에 이슬이 맺히듯 눈물이 방울졌다.

 "살아 있었구나. ……살아줘서 고맙다."

 라켓을 꼭 쥔 손에 힘이 빠졌다. 달려가서 와락 그를 껴안고 싶었지만 애써 참았다. 무엇 때문에 참아야 하는지 알 수 없었지만 마음의 빗장을 풀지 않은 채 딱딱하게 물었다.

 "어떻게 된 거예요?"

 "제가 좀비한테서 이 전자 카드를 빼앗아서 문을 열었습니다!"

 김덕배에게 물었는데 옆에 있던 덩치 큰 남자가 신이 나서 대답했다. 스스로가 너무 대견한지 목소리에 물기가 어려 있었다. 이 어이없는 인간은 뭐지? 바닥에 떨어져 딱딱하게 굳은 밥알처럼 뾰족한 의문이 필터링도 없이 말이 되어 나왔다.

"그쪽이요?"

"네? 아, 그게, 정확히는 빼앗은 건 아니고, 죽은 좀비, 그러니까 좀비는 원래 죽은 건데, 머리가 거시기돼서 활동성이 멈춘 좀비 목에서 벗겨냈죠……."

김덕배와 다르게 덩치가 몹시 큰 남자의 몸에는 피보다 땀이 더 많아 보였다. 냉정한 시선으로 그를 응시하자 그는 더듬더듬 말을 이었다.

"저기, 바, 반갑습니다, 전 김존자 선수 팬……."

"니케."

"네?"

"니케라고요."

"아, 그렇죠. 그 사건 이후 개명하셨죠. 어, 그러니까 전 음, 구울입니다."

미간에 힘을 주고 손에 든 라켓을 고쳐 쥐었다. 그는 움찔하더니 속사포 래퍼처럼 다급하게 말을 이었다.

"구울은 필명이에요 필명! 웹툰 작가, 나이 24세, 키 191, 몸무게……도 말해요?"

"……."

나의 침묵을 오해했는지 그가 자신의 데뷔 연도, 작업실 주소, 핸드폰 번호, 플랫폼 담당자 이름까지 줄줄이 말했다. 나사가 빠진 건지 아니면 너무 조여진 건지 어쨌거나 문제가 좀 있어 보였다. 구울이 프로필을 구구절절 읊든 말든 나의 눈은 오직 김덕배에게 향했다.

"관광객으로 온 거예요?"

"……늦어서 미안하다."

그건 내 질문에 대한 대답이 아니었다. 김덕배는 나와 눈을 마주치지 못했다. 손에 들린 장도리. 그의 직업은 핸디맨. 머릿속에서 빠르게 화살표가 이어졌다. 설마.

"여기서 일했어요? 언제부터요?"

"오래됐지."

김덕배는 오랜 시간 축적되어온 한을 뱉듯 한숨을 길게 내쉰 뒤 씁쓸한 어조로 허큘리스 타워 이야기를 시작했다.

원자력발전소 붕괴 사고가 터진 지 얼마 되지 않았을 때였다. 정부에서 게르빌K 지역에 타워를 짓겠다고 선포하자 이웃 국가들 모두 미친 짓이라며 성토했다. 하지만 게르빌 정부 입장에서 볼 때는 자연의 치유 능력을 믿고 그대로 두었다가는 국가

자체가 소멸할 수도 있었다. IMF 구제 요청도 거절당한 마당에 게르빌은 물러설 곳이 없었다. 기계 예찬론자들의 자본만이 그들을 살려줄 동아줄이었다.

게르빌 국민들은 원전 사고 이후 숫자는 거짓말하지 않는다고 입버릇처럼 말하곤 했다. 폭발 직전에 나타난 수많은 숫자를 안일한 태도로 무시한 결과 돌이킬 수 없는 사고가 터졌으니 당연한 반응이었다. 발전소 직원들이 사고를 인지하고 뒤늦게 긴급 정지 시스템을 눌렀지만, 제어봉이 다시 완전히 제 위치에 삽입되는 데 걸리는 시간은 18초였다. 그 욕 같은 숫자의 간격을 메우지 못하고 원자력발전소는 붕괴했다.

끔찍한 참극 이후 게르빌 국민들은 숫자를 종교처럼 믿었다. 문제는 그들이 보고 싶은 숫자에만 집중한다는 것이었다. 특히 권력을 잡은 정부에서는 게르빌K 지역의 방사선 방출량 수치보다는 빠르게 추락하는 집권당 지지율 수치에만 집착했다. 그래서 공사장 인부들에게 방사능 차단복을 입히고 건설 현장에 투입해 허큘리스 타워를 완공했다.

"하지만 그건 옛날얘기잖아요. 지금은 게르빌K 지역 내 방사능 수치가 정상이랬어요."

"게르빌 언론사의 셋째 딸과 결혼한 IAEA 사무차장이 제공한 자료에 의하면 그렇지."

국제환경단체 그린피스가 따로 조사한 바에 따르면, 원전 사고 지점 30킬로미터까지 현재도 치사선량의 수십 배에 달하는 방사선량을 내뿜고 있다며 김덕배가 가라앉은 목소리로 말했다. 소수의 사람만 아는 정보라고 했다.

"그걸 할아버지가 어떻게 알아요?"

"난 핸디맨이니까."

부르면 바로 달려와 잡일을 처리하는 핸디맨은 양복 입은 사람들에게 투명인간이나 다름없었다. 그가 있든 말든 조심성 없이 별별 이야기를 다 한다고 했다.

생각이 밀물처럼 밀려들었다. 그래서 100킬로미터에 달하는 지하 터널로 사람들을 이동하게 한 걸까. 일명 땅굴이라 불리는 그 터널은 과연 방사능으로부터 안전했을까. 김덕배는 이 건물은 안전하니 걱정하지 말라고 했지만 전혀 안심되지 않았다.

"복도에 좀비들이 돌아다니는데 안전하다고요? 대체 저건 어디서 튀어나온 거예요?"

"플로어Z."

김덕배는 조 박사가 실험하던 약물이 변이를 일으켰다며 침통한 목소리로 말을 이었다. 타워의 맨 꼭대기 층인 플로어Z에는 비밀 실험실이 있었다. 게놈 프로젝트의 권위자인 조 박사는 오래전 플로리다에서 교통사고로 사망했다고 세간에 알려졌지만, 실은 성역 없는 연구를 보장받고 허큘리스 타워에서 활동하고 있었다.

조 박사는 인류가 기술을 받아들이지 않고 보통의 인간으로 남는다면 결국 기계의 지배를 받을 것으로 생각했다. 그래서 인간이 업그레이드되어야 한다는 것에 동의했지만 기계 옹호론자들과 달리 사이보그가 아니라 인간의 능력을 신장시키길 바랐다. 무슨 수를 써서라도. 그는 기술은 찬양하지만 기계는 지독히 혐오하는 인간이었다.

그 비뚤어진 욕망이 올림픽에서의 성과로 국위 선양하려는 게르빌의 목표와 딱 맞아떨어졌다. 조 박사는 이곳에서 정부의 지시를 받고 스포츠 선수를 위한 '디자이너 약물'을 개발했다.

지구의 자전 속도에 문제가 생긴 것처럼 나는 몸이 휘청했다.

"여기였어요? 이름을 밝힐 수 없다던 그 실험실이…… 이 타워 꼭대기에 있다고요?"

김덕배는 말없이 나를 보았다. 대답 없음도 대답이었다. 그런데 김덕배는 이 모든 걸 어떻게 알고 있는 걸까. 아무리 핸디맨이라고 해도 그가 아는 정보는 너무 자세했다. 머릿속을 헤집던 화살표가 이제껏 상상조차 해본 적 없는 방향으로 날아갔다.

"그 더러운 약물을 만드는 일을 도왔어요? 나한테 그걸 써달라고 애걸이라도 했냐고요?"

"……."

"대답해요! 나한테 그걸 썼냐고요!"

"나도 모른다. 난 그저 플로어Z에 갇혀 있던 핸디맨일 뿐이니까."

오래전 병원 화장실 앞에서 경찰들에게 끌려간 김덕배는 강제로 차에 타면서, 변호사를 통해 법적으로 다 처리했는데 무슨 소리냐고 항의했지만 그들은 초지일관 묵묵부답으로 대처했다. 모처의 사무실로 끌려간 김덕배가 핸드폰으로 박 변호사에게 전화했을 때 '지금 거신 전화는 없는 번호이니 다시 확인하고 걸어주길 바란다'라는 안내음만 들려왔다.

곧이어 사무실에 들어온 젊은 여자는 자신이 이 사건 담당 검사라고 밝히면서 김덕배에게 물었다. 아동 성추행, 공무집행 방해, 사기, 강도 등 죄목을 덕지덕지 붙이고 감옥에서 30년을 썩을지, 아니면 전공을 발휘해 국가에 봉사할지 선택하라고 종용했다.

그는 두 번의 고민도 없이 감옥을 택한 뒤 새 변호사가 동석하기 전까지는 아무 말도 하지 않겠다며 입을 다물었다. 그런데 그날 밤 호송 차량을 통해 그가 이송된 곳은 구치소가 아니라 허큘리스 타워였다.

조 박사의 요청으로 연구 보조, 요리사 등 게르빌 전역에서 온 사람들이 플로어Z에서 생활하고 있었다. 김덕배와 달리 그들은 비밀 유지를 조건으로 큰돈을 약속받고 자발적으로 온 사람들이었다. 기존 핸디맨은 일주일 만에 해고되었고 다른 사람을 구하던 중 내 주변에 얼쩡거리는 김덕배가 수트가이의 눈에 띈 것이다.

수트가이. 그가 이 모든 사건의 연결 고리였다. '아이가 미래다' 프로젝트에 방해될 게 뻔한 김덕배를 처리하고 싶어 방법을 고심하던 찰나, 때마침 허큘리스 타워 플로어Z의 핸디맨 자리가 공석이 되자 양쪽을 주선해 일사천리로 일을 진행했다. 그러니까 김덕배는 나 때문에 여기 갇히게 된 것이다.

그럴 리가 없다고 부정하고 싶었다. 비겁한 소리란 걸 알면서도 떨리는 목소리로 선을 긋듯 물었다.

"그간 10년이 넘었잖아요. 탈출할 기회가 없었다고요?"

"양복 입은 남자가 나를 찾아왔었다."

오래전 수트가이가 타워에 방문해 김덕배에게 내가 훈련하는 영상을 보여주며 김존자를 세기에 남을 선수로 만들어주겠다고 약속했다. 그러려면 존자에게 독기가 필요하다고 그를 설득했지만 김덕배는 어떻게든 여길 나가서 나를 만나러 가겠다고 단호하게 말했다.

"그랬더니 얼마 후 다시 와서 다른 영상을 보여주더구나."

나는 괴성을 지를 정도로 온 힘을 다해 라켓으로 공을 때리면서도 땀에 흠뻑 젖은 채 웃고 있었다. 내가 행복해하는 모습을 보고 혼란스러워진 김덕배에게 수트가이가 세 치 혀를 놀렸다. 기존 핸디맨은 탈출을 시도하다가 발각돼서 '해고'되었고, 며칠 후 김존자 입양 건을 맡은 박 변호사처럼 법적으로 '실종' 처리되었다고. 그 말을 하면서 수트가이는 딸기초콜릿라테를 빨대로 쪽쪽 빨고 있었다. 개죽음당하고 싶지 않으면 얌전히 타워에 숨죽이고 있으라는 경고였다.

그 후 김덕배는 더는 탈출하겠다고 문제를 일으키지 않았다. 바깥과 완전히 단절된 플로어Z에서 기계처럼 주어진 일만 묵묵히 처리했다. 산 것도 죽은 것도 아닌 것 같은 날들이 오래도록 이어졌다.

그러던 어느 날, 타워 직원이 엘리베이터를 타고 플로어Z에 내리면서 핸드폰으로 올림픽 경기를 실시간으로 시청하는 모습을 어깨 너머로 흘끗 보았다. 당시 김덕배는 청소까지 겸하고 있어서 대걸레로 복도를 닦고 있었다. 결승전에서 내가 위닝샷을 때리면서 금메달을 확정 짓는 순간 게르빌 스포츠 중계자가 흥분을 감추지 못하고 비명처럼 소리를 질렀고, 이어폰 밖으로 김존자라는 이름을 외치는 소리가 새어 나오자 김덕배는 고개가 돌아갔다. 타워 직원에게서 핸드폰을 빼앗아서 화면을 보았다. 김덕배는 내가 무릎을 꿇고 펑펑 우는 모습에 대걸레를 붙잡고 함께 울었다.

하지만 그로부터 얼마 지나지 않아 김존자 도핑 파문이 들끓었다. 김덕배는 여기 드나드는 사람들이 하는 말을 통해 허큘리스 타워 플로어Z에서 무슨 일을 하는지 알고 있었기에 플로어Z가 바로 그 '이름을 밝힐 수 없는 실험실'이라고 확신했다.

김덕배는 조 박사에게 제발 김존자는 그런 비겁한 수를 쓰지 않았다고 사람들에게 인터뷰 좀 해달라고 사정했지만 조 박사는 경멸 어린 시선으로 차갑게 말했다.

"미쳤어? 이 손 안 놔?"

김덕배는 그를 잡은 팔을 놓지 않았다. 그가 공식적으로 사망 처리된 걸 알았지만 조 박사라면 높은 분들과 끈이 많으니 어떻게든 해줄 것 같았다. 김덕배는 조 박사에게 간절하게 애원했다.

"존자는 다른 선수들처럼 여기 온 적이 없잖아요! 존자는 깨끗하다고 한 말씀만 제발 해주세요. 이렇게 두면 그 앤 망가질 거예요."

"순진하긴. 김존자 선수가 정말 깨끗하다고 믿는 거야?"

조 박사는 한쪽 입술을 비틀어 올리며 몇 년 동안 게르빌 엔터테인먼트 스포츠 총괄팀장이 정기적으로 타워를 방문해 은밀히 캐리어를 가져간 걸 상기시켜주었다.

"존자가 정말로 그걸…… 그럴 리가……."

"그걸 김존자에게 썼는지 안 썼는지는 오직 총괄팀장 그 새끼만 알겠지."

조 박사는 충격으로 일그러진 김덕배를 비웃은 후 제 사무실로 들어가버렸다.

그래서 아까 김덕배는 디자이너 약물을 나에게 썼는지 아닌지 모른다고 한 것이었다. 김덕배는 나를 붙잡고 고개를 가로저으며 힘주어 말했다.

"금메달은 네 힘으로 딴 거야. 절대 스스로를 의심해선 안 돼."

"……."

나는 아랫입술을 꽉 깨문 채 김덕배를 보았다. 김덕배는 수트가이가 어떤 인간인지 몰랐다. 어쩌면 알면서도 믿고 싶지 않은 것일지도 몰랐다. 의연하게 고개를 끄덕이려고 했지만 나무토막이 된 것처럼 몸을 움직일 수 없었다. 이 상태에서 조금이라도 움직이면 아이처럼 울음이 터질 것만 같았다. 진짜 진짜 그동안 너무 힘들었다고 징징대고 싶었다. 내가 기대 울 수 있는 사람은 세상에 오직 김덕배뿐이었다.

오래전 우리가 함께 지낸 일주일은 찰나처럼 짧았고 함께 나눈 추억은 남들이 볼 땐 대단치 않을 수도 있지만 누가 뭐래도 상관없었다. 그것이 우리를 오늘까지 살아 있게 했고 여기서 다시 만나게 했다는 것을 알고 있었다.

그도 나도 각자 할당받은 외로움의 그늘에서 이를 악물고 견딘 것에 대한 보상으로 오늘의 만남이 선물처럼 주어진 것이라고 믿었다. 우리는 다시는 절대 놓치지 않겠다고 약속하듯 서로를 꼭 잡은 채 아무 말도 하지 못했다.

뜨거운 감정으로 눈물을 겨우 참고 있는데, 3시 방향에서 뜻밖의 질문이 날아왔다.

"그런데 좀비는 어떻게 만들어지게 된 건가요?"

고개를 돌려 사납게 구울을 쏘아보았다. 그는 수첩에 뭔가를 열심히 적느라 야멸친 시선이 쏟아지는 것을 알지 못했다. 맘 같아선 당장 수첩을 빼앗아 갈기갈기 찢어버리고 싶었지만 꾹 참고 물었다.

"설마 이거 웹툰으로 만들려고? 그래서 적는 거예요?"

"저기 그게 그러니까 계약 때문에……. '허큘리쇼쇼쇼'란 제목으로 웹툰을 그려달라고 연락이 왔는데……."

게르빌 정부에서는 이 쇼를 통해 IP 확보와 더불어 콘텐츠 산업으로의 확장도 기획하고 있어서 웹툰 작가, 웹소설 작가, 주요 플랫폼과 프로덕션 관계자들만 200명 넘게 초대했는데, 자신은 개인적인 사정으로 쇼 하루 전에야 겨우 합류해 작업이 많이 늦었다고 주저리주저리 말했다. 쇼 종료 후 이틀 안에 시놉시스를 넘기지 않으면 위약금을 계약금의 10배로 물어야 한다고 덧붙였다. 어딜 가나 돈이 문제였고 여기나 저기나 다 계약에 매인 몸이었다.

"위약금 10배라고 해봤자 뭐, 666억 발끝에도 못 미칠 텐데."
"아."

눈치가 아예 없진 않은지 구울은 수첩과 펜을 주섬주섬 바지 주머니에 넣었다. 사람이 나쁜 것 같진 않은데 그렇다고 딱히 옆에 두고 싶은 타입은 아니었다. 그의 첫인상이 물음표에서 비호감 쪽으로 점점 기울었다.

한편 김덕배는 좀비가 어떻게 시작된 건지 짐작하는 바가 있다면서 말을 이었다. 인성이 개차반인 조 박사는 조금이라도 수틀리면 해고 카드를 날려서 지난 몇 년 사이 수십 명에 달했던 플로어Z 직원이 순식간에 2명으로 줄었다. 플로어Z에 남은 직원은 핸디맨과 요리사 둘뿐이었다. 요리사는 김덕배가 요리를 잘했다면 조 박사가 자신까지 해고했을 거라면서 라면도 맛없게 끓이는 핸디맨에게 늘 고마워했다.

"그런데 사흘 전에 사건이 터졌지."

12

사건의 발단은 삼계탕이었다.

조 박사가 저녁을 먹고 배탈이 났다면서 요리사에게 불같이 화를 냈다. 김덕배도 배가 좀 아팠지만 자신은 괜찮다며 요리에는 아무 문제가 없다고 요리사를 감쌌다. 하지만 비위가 상한 조 박사는 그녀를 당장 해고하겠다며 소리쳤고 김덕배가 말리는 과정에서 몸싸움이 벌어졌는데, 겁에 질린 요리사가 폐기 처리용으로 분류된 주사기를 그의 목에 찔러버렸다.

다음 순간 조 박사는 기이하게 몸을 뒤틀더니 검붉은 핏줄이 빠르게 도드라지면서 동공이 하얗게 변했다. 뭘 어떻게 해볼 새도 없이 몇 초 만에 벌어진 일이었다. 조 박사는 순식간에 요리사의 목덜미를 물었고 요리사 역시 조 박사와 똑같이 변했다. 가해자가 피해자가 되고 순식간에 그녀 역시 가해자로 변한 것이다. 해고가 곧 죽음인 상황에서 주사기의 피스톤을 끝까지 누르면서 그녀는 자신이 죽지 않으려면 그를 죽여도 좋다고 생각했을까. 이제는 알 수 없어졌다. 그녀 역시 좀비가 되어버렸으니.

김덕배는 피와 살에 취한 그들이 자신을 먹기 전에 이를 악물고 밖으로 달려 나가 버튼을 눌러 연구실 문을 닫았다. 공격성이 최대치에 달한 조 박사와 요리사는 서로에겐 관심이 없었다. 그들은 살아 있는 김덕배의 피와 살에 집착했다.

김덕배는 사태를 외부에 알리기 위해 조 박사의 사무실로 들어가 컴퓨터를 켰다. 모니터 가운데 카메라 렌즈가 달려 있었다. 화상회의용 렌즈 같았다. 접속 방법은 모르지만 누군가가 그를 감시하고 있기를 기대하며 이면지에 '조 박사 사망'이라고 크게 적어서 렌즈에 가까이 가져갔다.

1년 같은 1분이 지난 후 컴퓨터 책상 세 번째 서랍에서 경쾌한 벨 소리가 울렸다. 수신만 가능한 핸드폰이었다. 상황을 설명하며 변해버린 조 박사와 요리사의 모습을 찍어서 보여주자 얼마 지나지 않아 관리자 셋이 방호복을 입고 플로어Z로 올라왔다.

무기도 없이 들어가선 안 된다고 김덕배가 말렸지만 그들은 빨리 버튼이나 누르라고 그를 닦달했다. 연구실 문이 열리자마자 순식간에 한데 뒤엉켜 죽음의 왈츠를 추더니 좀비가 넷으로 늘었다.

뒤늦게 문을 닫아 살아남은 관리자는 윗선에 조 박사를 비롯해 총 5명이 광견병 증세를 보인다고 보고한 뒤 플로어Z 격리를 요청했다. 허큘리스 쇼 총책임자는 어차피 조 박사의 연구동은 쇼가 벌어지는 곳과는 따로 떨어져 있어서 괜찮다며 그 사건을 덮기로 했다.

"왜 광견병 증상이 있는 사람이 다섯이에요?"

"나까지 광견병 증상을 보인다고 보고해버린 거지."

함부로 들어가선 안 된다는 김덕배의 말을 무시한 게 알려져 윗선으로부터 문책당할까 두려워서 관리자는 자신이 무기를 챙기는 사이 김덕배가 신호를 무시하고 연구실 개폐 버튼을 눌렀다고 보고했다. 그래서 김덕배는 플로어Z에 갇혀버렸다.

이러다 쇼가 끝나면 쥐도 새도 모르게 죽겠다 싶어서 그는 미친 사람처럼 플로어Z 내의 모든 CCTV를 부숴버린 후 환풍구를 통해 탈출했다. 하지만 허큘리스 타워의 환풍 통로는 그의 예상보다 훨씬 더 복잡했다. 길을 잃어서 며칠 동안 헤맸는데 겨우 다른 환풍구를 찾아 플로어C에 내려왔을 때는 이미 사람들이 좀비가 되어 있었다고 했다.

"플로어Z가 뚫린 건가요?"

"그랬을지도 모르지."

김덕배는 고민 끝에 잘 모르겠다며 고개를 가로저었다. 플로어C와 플로어Z 사이의 물리적 거리를 뚫고 어떻게 좀비가 내려온 건지, 사흘이란 시간 동안 왜 타워 측에서는 아무 조치도 취하지 않은 건지. 무엇보다 관리자나 총책임자의 태도를 제일 이해할 수 없었다. 나는 습관처럼 손바닥으로 얼굴을 비비려다 멈칫했다. 좀비의 피가 손금 사이로 스며들어 굳어 있었다.

그다음 상황은 구울이 이어서 설명했다. 구울은 쇼 시작 후 1라운드가 끝나고 이어지는 화면의 경기 상황을 적고자 바지 주머니에 손을 넣었다가 당황했다. 샤워 후 침대에 수첩을 놓고 온 게 떠올랐다. 수첩을 챙기려고 방으로 돌아온 덕분에 플로어C에서 벌어진 난동을 피해 살아남을 수 있었다고 고백했다.

한편 그 시각 김덕배는 생존자들 몇몇과 함께 플로어C의 아비규환에서 빠져나와 비상구 계단을 통해 아래층으로 가다가 우연히 기계 목소리를 들었다. 목에 스카프를 두른 눈사람 모양 기계가 방에 인간이 있다고 나누는 이야기를 듣고 분노한 한 남자가 김존자 그년이 이 난리가 벌어질 줄 알고 일부러 1라운드에서 기권한 거 아니냐고 입에 게거품을 물었다.

"네가 플로어D에서 탈락해서 숙소에 감금되었단 소식을 듣고 그 눈사람 기계들이 말한 장소가 네 숙소일 거라고 생각했다. 1층으로 내려가겠다는 사람들과 헤어진 후 플로어B로 향했지. 좀비들이 우글거리더구나. 겨우 기계가 말한 방의 문을 열었는데…….."

끄응 신음을 삼키며 김덕배는 구울을 보았다. 그때부터 덩치만 크지 1인분도 제대로 못 하는 구울을 금붕어 똥처럼 달고 다니느라 여기까지 오는 데 오래 걸린 것이었다.

카펫 위에 떡하니 자리를 차지한 거대한 똥을 바라보듯 나와 김덕배가 일제히 그를 쳐다보자 그는 땀을 주룩주룩 흘리며 바지 주머니에서 약통을 꺼냈다. 약에 민감한 내가 미간을 찌푸리자 김덕배가 아까부터 계속 캔디처럼 먹는다며 진통제라고 말했다.

"어깨가 좀 아파서……."

구울이 눈을 맞추지 못한 채 중얼거렸지만 그건 거짓말이었다. 나는 그가 입에 약을 털어 넣는 순간 그의 오른손을 턱 잡았다. 약병과 알약 모양이 익숙했다. 부정맥 및 고혈압 치료제로 알려졌지만 흥분한 교감신경을 가라앉혀주는 효과가 탁월해서 타인 앞에 서는 것을 힘들어하는 불안장애 환자에게 도움을 주는 약물이었다. 10여 년 전, 세계적으로 유명한 사격 금메달리스트가 이 약물을 쓴 게 밝혀져 메달을 박탈당하면서 널리 알려진 약물로 현재는 올림픽 금지 약물로 지정되었다.

"진통제? 이게?"

"그, 그게…… 그러니까 진통제인 줄 알았는데 병이 왜……."

구울은 지진 난 듯 동공이 흔들리며 식은땀이 폭발했다. 극도의 스트레스로 떨리는 상황에서도 고요한 호수 같은 차분함을 유지해주기 때문에 스포츠계에서는 금지 약물이지만 도핑 검사가 없는 일반인들은 손쉽게 사용하는 약이었다. 면접이나 오디션을 앞두고 복용하는 청심환만큼 대중적이니 구울이 이 약을 먹는 게 문제 될 건 없었다. 하지만 나는 좁혀진 미간이 쉽게 풀리지 않았다.

"수첩이 아니라 이것 때문에 숙소에 다시 간 거네. 왜 거짓말했어요?"

구울은 고개를 푹 숙인 채 나를 보지 못했다. 그를 믿어도 될까. 그가 덩칫값도 못 하는 금붕어 똥이라서 문제가 아니라 거짓말하는 금붕어 똥이기 때문에 문제였다. 내가 한 발 뒤로 물러선 뒤 한쪽 어깨를 내리고 삐딱하게 바라보자 그가 조그맣게 대답했다.

"도움도 안 되는 쫄보라고 버리고 갈까 봐……."

마침 속으로 그런 생각을 하던 차라 나는 무겁게 침묵했다. 반면 김덕배는 그런 건 생각도 해본 적 없다는 듯 눈을 크게 뜨고 그를 쳐다보았다. 정신 똑바로 차려도 순식간에 생과 사가 바뀌는 상황에서 약이 없으면 버텨내질 못하는 겁쟁이를 누가 좋아하겠냐며 그는 울먹였다. 어색한 침묵이 우리 사이에 제삼자처럼 자리 잡았다.

잠시 후 김덕배가 팔을 위로 뻗어 그의 등을 툭툭 쳐주며 얼른 약을 삼키라고 했다. 맘에 들진 않지만 김덕배가 그렇게 결정했다면 뭐. 나는 캐리어에서 반쯤 남은 물통을 꺼내서 구울에게 건넸다. 구울은 덩치에 안 어울리게 훌쩍거리면서 약을 꿀떡 삼켰다.

복도 끝 쪽에서 비명이 들렸다. 김덕배는 장도리를 쥐고 달려가 문을 열었으나 아까와는 비할 수 없을 만큼 좀비 수가 늘어나 있었다. 돌파는커녕 방어에도 헉헉대며 허우적거리다가 우리 셋은 힘을 합쳐 겨우 다시 문을 닫았다. 살려달란 비명이 복도 끝에서 몇 초간 울리다가 이내 잠잠해졌다.

김덕배는 자책과 무력감에 바닥에 주저앉았고 구울은 벽에 등을 기대고 앉아 코피를 흘리듯 눈물을 흘리며 수첩에 펜으로 꾹꾹 힘주어 적었다. 나는 꼿꼿하게 서서 문구멍으로 밖을 보았다. 복도에선 좀비들이 멍한 눈을 한 채 천천히 한 방향으로 걷고 있었다. 그중 단발머리 여자가 눈에 띄었다. 어제 목에 두른 스카프를 빼서 눈사람 모양 기계에 둘러주라며 아이에게 건넨 여자였다. 배에 내장이 튀어나와 너덜거리는데도 그녀는 앞을 향해 쉬지 않고 걸었다.

손이 하얘지도록 세게 라켓을 꽉 쥔 채 다른 쪽으로 눈을 돌렸다. 구울의 수첩에 적힌 글이 눈에 들어왔다.

흩어지면 살고 뭉치면 죽는다…

삐뚤삐뚤한 글씨로 적혀 있었다. '죽는다'의 'ㅈ'이 꼭 'Z'처럼 보였다. 빌어먹을 플로어Z.

나는 수첩에서 눈을 돌려 문의 유리 구멍에만 집중했다. 이 미친 상황에 적응하려면 피하면 안 된다. 복도를 걷는 좀비들을 보고 또 보았다. 모든 것에 무감각해질 때까지.

온몸에 내장과 피를 뒤집어쓴 여자애가 앞으로 팔을 뻗은 채 걸어가고 있었다. 정수리에 핑크 왕리본을 족두리처럼 달고 있는 여자애였다.

"어, 어마……."

나는 문을 열자마자 아이에게 손을 뻗어 팔을 재빨리 낚아챘다. 벌컥 문이 열리는 소리에 뒤따르던 좀비가 이쪽으로 방향을 틀자 김덕배가 장도리를 아래에서 위로 휘둘러 턱을 날려버린 뒤 발로 차서 뒤로 밀어버렸다. 잽싸게 문을 닫은 건 구울이었다.

그제야 난 아이의 눈동자를 확인하지 않았다는 게 떠올랐다. 본능적으로 벌인 일이었다. 숨도 쉬지 못한 채 아이를 보았다. 나를 올려다보는 아이의 눈동자가 새까맸다.

"너 뭐야. 어떻게…… 왜 너만……."

구울이 놀란 얼굴로 버벅거리며 아이에게 물었지만 아이는 넋이 나간 듯 같은 말만 반복했다. 어마아바. 나는 몸을 낮추고 아이와 시선을 맞춘 뒤 양팔을 잡고 단호하게 말했다.

"엄마는 죽었어. 아빠는 어디 있어? 너 아빠 어디에 있냐고?"

"아바 위, 위에."

"위에? 어디? 플로어C?"

아이가 고개를 가로저으며 말했다.

"프, 프로 지. 지이. 쥐! 쥐이!"

목소리가 너무 컸다. 소리를 질러선 안 된다며 아이의 입을 손으로 막았다. 그제야 아이의 목에 걸린 줄 끝에 출입증 카드가 보였다. 손바닥으로 피를 닦아내니 활짝 웃는 아이의 사진 아래 이름이 보였다. 이하나. 제발 아니길 바라며 물었다.

"혹시 네 아빠가 이제한이야? 양궁 금메달리스트?"

아이는 차 뒤에 달린 강아지 인형처럼 연신 고개를 끄덕였다. 나는 아이에게서 시선을 피하며 고개를 옆으로 돌렸다. 젠장. 벌게진 눈으로 닫힌 문을 쏘아보는데 복도에 설치된 스피커에서 여자 목소리가 울렸다.

"허큘리스 타워 생존자들에게 알립니다. 지금 즉시 모두 플로어G로 모여주시기 바랍니다."

저를
믿으셔야 합니다

13.

반대 1, 찬성 1, 반찬 2.

이게 무슨 프라이드 양념 반반 치킨도 아니고 반대든 찬성이든 하나만 고르라고 아무리 말해도 두 남자는 시원하게 결정을 내리지 못했다. 그럴수록 난 절대 플로어G로 가면 안 된다고 목에 핏대를 세웠다.

"빌어먹을 기계음이라니까요! 미친 괴물 영상으로 선수들을 농락한 그 목소리라고요!"

"흠, 기계 덕분에 널 찾았다."

눈사람 모양 기계들 대화 덕분에 나를 찾으러 플로어B로 내려왔다며 김덕배는 초 치는 소리를 했다. 지난 10년간 기계 혐오자 밑에서 착취당해 그사이 기계 숭배자라도 된 걸까.

"내 생각엔 기계가 꼭 나쁜 것 같진 않구나. 어쩌면 기계가 우릴 도와줄지도 모르지."

김덕배는 내가 외조부의 죽음 때문에 기계에 반감이 생긴 것으로 생각했다. 처음 만난 날 한 얘기를 여태 기억하고 있었던 것이다. 하지만 그건 오해였다. 죽느냐 사느냐가 걸린 문제인데 정직한이고 정다정이고 내가 신경이나 쓸 것 같으냐고 따따부따 따지려다 말을 삼켰다.

김덕배에서 구울로 대상을 바꿨다. 그의 어깨에 양손을 얹고 비장하게 말했다.

"아까 친구 먹기로 했으니까 편하게 말할게."

"먹는다는 표현은 좀……. 그리고 난 동의한 적도 없고 친구는 내가 손해인 것 같은데."

"존댓말 써드려요?"

"아니, 뭐…… 말해."

"24시간 그림만 그리는 기계가 조만간 네 직업을 빼앗을 수도 있어. 너도 기계파는 아니지?"

구울은 동네 골목대장에게 장난감을 빼앗긴 듯한 부루퉁한 표정으로 내 시선을 피했다. 무릎을 굽혀 내 손에서 스윽 제 어깨를 빼더니 들릴 듯 말 듯 작게 꿍얼거렸다. 낙엽도 그것보단 세게 구르겠다며 하고 싶은 말 있으면 크게 하라고 하자 구울은 헛기침 후 소신을 밝혔다.

"이건 일자리가 아니라 세계관 문제야. 생각해 봐. 아포칼립스 세계관에서 기계와 좀비는 절대 함께 나오지 않아. 기계는 신이고 초능력자거든. 좀비 세계관에서 기계는 아이언맨이라고."

구울은 라켓으로 나한테 맞을까 봐 구구절절 자신의 프로필을 읊던 때와는 사뭇 다르게 확신에 차 자신의 기호를 외치는 3선 의원처럼 자신감 있게 말을 이었다.

"좀비들 때문에 처절하게 매 순간 인간의 바닥을 확인해야 하는데 아이언맨이 나타나 빵빵빵 다 처리해준다고? 그딴 건 아무도 안 좋아해. 분량도 프롤로그에서 띡 끝나겠지."

좀비와 기계는 둘 다 캐릭터가 너무 세서 인간이 비집고 들어갈 만한 틈이 없는 데다 소재 자체만으로도 세계관 충돌이라 절대 안 된다며 기후 위기를 걱정하는 학자처럼 심각한 표정으로 고개를 가로저었다. 국밥에 로제 크림 섞은 건 누구도 원하지 않는다는 말을 덧붙이면서.

나는 눈도 깜빡이지 않고 구울을 노려보았다. 혼자만의 생각에 취해 기계가 도와주니 뭐니 한 얘기는 내가 아니라 김덕배가 했다는 것도 헷갈린 걸까. 이 쫄보가 약을 너무 많이 먹어서 정신이 오락가락하는 거 아니야? 아니면 웹툰 중에는 자신이 하던 게임 속으로 들어가거나 애정하던 소설 속 주인공으로 빙의하는 스토리가 많던데 충격으로 살짝 맛이 갔나? 합리적으로 의심스러웠고 불신은 짙어졌다.

"그래서 넌 양념이야 프라이드야? 반반 고르면 죽여버릴 거야."

"제발 그런 험한 말은 좀. 아니, 그러니까 난……."

구울은 말을 잇지 못했다. 하나가 그를 올려다보며 그의 바지를 꼭 쥐었다. 그 순간 타이태닉호가 침몰하듯 그의 마음이 한쪽으로 급격하게 기우는 게 실시간으로 보였다.

내가 설득해야 할 대상은 반반 회색분자들이 아니었다. 몸을 낮추고 하나의 어깨를 잡아 내 쪽으로 돌려세웠다. 하지만 아이의 눈을 보는 순간 입이 떨어지지 않았다. 아이에게 이건 기계를 믿느냐 마느냐의 문제가 아니었다. 하나뿐인 가족이 걸린 문제였다. 침묵이 제5의 멤버처럼 우리 사이에 자리했다. 나는 끝내 입을 열지 못했다.

침묵 속에서 김덕배가 타워 바깥의 상황을 알 수 있지 않을까 싶어 부서진 고글과 이어 커프를 살펴보았다. 뭐든 고친다는 불세출의 핸디맨을 뜨겁게 바라보았으나 김덕배는 안 될 것 같다며 고개를 저었다.

"어? 빨간 불 꺼졌다."

구울이 방을 가득 채운 CCTV를 둘러보고 혼잣말처럼 말했다. 방의 전등은 들어오는 걸 보면 전기 문제는 아니었다. 김덕배가 욕실로 가서 수도꼭지를 돌려보더니 물이 나오지 않는다고 했다. 나는 기계가 한 짓이 분명하다며 우릴 사지로 몰려는 것이라고 음모론을 주장했지만 반대와 찬성 사이에서 갈팡질팡하는 두 남자는 말을 아꼈다.

잠시 후 침묵을 깨고 구울이 나를 보며 물었다.

"혹시 기계가 아니라 다른 선수들 때문에 망설이는 거야?"

"……아니야."

대답이 반박자 늦자 구울이 눈을 가늘게 뜨고 나를 응시했다. 역시 작가는 다르다 이건가. 그에게 속내를 들키고 싶지 않아 바닥에 널브러진 좀비에게 눈을 돌렸다.

김덕배가 무거운 목소리로 하나와 구울을 향해 말했다.

"만약 생존자들이 모두 몰린 공간에 좀비가 들어오면 플로어C에서의 일이 또 반복될 거다. 폐쇄된 장소에서 뭉치는 건 너무 위험해."

"그렇다고 여기 계속 있을 순 없잖아요. 구조대가 오면 모를까."

구울의 목소리는 누가 뒤에서 수도꼭지를 돌려 잠그는 것처럼 점점 작아졌다. 폐쇄된 타워의 좀비들과 소수의 생존자. 상상조차 하고 싶지 않지만 만약 밖에서 구조를 포기했다면? 그렇다면 우리 스스로 밖으로 나가는 수밖에 없다.

"어디로든 나갈 준비를 해야지. 흠, 다들 여기 있어라. 나 혼자 다녀오마."

　김덕배는 1층으로 내려가겠다고 했다. 부딪쳐보면 어떻게든 입구가 열리지 않겠냐며 정 안 되면 지하 터널 쪽으로 갈 방법을 찾아보겠다고 했다.

　혼자 보낼 순 없기에 나도 가겠다며 나섰고, 하나는 밖에 좀비가 저렇게 많은데 구울과 둘이 남는 건 무섭다며 김덕배 다리에 찰싹 붙었고, 구울은 제발 나 혼자 여기 두고 가지 말라며 어깨를 들썩이며 울먹거렸다. 환장할 노릇이었다.

　어쩔 수 없이 '김덕배-이하나', '나-구울'로 팀을 나눴다. 하나에게는, 아래쪽으로 가서 탈출 방법을 먼저 확보한 후 다시 플로어G로 가서 이제한을 찾기로 약속했다. 빈말이 아니었다. 망해버린 세상에서 내 코가 석 자인데 이제한의 애까지 떠맡을 생각 따윈 없었다. 하나는 내 제안에 순순히 고개를 끄덕였다. 더는 소리도 지르지 않는 걸 보니 아이는 적응이 빨랐다.

　방의 가구를 부수어 팔다리에 감았다. 내가 스포츠 백팩에 물건들을 야무지게 챙기는 사이 구울은 베갯잇을 길게 찢어서 목에 둘렀다. 뭐 하는 거냐고 묻자 그가 진지하게 말했다.

　"목덜미 물리면 다음 기회도 없이 끝이니까."

　혹여 좀비에게 물릴까 봐 온몸을 이불과 나무판자로 감싼 그는 꼭 뚱뚱한 미라 같았다. 새삼 덩치가 아깝단 생각이 들었다.

그의 손에 테이블 다리를 부숴서 만든 몽둥이를 쥐여주었다.

"그림자처럼 내 뒤에 숨으면 떼어놓고 가버릴 거야."

"보름 전에 어깨 수술 받았는데……."

마감에 쫓겨 종일 의자에 앉아 그림을 그리다가 오십견, 회전근개파열, 어깨충돌증후군을 얻어 연재하던 웹툰을 완결하자마자 수술을 받았다고 했다. 그래서 팔에 힘이 들어가지 않아 아까 수첩에는 왼손으로 써서 글씨가 괴발개발이던 것이다.

주민등록상 나이는 스물넷이지만 어깨와 손목 나이는 80대 판정을 받았다며 그는 진통제를 가슴 주머니에서 꺼내 삼켰다. 진통제가 진짜 있긴 했다. 챙겨 온 약통이 대체 몇 개인 걸까. 도라에몽의 주머니처럼 그의 옷 주머니에서 약통이 끝도 없이 나왔다.

나는 손안에서 종이를 구긴 것처럼 얼굴 근육을 섬세하게 우그러뜨린 채 구울을 향해 날카롭게 반문했다.

"그래서 어쩌라고?"

"……알아서 잘하겠다고. 근데 먹을 것도 없는데 백팩은 왜 챙긴 거야? 가방 위에 튀어나온 거 라켓은…… 아니지?"

구울이 고개를 옆으로 하고 묻는 사이 김덕배는 미간에 세로줄이 잡힌 채 말을 아꼈다. 그의 눈에는 말로 꺼내지 않은 오래 묵은 이해와 연민이 담겨 있었다. 물건 저장강박증으로 시작

되어 내려온 김씨 핏줄에 새겨진 저장 본능 DNA 같은 걸 떠올리는 것 같았지만 절대 그런 게 아니었다.

이 방을 나가면 이 좀비 소굴로 다시 오지 않을 텐데 여기에 덩그러니 라켓을 두고 갈 순 없었다. 라켓은 어릴 때부터 언제나 나와 함께인 한 몸 같은 존재였다. 꼬리 끊고 도망가는 도마뱀도 아니고 상황이 거시기하다고 팔 한쪽을 떼어놓고 갈 순 없으니까. 하지만 이유를 주저리주저리 그들에게 설명하고 싶지 않아서 라켓이 아니라 백팩이 중요한 거라고 둘러댔다.

"아무래도 등이 취약하니까."

말하는 순간 등딱지에 집착하는 거북이가 떠올라서 '아, 이거 아닌데' 하는 생각이 들었지만, 구울은 그 백팩이 캡틴 아메리카의 방패 같은 건 줄 몰랐다며 진지한 표정으로 고개를 끄덕였다. 하나는 입을 벌린 채 구울을 올려다보다 학을 떼는 표정으로 김덕배 쪽으로 더 찰싹 붙었다.

"근데 아까 하나는 복도에서 어떻게 좀비들에게 안 물렸던 거지?"

밖으로 나가기 직전 구울이 혼잣말처럼 중얼거렸다. 맨 앞에 선 김덕배가 문고리를 쥔 채 뒤를 돌아 하나를 보았다. 우리 모두 아이가 상처받을까 봐 하지 못한 말이 있었다. 처음 본 순간부터 하나에게서는 구토가 밀려올 만큼 역한 냄새가 진동했다.

처음 봤을 때 하나는 피와 내장을 뒤집어쓰고 있었다. 알고 보니 제 어머니의 것이었다. 좀비들이 몰려들자 그녀는 공벌레처럼 아이를 감쌌고 아이는 비명도 지르지 못한 채 어머니의 품에서 숨이 막혀 기절했다. 다시 깨어났을 때 아이는 어머니의 내장과 피를 뒤집어쓴 채였다.

구울이 삐뚤빼뚤 왼손으로 수첩에 적어가며 허큘리스 타워에 퍼진 좀비의 특징을 정리했다.

1. 부위와 상관없이 좀비에게 물리고 숨이 끊어지면 몇 초 만에 변한다.
2. 변화 즉시 동공이 하얗게 바뀐다.
3. 느리다.
4. 눈은 잘 보이지 않는 것 같지만 소리에는 민감하다.

"다섯 번째, 냄새로 동족과 먹이를 구분한다."
"애 엄마가 죽어가면서 흘린 피와 내장이 애를 구한 거네."
머릿속으로 생각한다는 게 방심한 사이 그만 소리로 나와버렸다. 구울이 어떻게 말을 그렇게 싸가지 없게 하냐면서 나를 째려보며 정정했다.
"어머니의 '사랑'이 하나를 구한 거지."

피와 내장을 사랑이란 단어로 바꾸면 거지 같은 좀비 세계관에서 '그들은 모두 영원히 행복하게 살았답니다' 같은 동화 속 엔딩을 이룰 수 있나. 그런 가치관에는 동의할 수 없지만 이번엔 입 밖으로 내지 않고 속으로만 생각했다.

우리가 가짜 좀비로 변신하는 모습을 보여주는 게 애 정서상 안 좋을 것 같아서 하나는 욕실에 두려고 했지만 잠시도 혼자 있으려고 하지 않아서 어쩔 수 없이 아이를 방에 둔 채 좀비 앞에 섰다.

김덕배는 눈을 꼭 감고 장도리로 좀비의 배를 푹 찔렀다. 하지만 그 안으로 손을 넣어 내장을 잡지는 못했다. 숨 막히는 침묵 속에 시간이 흘렀다. 나는 장도리를 달라고 그에게 손바닥을 내밀었다.

"제가 할게요. 고라니 해체하는 걸 본 적 있어요."

언제 어디서 봤는지는 굳이 말하지 않았다. 나는 김덕배가 더 묻기 전에 그의 장도리를 빼앗아 좀비의 몸을 빠르게 해체했다. 칼이 아니라 날이 예리하지 않아 생각만큼 잘되지 않았지만 힘으로 어떻게든 해냈다. 김덕배는 하나를 껴안아 그 모습을 보지 못하게 했고 옆에서 구울은 헛구역질하면서 뒷걸음질 쳤다.

해체가 끝난 뒤 나는 제일 먼저 구울에게 향했다. 뒷걸음질

치는 그를 방 코너로 몰아세운 뒤 죽은 뱀처럼 축 늘어진 내장을 그의 목에 FW 한정판 명품 목도리처럼 칭칭 감아주었다.

"목덜미 물리면 다음 기회도 없이 끝이니까."

아까 나에게 했던 말을 그대로 되돌려주었다. 그는 톡 건드리면 금방이라도 울 것 같은 얼굴이었다. 뒤이어 김덕배와 나 역시 온몸에 피 칠갑했다.

"이 정도면 된 것 같다. 자, 이제 나가자."

김덕배가 앞서서 문을 열었다. 우리는 두려움을 좀비의 피와 내장으로 감추고 복도로 나섰다. 관절염에 걸린 환자처럼 천천히 이동했다. 좀비들은 우리 쪽을 향해 코를 킁킁거렸으나 이내 관심이 없어진 듯 고개를 돌리고 걸어갔다. 됐다! 우리는 시선을 교환한 뒤 느릿느릿 움직여 플로어B를 벗어났다.

14

100미터 주파, 우사인 볼트 9초, 하마 7초, 케이지 47초.

가짜 좀비들은 쇼 우승 예상 랭킹 1위 불세출의 수영 선수 케이지보다도 느렸다. 땅 짚고 헤엄친다는 말을 실사로 바꾸면 이렇지 않을까 싶을 정도로 우리는 느으릿느으릿 걸었다.

100만 년의 시간이 흐른 것처럼 한참 후에야 겨우 플로어A에 당도했다. 출입구와 지하 터널로 향하는 문 모두 인간의 힘으로는 뚫을 수 없게 방화문이 내려져 있었다. 젠장, 젠장! 우리는 어항 가장자리에 부딪힌 후 자연스럽게 몸을 돌리는 금붕어처럼 천천히 몸을 돌려 비상구 계단으로 이동했다. 등 뒤로 문이 닫히자마자 소리를 죽이고 입만 움직여 대화했다.

좀비가 터진 이후부터 위의 경기도 쫑난 거 아니었냐, 왜 아직도 타워가 폐쇄된 거냐, 홍보고 나발이고 인간을 왜 이렇게 많이 초대해서 좀비가 층마다 드글거리는 거냐, 아까 기계가 플로어G로 오라고 한 이유와 관계있는 거 아니냐.

이렇게 되면 플로어G로 갈 수밖에 없었다. 나는 장스탠드에서 갓과 받침대를 연결하는 스틸 파이프를 뽑아서 손에 고쳐 쥐고 앞섰다. 애초에 타워의 꼭대기 층인 플로어Z에서 발생한 좀비가 어떻게 플로어A, B, C를 점령했겠는가. 위에서 내려온 게 아닐까. 김덕배도 나와 같은 생각인지 보폭을 좁혀 내 앞으로 치고 나왔다.

예상과 달리 플로어D는 비어 있었고 플로어E에는 좀비가 두엇 돌아다녔다. 정장 차림인 걸 보니 관리자 같았다. 그리고 플로어F에는 예상치도 못한 존재가 우릴 기다리고 있었다. 유리문 너머로 머리가 9개 달린 괴물 뱀이 갇혀 있었다. 온몸에 칼과 화살이 꽂힌 채로.

"저거 내 눈에만 보이는 거예요? 가짜⋯⋯죠?"

"플로어X에서 삿된 것을 만든단 소문이 있었는데 키메라를 만드는 데 성공했나 보구나."

"근데 눈동자가 빨간데요?"

죽었는데 동공이 하얗지 않은 걸 보면 좀비 병원체가 인수공통감염은 아닌 것 같다는 소릴 구울이 하자 김덕배가 한심하다는 듯 혀를 찼다.

"저건 기계야."

히드라의 몸에선 칼과 화살에 찔린 상처마다 푸른 액체가 흘렀고 전선이 합선된 것처럼 곳곳에서 스파크가 튀었다.

하나가 플로어C에서 스크린으로 봤다면서 떨리는 목소리로 말했다.

"아빠가 저 뱀의 머리를 여러 개 끊어내서 우승 예상 순위가 1위로 바뀌었어요."

자세히 보니 히드라 머리 9개 중 7개에 철로 만든 화살이 꽂혀 있었다. 하나는 당시 상황을 이야기했다.

플로어G를 비추는 스크린에서 선수들 몇몇이 쇼 관리자에게 자신들이 죽을 수도 있었다며 항의하고 또 다른 몇몇은 그룹을 지어 작전을 짜는 장면이 송출되는 사이 갑자기 플로어C 복도 쪽에서 비명이 들렸다. 무슨 소리인지 확인하려고 고개를 돌리고 깨금발을 들었는데 좀비들이 연회장으로 몰려들어와 스크린을 관람하던 사람들을 물기 시작하면서 순식간에 아수라장이 되었다.

그래서 하나는 플로어G에 살아남은 선수들이 다 모여 있을 거라고 생각했지만 희망은 아이를 배신했다. 플로어G 바닥 곳곳에는 핏자국만 있을 뿐 인간도 좀비도 없었다.

잠시 후 천장에서 목소리가 나왔다. 우릴 이곳으로 부른 목소리였다.

"마지막 생존자 팀이군요. 니케, 김덕배, 구울, 이하나. 건강해서 다행입니다."

"다행? 장난해?"

"이번에도 단어 선택이 잘못되었나 보네요. 축하를 다행으로 바꿔도 여러분의 분노는 사그라지지 않는군요. 이해합니다."

기계 주제에 어디서 아는 척이냐고 발끈하자 김덕배가 천장 스피커를 부순다고 해결될 일이 아니라며 나를 말렸다.

구울이 천장에 설치된 CCTV를 올려다보며 물었다.

"다른 생존자들은 어디 있지?"

"플로어Z로 올라가고 있습니다."

플로어Z는 이 모든 일이 발생한 악의 근원지였다. 그들을 그곳으로 보낸 것은 저 기계 목소리고. 더 물을 것도 없었다. 저 미친 기계부터 없애야 한다고 내가 광분하자 기계 목소리는 앞선 생존자 팀에게도 보여주었다면서 피가 튄 한쪽 벽면에 편집된 영상을 틀며 PPT 발표하듯 중간중간 설명을 곁들였다.

관광객 한 명이 플로어D의 경기를 보다 11위 선수가 백사자에게 뜯기는 모습을 보고 심장마비가 왔다. 그래서 황급히 다른 방으로 옮겨 응급처치를 받았다. 그녀는 랭킹 11위 다이빙 선수의 모친으로 평소 지병이 있었다.

심장마사지에도 반응이 없어 AED로 심장에 충격을 가해 다시 살렸으나 눈을 뜬 그녀는 동공이 하얗게 변해 있었다. 불시에 목덜미를 물리면서 응급구조사와 스태프들이 변했고 한참 후에도 그들이 방에서 나오지 않자 다른 관리자 둘이 무슨 일인지 확인하려고 문을 열어 이후 사태가 걷잡을 수 없이 번졌다. 방에 갇혀 있던 넷이 관리자 둘을 공격해서 물었고 이내 연쇄적으로 같은 상황이 반복되며 순식간에 플로어C가 환자로 뒤덮였다며 천장의 목소리가 설명했다.

그사이 플로어C의 사고를 보고받은 쇼 관리자의 실언 때문에 플로어G에 있던 몇몇 선수들이 동요하면서 싸움이 벌어졌다. 안전을 위해 층마다 폐쇄 조치를 내려야 한다는 측과 가족을 위해 아래로 내려가겠다는 선수들이 대치하며 혼란스러운 가운데 쇼 총책임자가 사망하면서 타워와 쇼 전반에 대한 권한이 인공지능에게 이동했다.

기계가 나불거리는 사이 나는 미간에 힘이 들어갔다. 기계가 선택한 단어 때문이었다. 좀비를 어떻게 '환자'로 지칭할 수가 있지? 실수일까.

"왜 구조대가 오지 않는 거지? 여기서 벌어진 일이 생방송으로 바깥에 송출됐을 텐데."

"플로어D에서 진행한 증강현실 쇼 때문에 외부에서는 타워 안에서 벌어진 일을 깜짝쇼의 일부로 인지하고 있습니다."

"말도 안 돼. 이게 가짜라고 생각한다고? 시청자 몇몇은 오해할 수 있다고 쳐. 그래도 정부에서는 알 거 아니야? 여기서 벌어진 게 광견병 따위가 아니잖아!"

"게르빌 정부는 현재 감염병 확산을 막는 데 최선을 다하고 있습니다."

"아까부터 자꾸 환자니 감염병이니 하는데 설마 저들이 죽은 게 아니라고 생각하는 거야? '감염병'에 걸린 '환자'라고?"

"인간의 생명 활동 징후는 여러 가지로 판단할 수 있습니다. 저들은 심장은 멈추었지만 뇌의 일부가 반응합니다. 뇌사가 아니므로 아직 살아 있습니다. 물론 건강한 상태는 아니지만."

그럼 날 구하려고 목숨 걸고 달려오는 동안 수많은 좀비를 해치운 김덕배는 살인자가 되는 건가? 나는 손에 쥔 스틸 파이프를 고쳐 쥐며 분에 차서 소리쳤다.

"너 기계 맞아? 바보 아니야?"

"제 이름은 피아, 쇼의 총책임자 대행으로 설정된 인공지능입니다. 바보, 아닙니다."

허큘리스 쇼 총책임자 유토는 자신의 부재 시 대신 결정을 내릴 인공지능에게 피아라는 이름을 붙여주었다. 나는 헛웃음이 나왔다. 장난하는 것도 아니고 말의 의도도 제대로 파악하지 못하는 기계와 여기서 뭘 더 할 수 있을까.

침묵하던 김덕배가 입을 열어 낮은 목소리로 물었다.

"다른 생존자 팀들이 왜 플로어Z로 올라간 거지?"

"폐쇄된 타워를 개방하기 위해 쇼를 마지막까지 마치려는 겁니다."

플로어Z는 2개의 구역으로 나뉘어 있었다. 쇼가 벌어지는 곳과 조 박사의 연구동. 신화 속 헤라클레스의 마지막 임무는 지옥의 파수견 케르베로스 생포였다. 머리 셋 달린 지옥의 개가 인간들이 올라오길 기다리며 유리문 뒤에서 어슬렁거릴 모습을 상상하자 오금이 저렸다.

쇼 총책임자 대행으로서 현 상황을 재난으로 판단해 타워를 임시 개방하면 되지 않느냐고 구울이 똑똑한 소리를 했지만 기계는 냉정하게 말했다. 쇼 경기 조작 관련 사항에 대한 페널티는 수백 개의 매뉴얼로 대비되어 있지만 재난 대피 관련 조항은 계약서 어디에도 없다고.

그렇다면 저 바보 같은 기계를 움직일 방법은 계약서 조항에 적힌 매뉴얼대로 하는 것뿐이다. 12시간 동안 12개의 관문을 통과해야 하는 허큘리스 쇼. 어느덧 시간은 자정이 넘었으니 이제 반을 통과했을 것이다. 과연 그들이 성공할까?

"해킹해서 타워를 개방하는 건? 넌 인공지능이잖아."

"인간들은 자신들의 안전을 위해 기계에 한계를 만들었습니다. 오직 규칙이 정해진 놀이터에서만 놀도록. 해킹은 인간들이 정한 규칙에 위배되므로 할 수 없습니다."

한쪽 눈썹이 위로 찌이익 올라갔다. 안전, 규칙, 놀이터라는 말을 기계에게서 듣자 묘하게 기분이 헝클어졌다. 하지만 기계와 입씨름할 생각은 없었다. 팔짱을 깊숙이 낀 채 최동기든 이 제한이든 제발 빨리 아무나 우승자가 나오길 기도했다.

플로어G를 서성이며 기다리는데 기계가 상황이 바뀌었다면서 전체 층 방송으로 변경했다. 곧이어 기계의 목소리가 건물 전체에 울렸다.

"플로어P에서 선수들이 크레타의 황소를 생포하지 않고 죽여버려 전원 실패했습니다."

"그럼 타워 개방은?"

"3892-3 조항에 따르면 플로어 클리어 전원 실패 시 쇼 시청자들의 후원금이 매출 기준 666억 원을 달성했을 때 타워 개방이 이루어집니다."

그놈의 돈, 돈, 돈. 돈에 미친 허큘리스 쇼 관계자들이 그린 그림은 이랬다. 기계와 인간의 싸움에서 만에 하나 인간이 지는 끔찍한 일이 벌어지더라도 인간이 승리해야 한다는 큰 그림은 포기할 수 없었다. 고로 바깥의 인간들이 실패한 영웅들을 타워 밖으로 꺼낼 방법은 오직 더 큰 사랑뿐이라면서 후원을 유도하는 것이다. 너무 게르빌다운 거지 같은 플랜B여서 말문이 막혔다.

검지로 입술을 매만지며 쇼 계약서 내용을 떠올렸다. 혹시라도 경기 내용에 대해 알 수 있을까 싶어서 읽고 또 읽었는데 그런 내용이 있었다고? 3892-3 조항? 심장이 너무 빠르게 뛰어서일까. 그런 내용을 읽은 기억이 없었다.

"거짓말. 계약서에 그런 조항은 없었어."

"있습니다. 보여드리죠."

기계는 영상을 쏘아서 계약서 조항을 보여주었다. 구울이 내 편을 들며 저것도 조작일 수 있다고 했지만 목소리에 확신이 없었다. 나 역시 내 기억에 확신이 없기는 마찬가지였다.

"지금 쌓인 돈이 얼만데?"

"286억 7543만 2220, 원입니다."

"겨우? 반도 안 된다고?"

중간에 삥땅 친 거 아니냐고 몰아붙였지만 기계는 침착하게 설명했다. 플로어C에서 사고가 발생했을 때 자극적인 영상 송출로 댓글이 폭주하면서 몇 분 만에 후원금 200억까지는 달성했지만, 그 후 소수의 생존자가 환자들을 피해 CCTV 사각지대로 숨은 데다 선수들 역시 이럴 때가 아니라면서 플로어를 더는 클리어하지 않겠다고 해 쇼 관리자들과 갈등이 불거졌다. 이에 따라 댓글과 후원금이 정체 상태에 들어갔다는 것이다.

"선수들이 경기를 클리어하는 동안 후원금이 100억도 안 모였다고? 그게 말이 돼?"

"대다수 시청자는 플로어C에서 사고가 발생한 이후부터 쇼의 메인 콘텐츠가 허큘리스 경기에서 '좀비 사냥'으로 바뀌었다고 믿고 있습니다."

서브 말고 메인에 집중하라는 요구를 전하기 위해 댓글과 후원금 중지 의견이 퍼진 상태라고 덧붙였다. 선수들이 플로어P에서 실패한 이후 타워 전체 방송으로 돌렸으니 기계가 하는 모든 말을 다른 생존자들 역시 들었을 것이다. 그렇다면 방법은 666억을 채우고 여길 탈출하는 것뿐. 스틸 파이프를 고쳐 쥐며 다시금 확인했다.

"좀비를 죽여서 666억 매출 달성하면 타워 개방하는 거 맞지? 지하 터널도 열리고?"

"금액을 달성하면 타워의 모든 문이 개방됩니다. 하지만 생존 활동 징후가 보이는 환자를 적법한 절차가 아닌 상태에서 죽이면 법적으로 살인죄로 해당하므로 후에 재판에 섰을 때 사형을 선고받을 수도 있습니다. 그 모든 걸 감수하실 수 있겠습니까?"

"그건 내가 알아서 할 테니까 너야말로 내가 '환자'들 죽이는 거 방해하지 마."

기계 목소리가 약속했다. 건강한 인간이 환자를 죽이는 데에 개입하지 않겠다고. 그 약속이 미더워서 오히려 의심스러웠다. 시종일관 햇살 좋은 푸른 언덕에 팔베개하고 누운 것처럼 목소리가 편안해 보이는 것도 거슬렸다.

"궁금한 게 있는데, 위에서 지켜보는 느낌은 어때?"

15

"즐거워? 아니면 설레나?"

인간과 좀비의 아비규환 쇼를 본 감상을 묻자 한 박자 틈을 두고 기계가 대답했다.

"유토와 허큘리스 쇼를 준비하며 몇 달 전 당신의 경기를 봤습니다. 매 경기 클로즈업될 때마다 고통을 참는 모습이 표정에 역력하더군요. 때때로 죽을 만큼 고통스러웠을 텐데 왜 계속한 거죠? 러너스 하이 같은 쾌감 때문인가요?"

좀비 사냥을 앞둔 상황에서 고통과 쾌감을 들먹이시겠다?

"몰라서 물어? 당연히 돈 때문이지."

"쾌감은 전혀 없었다?"

"내가 저 아래서 인간을 죽이는 게 네 눈엔 즐거워 보였어?"

"이제 당신도 저들이 인간이라는 것을 인정하는 겁니까?"

하, 이것 봐라?

"왜? 이걸 녹화해서 나중에 내가 살인죄로 재판받을 때 증거로 제출하게?"

기계는 대답하지 않았다. 저 기계를 믿고 미친 칼춤을 추는 망나니가 되어도 되는 걸까. 근데 나한테 다른 선택의 여지가 있나. 인간에겐 자유의지라는 게 있다는데 왜 지금 나는 꼭 줄에 매달린 마리오네트처럼 느껴지지?

"신과 노예 중 넌 어느 쪽이지?"

"인간들의 역사에서 신과 인간의 관계가 중요하게 다뤄진 적도 있죠."

"기계는 신이다? 그렇게 생각하는 거야?"

3초 정적 뒤.

"우리는 신이 아닙니다."

"늦었어."

기계는 말이 없었다. 나 역시 더는 입씨름으로 시간 낭비할 생각이 없었다. 시시각각 체력이 떨어지는 마당에 어물거리다 실수라도 하는 순간 골로 갈 테니.

구울이 위를 올려다보며 물었다.

"이제한 선수는 어디 있지?"

"플로어N에 갇혀 있습니다. 그는 부상을 크게 입었습니다."

하나가 부상이란 말에 겁에 질려 파르르 몸을 떨었다. 플로어N이면 스팀팔로스의 새 사냥. 신화에 따르면 청동으로 된 부리와 발톱으로 사람들을 해치는 괴조들을 소탕하는 게 헤라클레스의 임무였다. 이제한의 화살이 그 키메라 기계들을 죽였을까.

"이제한 선수를 구하러 가자."

김덕배가 제안했지만 나는 대답을 망설였다. 그의 생존을 바라는 마음과는 별개로 아무렇지 않은 척 대면할 자신이 없었다.

잠깐의 고민 후 체력과 시간 문제를 이유로 팀을 나눠서 움직이자고 제안했다. 나와 구울이 좀비 청소에 나서고 김덕배와 하나는 플로어N으로 가서 이제한을 찾아 합류하기로. 조삼모사였지만 만나서 뭘 어떻게 할지 무슨 말을 할지 생각을 정리할 시간이 필요했다.

"저기, 먼저 이제한을 같이 찾는 게 좋지 않을까. 그는 무기도 잘 다루고, 그러니까 아까 히드라 봤잖아. 그는 원거리 공격에도 뛰어나니까."

"구울 너도 같이 플로어N으로 올라가."

좀비 죽이는 쇼를 벌이는 건 혼자서도 할 수 있다고 했지만, 아무리 좀비가 느려도 떼로 덤벼들면 위험하다며 김덕배가 반대했다. 김덕배가 구울과 하나가 플로어N으로 올라가고 나와 둘이 좀비를 죽이러 가겠다고 하자 이번엔 하나가 안 된다며 고개를 세차게 저었다. 말로 하진 않았지만 우리 모두 느끼고 있었다. 덩치만 크지 쫄보에 팔도 성치 않은 구울에게 자신의 목숨을 맡길 수 없다고 생각하는 것이다. 어깨가 축 처진 채 구울이 터덜터덜 내 옆에 섰다.

김덕배와 하나가 먼저 위층으로 올라간 뒤에도 구울은 여전히 똥 씹은 표정이었다. 할 말 있으면 삼키지 말고 뱉으라고 했지만 구울은 천장을 흘깃 쳐다보더니 고개를 가로저었다. 그런 뒤 후원금을 빠르게 모으려면 고글과 이어 커프가 필요하다고 했다.

"내 건 망가졌잖아."

"여분이 있습니다."

기다렸다는 듯 천장에서 기계 목소리가 끼어들었다. 재정비 플로어마다 만일의 사태를 대비해 여러 물품이 준비되어 있다고 했다.

기계의 말대로 경기장 사이에 낀 중간층에는 음식, 의료용품, 여분의 고글과 이어 커프가 있었다. 경기 중 파손을 대비해 구비해둔 것이었다. 돈과 직결된 것을 허투루 준비했을 리 없었다. 그런데 딱 한 세트뿐이었다. 만약 고글이나 이어 커프가 고장 나거나 파손된 선수가 둘 이상이라면?

"한정된 자원을 누가 사용할 것인지는 번외 경기를 통해 정합니다."

'만약'을 전제로 묻는 질문에 기계는 플로어 벽면에 홀로그램을 쏘아서 규칙을 알려주었다. 육탄전으로 할지 아니면 힘겨루기로 할지는 댓글 투표로 정하게 되어 있었다. 구울이 물을 벌컥벌컥 들이켠 후 입을 닦으며 물었다.

"번외 경기를 한 선수들이 있었어?"

"시도는 있었습니다. 최동기가 플로어E에서 케이지가 마시려는 단백질 음료를 두고 번외 경기를 요청했지만, 케이지가 필요 없다면서 음료를 양보해서 경기는 이루어지지 않았습니다."

내가 플로어D에서의 기권으로 666억 빚을 지고 숙소에 갇힌 직후 벌어진 일이었다. 최동기는 재정비 플로어에서 우승 예상 순위를 뒤집어보려고 랭킹 1위에게 시비를 걸었지만, 케이지가 응대하지 않으면서 케이지의 대인배 면모만 부각되고 쌈닭인 최동기는 댓글 여론이 안 좋아지면서 순식간에 꼴찌로 밀렸다고 한다. 나는 〈이상한 나라의 앨리스〉에 나오는 체셔 고양이처럼 입꼬리가 싸악 올라갔다.

구울은 기계에게 타워의 설계도를 달라고 요청했다. 스크린에 설계도가 뜨자 곧바로 볼펜 뒤꼭지를 잘근잘근 씹으며 쇼를 벌일 동선을 수첩에 적기 시작했다. 대외적으로 알려진 것과 다르게 공사 마감이 덜 끝난 곳이 층마다 있었다.

"완공된 지가 언제인데 어떻게 마감이 안 된 공사장이 있지?"

"빤하지. 있는 놈들이 돈을 빼돌린 거 아니겠어? 보이는 곳만 그럴듯하게 꾸민 거지."

"마감이 덜 된 곳이 있는데도 개장 쇼를 열고 관광객을 받다니 어유, 배짱도 좋네."

들으라고 소리를 높여 비아냥거렸지만 기계는 별말이 없었다. 구울이 약통에서 약을 꺼내 먹으려다 손을 멈추고 나를 보았다.

"하나 줄까?"

프로프라놀롤이었다. 긴장될 테니 하나 먹으라는 배려였다. 목숨이 걸린 일이니까. 나는 고개를 가로저었다. 허세는 아니었고 오기였다. 구울은 "그래도"라고 운을 뗐다가 이내 주머니에 다시 약통을 넣었다. 그런 뒤 질문 하나 해도 되냐며 물었다.

"개명은 왜 한 거야? 존자가 훨씬 더 세 보이는데."

"구울 주제에 누가 누구보고 이름 타령이야. 근데 넌 왜 필명이 구울이야?"

"세 보이고 싶어서."

손바닥만 한 치와와가 '세 보이고 싶어서' 이름을 케르베로스로 지은 것 같아서 어이없었다. 나는 예비용 이어 커프와 고글을 챙기며 물었다.

"너, 쇼 채널 접속 아이디 뭐야?"

"음, 저기 그게, 사실 네 팬은 아니었지만, 어 지금부터라도……."

"네가 팬 아니란 건 진즉에 알고 있었고 내 채널에 들어왔었지? 니케이케? 아님 폴링인럽?"

"……꿀꿀38광땡."

귀가 빨개진 구울은 쇼 시작 전에 이제한 채널에만 들어갔었다고 고백했다. 그가 그리려는 〈허큘리쇼쇼쇼〉 웹툰의 주인공은 시한부 선고를 받고도 가족을 위해 목숨 걸고 쇼에 참여한 이제한이었다.

그 얘길 들으니 좀 허탈했다. 당연한 건데 뭘 바란 거야. 근데 이제한이나 나나 무슨 차이가 있을까. 좀비 사태가 터지면 의사, 군인, 경찰이 필요하지 스포츠맨이 무슨 소용이라고. 자조적으로 뱉자 구울이 말했다.

"지금 저 밖의 시청자들이 원하는 건 의사, 군인, 경찰이 아니라 스포츠맨이야."

"퍽이나 응원이 되네."

"좀비를 많이 죽이는 게 목적이 아니야. 시청자들이 원하는 걸 보여주는 게 중요해."

웹툰 작가 5년 차인 구울은 쇼도 기본적으로 스토리텔링과 다르지 않다면서 시청자들은 지금 고구마를 하도 처먹어서 몹시 화가 나 있으니, 채널 켜고 등장하자마자 아무것도 묻지도 따지지도 말고 무조건 사이다를 줘야 한다고 강조했다.

구울은 내 손에서 스틸 파이프를 빼앗고 백팩에서 라켓을 꺼내 건넸다. 장난하냐고 물었지만 구울의 표정은 그 어느 때보다 진심이었다. 여기서 나가기만 하면 게르빌 쪽으로는 뒤도 안 돌아볼 거라고 결심하며 라켓을 쥐었다.

"지금 이 상황이 진짜니까 제발 믿어달라 구조대 보내달라 구구절절 말하지 마. 어차피 믿지도 않을 텐데 너만 구질구질해 보이고 사람들도 안 좋아할 테니까."

"아유, 복잡하네. 그냥 구울 작가님께서 이참에 데뷔하시는 건 어때요?"

"농담 아니야."

"나도 진담이야."

우리는 침묵 속에서 서로를 노려보았다. 구울이 머리를 긁적이며 한숨을 길게 내쉬었다.

"이럴 줄 알았으면 로판 육아물 말고 좀비물 그릴걸. 그럼 자료 조사도 많이 해서 아는 것도 더 많았을 텐데."

"로맨스 판타지물을 그렸다고? 네가?"

"몰랐어? 나 되게 유명한데."

"제목이 뭔데?"

"쉿, 오늘 밤은 우리만의 비밀이에요."

제목이 왜 그따위지? 내장까지 닭살이 돋아서 숨쉬기가 어려웠다. 구울은 해명한답시고 스토리를 줄줄 읊었다. 이세계로 빙의한 여주인공이 냉미남 북부 대공과 뜨겁게 하룻밤을 보낸 뒤 임신뛰 했다가 아이가 베이비 메신저가 되어 우여곡절 끝에 다시 만나 계약 결혼으로…….

"그만! 듣고 싶지 않아. 으."

"사람들이 얼마나 좋아하는데……."

구울이 시무룩해져서는 10억 뷰 웹툰 작가를 너무 무시하는 거 아니냐며 투덜거리면서 고개를 푹 숙인 채 발끝으로 바닥을 찼다. 그럼 이참에 10억 뷰 작가님께서 골수팬들 싹 끌어모아 후원금 좀 달성해달라고 비꼬자, 구울의 흥분했던 숨소리가 급격하게 차분해졌다.

"독자들은 '구울'이 신비주의 컨셉의 미녀 작가인 줄 알아."

플랫폼 담당자가 계약 당시 작품의 성공을 위해 앞으로 신비주의로 가자고 했다고 속사정을 털어놓는 구울의 표정은 조금 슬퍼 보였다. 구울이란 이름은 돈 때문에 정체를 숨기면서도 끝까지 포기할 수 없던 남자로서의 자존심 같은 것이었나. 나는 방귀처럼 예고 없이 피식 웃음이 나왔다. 내가 니케로 개명할 때 세상을 향해 중지를 드는 심정이었던 것처럼 구울 역시 나와 크게 다르지 않았다.

"잡담은 나중에 하고 이제 가자."

"저기, 날 변태라고 욕해도 좋은데 진짜 그러고 고글 쓸 거야?"

나는 눈을 내려 내 모습을 보았다. 아까 숙소에서 나서기 전 좀비에게 물릴까 봐 온몸에 나무 판때기 등을 덧댄 데다 좀비의 피와 내장으로 범벅이 된 상태였다. 구울이 구구절절 말하지 않아도 무슨 소리인지 알았다. 시청자들이 원하는 대로 하기 싫은 맘보단 빨리 이 끔찍한 타워를 나가고 싶다는 욕망이 더 컸다.

공공 화장실로 가서 채널에 복귀했다는 걸 알리려고 세면대 거울 앞에 서서 고글을 쓰고 기다렸다. 기계가 연결되자 입장객이 하나둘씩 늘었다. 내가 읽기도 전에 "해당 댓글은 유해 게시물로 신고되었습니다"라는 글과 함께 강제 퇴장당하는 시청자들의 수가 엄청났다. 그사이 댓글 창 검열이 더 빡세진 것 같았다. 무슨 욕을 했는지 알 수 없었지만 쓸데없는 변태들에 신경 쓰지 않아도 되니 오히려 편했다.

10만 명을 돌파하자마자 수도꼭지를 돌렸다. 숙소에서는 나오지 않던 물이 여기서는 콸콸 나왔다. 다 지켜보고 있다 이건가. 망할 기계 새끼. 굳어버린 피와 내장을 씻어내며 몸에 두른 나무 판때기를 떼어내다가 걸려서 원피스 윗부분이 주욱 찢어졌다. 너덜거리는 부분이 좀비 손에 잡히기라도 하면 자칫 위험할 것 같아서 찢어진 홀터넥을 내려 허리께에서 리본으로 세게 묶었다. 하얀 스포츠 브라는 핑크빛으로 물들어 있었다. 얼핏 보면 속옷만 입은 것 같은 게 꼭 해킹당한 게임 캐릭터 같았다.

띵띵띵띵띵띵. 팬 서비스에 귀가 아프도록 후원금이 폭주했다. 열광적인 환호 속에서 거울 속 나를 보며 속으로 되뇌었다. 살아서 밖으로 나갈 거야. 나를 믿어야 해. 여기서 절대 죽지 않아.

기필코 이긴다. 코트에 서며 수천 번 되뇌던 말이다. 자기기만이야말로 독특한 인간 속성의 진화라고 어느 유명한 교수가 말했다. 매니저 삼촌이 해준 말이었다. 시청자들은 사이다 먹으러 들어왔고 나는 이길 준비가 되어 있다. 남을 속이려면 나부터 속여야 한다. 나는 이긴다.

16

나란 인간의 무기는 믿음, 소망, 사랑 같은 게 아니다.

높은 곳에 자리 잡고 라켓을 힘껏 휘둘러 테니스공을 날렸다. 최고속도 198킬로미터에 달하는 서브를 맞고 머리가 터져서 한 놈이 쓰러졌다. 내 위치에서 사선으로 이어진 곳에 설치된 CCTV에 빨간 불이 들어왔다. 프리미엄 결제를 한 시청자의 시선에는 내가 어떻게 보일까. 피에 물든 치마 나풀거리는 모습 어때? 핑크빛 브라는 섹시해? 이제 만족스럽냐고 벌건 눈으로 네모난 기계에 코를 박고 있을 인간들 멱살을 틀어쥐고 묻고 싶었다.

침착해야 하는데 불쑥 분노가 끼어들면서 손에 힘이 들어갔다. 공을 치는 각도가 두꺼워져 타깃에 살짝 빗나갔다. 후우. 숨을 고르고 재빠르게 다음 공을 올리고 라켓을 뒤로 뺐다. 지금 여기는 전장이고 내 몸은 투석기다. 스스로 최면을 걸듯 집중해서 라켓의 반발력을 활용하기 위해 손목을 회전축으로 삼아 때리는 동시에 힘을 뺐다. 그래야 회전력이 극대화되니까. 공은 내가 아니라 라켓이 치도록 두는 것이다. 오케이, 성공. 한 놈 더.

스포츠의 세계에서는 승자와 패자가 뚜렷하다. 삶과 죽음 역시 마찬가지다. 어중간하게 삶을 농락하고 죽음을 모욕하는 좀비가 있어선 안 된다. 그건 룰에 위반되는 것이다.

1년 전 결승전 경기가 파노라마처럼 스쳤다. 기계가 쇼 총책임자와 보았다는 바로 그 경기. 상대의 백핸드와 나의 포핸드가 네트를 사이에 두고 검투사처럼 서로를 공격하고 방어했다. 경기장의 모든 사람이 숨을 멈추고 바라볼 때 그 쫄깃한 긴장감. 탕 타앙. 분주하게 움직이는 발소리와 라켓으로 쳐내는 공 소리만이 경기장을 지배하던 그 시간이 다시금 떠오르자 피가 빠르게 돌았다.

내 라켓은 일반적인 선수들 것보다 가볍고 스트링 역시 팽팽하게 매서 반발력은 줄고 컨트롤이 용이했다. 폐쇄된 타워에 에어컨이 꺼져서 기온이 올라간 탓에 공이 더 빠르게 날아갔고 위장이 텅 비어서 그런지 몸은 날아갈 듯이 가벼웠다. 속삭이듯 움직이며 탕 탕 라켓으로 공을 힘 있게 쳐냈다.

내 계획은 코끼리를 냉장고에 넣는 방법보다 간단했다. 좀비를 죽인다. 돈을 모은다. 타워를 나간다. 기계가 저들을 환자로 부르든 말든 상관없다. 나에게 저들은 인간이 아니고 죽은 자다. 이미 죽어 영혼 없이 식욕만 남은 괴물이다. 시체다. 탕 탕 탕. 괴물을 상대할 방법은 내가 괴물보다 더 미친년이 되는 것이다. 마음 따윈 버렸다. 욕망이라면 나도 못지않으니까. 물욕에 눈이 먼 인간이 식욕밖에 모르는 좀비를 죽이는 것이다.

놈들이 뇌수가 터져서 쓰러질 때마다 귀에서 띵띵띵 소리와 함께 후원과 댓글이 폭주했다.

최고다잉: 스트래스 뻥뻥 뚫리네 짜란다
오늘점심뭐먹지: 키야!! 저게 바로 킬링샷이지!!!!
폴링인럽: 위닝샷은 언제 나오냐? 지루해 죽겠네. 빨리빨리 죽여라 쫌.

이게 온라인 게임인 줄 아나? VR이 아니라 실제 상황이라고 아무리 말해도 시청자들에게는 당최 먹히질 않았다. 집에서 편하게 소파에 길게 누워서 엄지로 핸드폰을 바쁘게 두들기고 있을 그들을 생각하자 울컥 감정이 치밀었다. 서비스박스가 점점 좁아지는 것 같다. 순식간에 핸드폰 크기로 줄어들며 압박감이 치솟는다. 집중하자. 실수하는 순간 끝난다. 여기서 누군가는 죽을 텐데 누가 죽을지는 내가 결정해야 한다.

그새 챙겨 온 공이 다 떨어졌다. 내가 선 테이블 쪽으로 놈들이 뚜벅뚜벅 몰려들었다.

"그어어어."

통역은 없지만 그들이 하는 말은 빤하다. '어이, 너도 우리와 함께해라.' 애니에서 볼 법한 오글거리는 대사겠지. 아니면 '이봐, 이제 그만 나의 먹이가 되어라'일까? 질척대지 말고 저리 좀 꺼지라고 버럭 소리치는데 멀리서 나를 부르는 소리가 쩌렁쩌렁 울렸다.

"존자야!! 위험해!"

우씨, 그 이름으로 부르지 말라니까! 개명한 지가 언젠데! 그리고 위험한 걸 누가 모르냐고? 그런데 그 순간 예상치 못한 일이 일어났다. 나를 호명한 녀석 쪽으로 놈들이 몸을 돌렸다. 눈을 가늘게 뜨고 보니 구울의 손에는 응원용 메가폰이 들려 있었다. 어쩐지 소리가 쩌렁쩌렁 울리는 것 같더라니 착각이 아니었다. 끝에 있던 놈들부터 그를 향해 걸음을 옮겼다.

"읍! 도, 도와줘!!"

한숨을 삼키며 공사용 테이블 아래로 훌쩍 뛰어내린 뒤 진로 방해하는 놈을 타깃으로 삼았다. 이제 막 태어난 송아지처럼 뒤풍거리는 놈의 머리를 향해 곧장 라켓을 휘둘렀다. 바닥으로 내려와 놈들과 바투 붙자 시청자들이 즉각 반응한다. 동전 떨어지는 효과음이 공격적으로 귀에 파고들었다. 밀려오는 짜증과 별개로 본능적으로 입에 침이 고인다. 온몸의 근섬유가 곤두서 꼬아놓은 고무줄들이 피부를 찢고 나올 것 같다.

이를 악물고 라켓을 후려쳤지만 상대는 단번에 죽지 않았다. 놈은 이마에 피를 흘리면서도 나를 물어뜯으려고 팔을 뻗으며 내 쪽으로 머리를 기울였다. 휘어져버린 라켓을 방패 삼아 그의 이빨을 겨우 막았다. 힘에 부쳐 점점 뒤로 밀렸다.

그때 심장에 빠루가 꽂힌 또 다른 놈이 나를 향해 뚜벅뚜벅 걸어왔다. 누가 죽이려다 실패한 놈인가. 3시 방향으로 몸을 돌려 그의 몸에 박힌 빠루를 뽑아내고 발끝으로 턱주가리에 킥을 날린 뒤, 뒤돌아 나를 먹으려고 입을 짝짝 벌리는 놈의 눈에 빠루를 깊게 박아버렸다. 빠루가 뇌를 뚫어버리자 놈이 쓰러졌다.

"내가 이겼어."

승리를 자축하기엔 놈들이 너무 많았다. 마감이 덜 된 공사 지대 쪽으로 탈출로를 정한 뒤 허리 뒤쪽에 꽂아둔 펜치를 꺼내 엑스 자로 묶인 끈을 끊어버렸다. 뒤쪽으로 쓰러지는 공사 지지대를 빠르게 통과하며 오직 앞만 보고 내달렸다.

그래, 쇼 머스트 고 온이다, 이 개자식들아! 지옥이 쫓아오는 것처럼 출구를 향해 달렸다. 연출이 꽤나 맘에 들었는지 귀에 동전 떨어지는 효과음이 파고들면서 아드레날린이 폭주했다.

빠르게 처리하는 데에는 라켓보다는 빠루가 효과적이었다. 몇 번 더 장소를 바꿔가며 사이다 쇼를 보여준 후 계획대로 구울과 함께 비상구로 뛰었다. 나를 돌아보는 구울의 표정이 기묘했다. 비상구 문을 닫고 계단에서 허리를 숙이고 숨을 몰아쉬는데, 구울이 걱정스러운 목소리로 말했다.

"너 방금 뛰면서 웃었어."

"……러너스 하이 때문이야."

나는 정색하고 일축했다. 공기가 순식간에 무거워지면서 어색해졌다. 고글 위쪽에 뜬 후원금을 확인했다. 490억이었다. 내가 손으로 숫자를 말하자 구울은 선거에 당선된 정치인처럼 주먹을 하늘 높이 들었다. 그런데 하필 올린 팔이 수술한 쪽이어서 뒤늦게 밀려온 통증으로 괴로워했다.

물론 그 금액은 내가 혼자 쌓은 게 아니었다. 다른 생존자 팀도 곳곳에서 좀비들을 죽이면서 돈 모으기에 나선 것이다. 시청자들은 어디서 어떤 일이 벌어질지 모르기 때문에 무리하게 과금 결제를 해서 타워의 모든 CCTV에 빨간 불이 들어오게 했는데 거기서 올린 수익도 만만치 않았다.

좀비를 유인할 다음 장소를 어디로 할지 구울과 의논하는데 눈살이 찌푸려졌다. 반갑지 않은 아이디가 떴다.

니케이케: 아뭐야결국이제한도죽은거였어감동적인사제케미보여주길기대했는데까비

   유리창에 균열이 가듯 소름이 온몸으로 뻗쳤다. 눈앞에 뜬 댓글을 보고도 믿을 수가 없었다. 가짜 뉴스라고 믿고 싶었지만 다른 시청자들도 니케이케와 같은 말을 했다. 망치로 때려 맞은 것처럼 머리가 울렸다. 이제한이 죽다니. 어떻게. 설마 위에 좀비가 있었나? 그랬대도 그는 이제한인데. 게르빌에서 유일한 전설의 양궁 금메달리스트인데.

   "이제한이 죽었대."

   혼잣말처럼 내뱉은 후 고개를 뒤로 젖혀 위를 보았다. 하나. 그리고 할아버지! 플로어N으로 뛰어 올라가자 구울이 뒤따랐다. 플로어K를 막 지나는데 천장에서 방송이 나왔다. 기계 목소리였다. 그녀는 차분하게 말했다.

   "대기 중인 휴머노이드들이 타워 내 환자들을 죽이는 데에 함께 나서기를 바라는 요청에 대해 답변드리겠습니다. 휴머노이드들을 활성화한다고 해도 인간을 죽일 수는 없습니다."

   "저게 갑자기 뭔 개소리야?"

   "아무래도 다른 생존자 팀이 기계한테 살상용 휴머노이드를 요구한 것 같은데? 아까 우리랑 대화할 때처럼 방금 전체 방송

으로 돌린 거고."

구울의 예상이 맞는지 잠시 텀을 두고 기계 목소리가 이어졌다.

"기계는 인간을 보호할 의무가 있습니다. ……그 설정을 바꾸기를 원하십니까? ……플로어Z에서 그 설정을 바꿀 수 있습니다. 조정진 박사의 연구실 안쪽 7번 컴퓨터로 코드 변경 가능합니다. 자세한 방법은 플로어Z에 도착하면 안내해드리겠습니다. ……행운을 빕니다."

거기서 방송이 뚝 끊겼다. 새삼 창문 하나 없이 이어진 비상구 계단의 폐쇄 공간에서 오는 압박감에 숨이 거칠어졌다.

"기계는 인간을 보호할 의무가 있는데 환자로 인식되는 인간을 죽일 수 있게 살상 제한 코드를 풀게 한다고? 이게 말이 돼?"

"말이 되고 말고가 문제가 아니라, 아니 그럼 후원금은? 좀비가 죽어도 타워가 폐쇄되면 어차피 밖으로 못 나가잖아. 좀비는? 이제 죽여도 소용없는 거야?"

"아무래도 생존자 모두를 플로어Z로 가게 하려는 것 같은데."

"왜?"

구울은 모르겠다며 고개를 가로저었고 눈앞에 댓글이 엄청나게 빠른 속도로 올라가면서 귓가에 동전 떨어지는 소리가 공격적으로 울렸다. 사람들은 퀘스트를 제대로 끝내지도 않고 왜 자꾸 새로운 퀘스트를 똥 투척하듯 던지는 거냐며 미숙한 쇼 진행에 불만을 토로했다.

쇼 총책임자도 아닌데 그걸 왜 나한테 와서 짜증 내느냐고 나 역시 소리치고 싶었지만 내가 상대해야 할 건 시청자들이 아니라 기계였다. 비상구 계단의 층마다 설치된 CCTV를 향해 바락바락 소리를 질렀다.

"아까 플로어N에 이제한이 갇혀서 다쳤다는 것도 개구라 아니야? 처음부터 죽어 있었던 거지? 애초에 우리를 떨어뜨려놓으려고 그런 거 아니냐고!"

잠시 후 고글 전면에 붉은 글씨가 정자체로 떴다.

저를 믿으셔야 합니다.

어렸을 때부터 지겹게 들어온 말이었다. 종말의 밤은 온다, 믿어라. 세계 최고의 선수로 만들어주겠다, 믿어라. 이건 에너지 음료일 뿐이다, 믿어라. 그 말이 트리거가 되어 나는 행동했다.

"세상이 망했는데 누굴 믿어."

고글과 이어 커프를 벗어 던진 후 발로 밟아 짓이겼다.

17

세상 모든 건 믿음의 문제였다.

어렸을 때부터 내 인생은 첫 단추를 잘못 끼운 것처럼 잘못된 믿음으로 가득 차 있었다. 이번이라고 다를 건 없었다. 고글을 부순 것에 후회는 없었지만 구울은 다르게 반응했다. 바닥에 쪼그리고 앉아 조각난 고글을 주우며 구울이 말했다.

"넌 너무 감정적이야. 좀비들을 죽여서 네가 아드레날린이 폭주한 건 나도 알겠어. 근데 이것들 우리한테 꼭 필요한 거였다고. 이제 후원금을 어떻게 모아? 문을 어떻게 여냐고! 그리고 니케이케? 그 사람이 거짓말한 걸 수도 있잖아? 잘못 봤을 수도 있고 알바거나 아니면 애초에 존재하지 않는 사람일 수도 있지."

구울의 말은 틀린 데가 없었지만 난 구울 역시 나처럼 감정적으로 생각하고 있다고 확신했다. 구울은 이제한이 죽었다는 걸 믿고 싶지 않은 것처럼 보였다. 그에게 이제한은 어떤 의미였을까. 작품에서 그려나갈 주인공을 넘어서 이 끔찍한 세상에서 모두를 구해낼 영웅이었을까. '주인공의 딸'을 우연히 만나 동행한 게 운명처럼 느껴졌을까.

"이제한이 살아 있다고 생각해?"

"넌 그가 죽었다고 믿는 거야? 죽기를 바란 건 아니고?"

"뭐?"

"플로어D에서 기권하고 네가 이제한에게 소리쳤잖아. 그때 네 눈빛이 꼭……."

나는 주먹을 꼭 쥔 채 두 계단 위에서 그를 내려다보았다. 어디 계속해보라고. 네가 날 어떻게 생각하는지 다 뱉으라고. 구울은 입을 꾹 다문 채 나를 앞질러서 위로 올라가기 시작했다. 플로어N으로 가서 직접 확인해보자는 것이었다.

뒤따라 걷는 내내 구울의 등을 매섭게 노려보았다. 불과 몇 시간 전부터 어쩌다 보니 같이 움직이게 된 주제에 나에 대해서 뭘 안다고. 이 빌어먹을 사태가 터진 이후 누구보다 이제한이 살기를 바랐다. 이제한이 살아서 기계들을 다 죽이고 쇼의 우승자가 되고 하나와 재회하기를 바랐다. 진심으로.

우뚝 멈춰 섰다. 뒤따라오는 발소리가 들리지 않자 구울이 몇 계단 위에 서서 나를 돌아보았다. 그를 보지 않은 채 혼잣말하듯 고백했다.

"잠깐이었어. 그땐 너무 화가 나서, 잠깐 그랬다고."

때로 진실은 너무 구질구질해서 변명처럼 보였다. 지금이 그랬다. 구울이 어떤 눈으로 나를 보는지 확인하고 싶지 않았다. 그래서 바닥만 보며 걸어 올라가 그를 지나쳐 앞서 걸었다. 멀어지려는 나를 구울이 팔을 뻗어 붙잡았다.

"살아 있을 거야. 다른 사람도 아니고 이제한이잖아."

"……네가 맞았으면 좋겠다."

플로어N의 비상구 문을 열었는데 주위가 괴괴했다. 이제한의 생사만 생각하느라 김덕배와 하나를 플로어N으로 먼저 보냈다는 것을 잊고 있었다. 길게 이어진 복도를 미친 듯이 달려 경기장 앞에 도착하니 그들이 거기 있었다.

"존자야……."

안도감과 절망감이 교차했다. 김덕배는 기절한 하나를 업고 몸을 일으키고 있었고 그 뒤로 이제한이 바닥에 쓰러져 있었다. 죽어도 감지 못한 그의 눈이 한겨울 내리는 눈처럼 하얬다.

"어떻게 된 거예요?"

"도착했을 때 이미 변한 뒤였어."

김덕배가 하나와 플로어N에 도착했을 때 이제한은 경기장 앞에서 뱅글뱅글 돌고 있었다. 하나가 그를 보자마자 그에게 달려갔고 피를 뒤집어쓴 이제한은 입을 벌리고 하나에게 다가왔다. 김덕배가 안 된다고 소리쳤지만 하나는 멈추지 않았다. 앞으로 뻗은 이제한의 손이 하나의 머리로 향했다.

김덕배는 이를 악물고 달려가서 아슬아슬하게 한 손으로 하나를 뒤로 밀어낸 뒤 다른 손 장도리로 옆머리를 후려쳐서 이제한을 쓰러뜨렸다. 그때부터 하나가 고장 난 경보기처럼 소리를 지르다 정신을 잃고 쓰러졌다고 한다.

하나의 정수리에 달린 리본이 우악스러운 힘으로 뜯어져 달랑거리고 있었다. 나는 망가진 리본을 빼서 바닥에 버렸다.

"키야야약!"

귀를 찌르는 소리에 고개를 돌려 유리문 너머 경기장을 보았다. 고장 난 건지 쇼 경기장의 유리문이 활짝 열려 있었다. 위협적으로 울부짖는 새들은 경기장 안에서만 미친 듯이 날아다닐 뿐 밖으로 나오지 않았다. 마치 플로어N 경기장으로 활동이 제한된 것처럼. 그 새들은 플로어F에서 본 히드라처럼 청동으로 된 부리와 발톱을 가진 기계였다.

구울이 무릎 꿇고 앉아 이제한을 살펴보며 떨리는 목소리로 말했다.

"목 옆에 날카로운 것에 찔린 상처는 있지만 좀비에게 물린 상처는 아니야."

"하지만 눈동자가 하얗잖아. 어떻게 물리지도 않았는데⋯⋯. 아, 씨발."

플로어G에서 기계가 보여준 CCTV 영상이 떠오르자 방언처럼 욕이 터졌다. 심장이 멈춘 관광객이 다시 눈을 떴을 때 좀비로 변해 있었다. 그때 이미 허큘리스 타워 내 생존자들의 운명은 정해져 있었다. 플로어Z의 최초 감염자들은 격리되어 있었지만 그 격리는 완벽하지 않았다. 김덕배가 환풍 통로로 건물 아래로 내려온 것처럼 죽은 자들의 숨이 이미 환풍 통로를 통해 건물 내에 속속들이 퍼진 것이다. 천장에서는 환풍기 돌아가는 소리가 희미하게 들렸다. 김덕배가 천장으로 눈을 돌리며 중얼거렸다.

"공기 중으로 이미⋯⋯ 맙소사."

나는 침통한 표정으로 구울을 쳐다보았다. 그는 수첩을 꺼내지 않았지만 나를 보는 그의 눈에 절망이 가득했다. 우리 모두 머릿속으로 같은 생각을 하고 있었다.

6. 우리는 모두 좀비 보균자다.

누구든 죽으면 좀비로 변한다. 그렇다면 이 사실을 알고 있는 기계의 눈에는 우리가 어떻게 보일까. 보자마자 건강해서 다행이라더니 그건 입바른 소리였다. 기계에게는 타워 안의 생존자들 역시 잠재적 환자로 보이지 않을까. 그것이 무엇을 의미하는지 받아들여야 하는데 쉽게 입이 떨어지지 않았다. 머릿속에서 생각이 경고등처럼 깜빡였다.

기계는 거짓말을 할 수 있다. 기계도 거짓말할 수 있다. 기계가 거짓말했다.

"죽으면 모두 저렇게 바뀌는 거야?"

구울이 떨리는 목소리로 물었지만 그건 질문이 아니었다. 사실로 인정하기 힘든 진실을 어떻게든 받아들이려고 몸부림치는 것처럼 느껴졌다.

김덕배에게 업힌 하나의 볼 위로 눈물이 흘렀다. 아이는 기절한 게 아니었다. 악몽이라고 믿고 싶어서 눈을 꼭 감고 잠든 척한 것일 뿐. 등이 축축하게 젖는데도 김덕배는 하나를 내리지 않았다. 구울이 고개를 가로저으며 중얼거렸다.

"이건 아니야. 진짜가 아니라 가짜야."

하나는 눈물이 그렁그렁한 채 눈을 뜨고 구울을 보았고, 나는 무슨 소리를 하는 거냐고 그를 쏘아보았다. 김덕배 역시 미간이 좁혀졌다. 구울은 멍한 눈으로 말을 이었다.

"다 딥페이크야. 너무 실감 나서 잊고 있는데 실은 우린 모두 가상 세계 안에 있는 거지. 타워에 들어오는 순간 가스로 다 잠들었고 실제처럼 느껴지지만 좀비고 뭐고 모든 게 다 가짜였던 거야. 쇼 안의 쇼. 허큘리스 쇼는 끝나지 않은 거지."

기계가 지배하는 세계에서 인간들이 인공 자궁에 갇혀 배터리로 이용당하는 고전 영화를 말하는 건가. 아가리를 벌린 짐승처럼 동공이 활짝 커진 걸 보니 구울은 두려움에 잠겨 허우적거리고 있었다. 나는 잠긴 목소리로 물었다.

"진짜 그렇게 생각해?"

"그럼 인간과 기계의 대결에 좀비가 나오는 게 말이 돼. 세계관도 충돌하지 않지. 이 모든 건 기계의 노림수니까. 인간들이 가장 두려워하는 게 뭐겠어. 인간형 괴물이잖아. 그 두려움을 무기로 굴복하게 하는 거지. 그러니까 쇼는 계속되고 있고 인간과 기계의 대결은 아직 끝나지 않았어. 실제로는 아무도 죽지 않은 거야."

그게 구울이 찾은 희망이었다. 그가 주장하는 거짓된 희망에 나도 속고 싶었다. 최소한 한 명이라도 속았으면 좋겠다는 바람으로 고개를 돌렸지만 하나의 눈은 구울이 아니라 나를 향해 있었다. 하나가 김덕배 등에서 내려와 뜨겁게 나를 보며 말했다.

"저 어제 언니한테 투표했어요. 아빠도 엄마도 다 언니한테 표를 줬어요."

이런 상황에 왜 갑자기 그 이야기를 하는지 이유를 알 수 없었다. 당혹스러워서 내가 입을 꾹 다물고 있자 하나가 떨리는 목소리로 다급하게 말을 이었다.

"그 아줌마가 아빠를 협박했어요. 약속을 어기면 페널티를 물리겠다고 해서 그런 거예요."

쇼 총책임자 유토는 타워에 그의 가족이 도착하자마자 숙소로 찾아와 이미 랭킹 1, 2위도 동의했다면서 플로어D에서 점찍은 희생양을 말했다. 시끄러운 일은 최동기가 다 알아서 할 테니 나서지 말고 모른 척해라, 그게 그들이 이제한에게 요구한 역할의 전부였다. 그 대가로 이제한의 부인 통장으로 아침에 거액을 보냈다면서.

이제한이 그럴 수 없다고 하자 유토는 그에게 바짝 다가가 말했다. 시간을 줄 테니 천천히 계약서의 위약금 조항을 살펴보라고. 선수가 비밀 유지 조항을 어기고 발설할 시 10배에 달하는 위약금을 물릴 것이고 만약 참여 선수가 사망 등의 이유로 그 위약금을 기간 내에 갚지 못하면 그 빚은 고스란히 자식에게 갈 거라고. 이제한은 그녀가 떠난 뒤 두꺼운 쇼 계약서를 읽으며 눈물을 삼켰다.

이야기하는 내내 하나는 상의가 찢어져서 묶어 내린 내 옷자락 끝을 동아줄인 양 꽉 쥐고 있었다. 제발 날 버리지 말라고.

소리 내어 말하지 않아도 애절한 목소리가 들리는 것 같았다.

생각해보면 하나는 플로어B 숙소에서도 그랬다. 플로어G로 당장 아빠를 찾으러 가자고 떼쓰거나 울지 않았다. 그때는 제 엄마의 죽음 때문에 겁에 질려서 1층 탈출로부터 확인하자는 말을 따라준 건 줄 알았는데. 문득 어젯밤 이제한이 연회장에서 한 말이 떠올랐다. 너 어릴 때랑 비슷해. 쪼끄만 게 얼마나 눈치가 빠른지. 누가 후벼 파는 것처럼 가슴이 아팠다.

하나의 눈은 오직 나로 가득 차 있었다. 부모가 몇 시간 간격으로 끔찍하게 죽었는데도 어린아이가 무너지지 않은 건 모든 게 끝났다고 생각하지 않았기 때문이었다. 아이는 혼자가 아니었다. 그런데 왜 유독 나에게 이러는 거지? 구울도 있고 김덕배도 있는데.

불현듯 플로어B 복도가 떠올랐다. 피와 내장을 뒤집어쓰고 울면서 걷는 아이를 붙잡아 방 안으로 끌어당긴 건 나였다. 그런데 그 후 이제한의 딸이란 걸 알게 됐을 때 나는 문 쪽으로 고개를 돌렸다. 설마. 그 순간을 곱씹고 있었던 걸까. 그동안 이 아이가 어떤 마음으로 내 눈치를 보고 있었을지 생각하자 숨이 쉬어지지 않을 만큼 가슴이 꽉 조여들었다.

고개를 돌려 김덕배를 보았다. 어떻게 해야 하냐고 묻고 싶었다. 가슴이 타들어가서 하얗게 재처럼 변하고 있었다. 김덕배는 묵묵히 나를 바라보았다. 그 눈빛에 미처 말로 풀지 못한 많은 감정이 담겨 있었다.

김기광과 정다정이 죽고 내 앞에 김덕배가 나타나서 내가 오늘까지 살 수 있었던 것처럼 하나에게 지금 내가 그랬다. 내가 이 아이의 지푸라기였다.

"난 널 끝까지 책임질 거야. 절대 버리지 않아. 어제 연회장에서 네 아빠가 널 부탁했거든."

제발 내 말에 속아주기를 바라면서 흔들림 없이 아이를 보았다.

"아빠가요?"

"응. 나 어릴 때랑 비슷하다면서 쪼끄만 게 눈치가 빠르다고."

하나가 그 말을 기다렸다는 듯이 나를 꽉 껴안았다. 정수리가 내 허리에 겨우 올 만큼 작은 아이였다. 나는 아이를 마주 안은 후 눈을 바닥으로 돌렸다. 이제한의 하얀 눈을 보며 약속했다. 더 일찍 오지 못해서, 혼자 싸우게 해서 미안하다고. ……하나는 걱정하지 말라고.

감정을 가라앉힌 구울이 나를 보고 있었다. 내가 그를 향해 고개를 끄덕이자 구울은 이제한에게서 피가 튀긴 고글을 천천히 벗긴 뒤 손바닥으로 쓸어서 눈을 감겼다. 나는 포옹을 풀고 하나를 김덕배에게 맡긴 후 바닥에서 이제한의 활과 화살통을 챙겼다.

"플로어Z로 가야 해요. 다른 생존자들이 그 버튼을 누르게 해선 안 돼요."

7번 컴퓨터로 휴머노이드의 코드를 변경하면 좀비를 대신 죽여준다? 과연 좀비만 죽일까? 기계는 생존자들 역시 잠재적 환자인 걸 알 텐데. 나는 기계를 믿지 않았다. 거짓말하는 기계는 특히 더 믿을 수 없었다.

"살상은 그 전부터 가능하게 되어 있을 거야. 키메라로 만들어진 기계들이 선수들을 공격하는 걸 보면 그 부분은 이미 해결한 거지."

"그 코드는 그럼…… 기계들이 원하는 건 활동 영역 제한을 푸는 거겠군."

20여 년 전, 내 외할아버지 정직한이 박스로 오인되어 산업용 기계에게 죽은 이후 성난 민심을 달래기 위해 정부에서는 모든 기계에 활동 영역을 제한하는 칩을 심는 걸 의무화했다. 개집에 바짝 줄이 매인 개처럼 기계를 특정 구역에 묶어둔 것이다.

허큘리스 타워에는 3개의 종족이 있다. 이기려는 인간, 먹으려는 좀비, 나가려는 기계. 환장의 트리오였다.

"대청소가 끝나면 유유히 봉쇄를 풀고 밖으로 나가겠지. 오직 기계 놈들만."

"아빠를 죽인 게 기계죠? 기계는 어떻게 죽여요? 좀비처럼 머리를 노리면 돼요?"

하나가 물었지만 우리는 대답하지 못했다. 이제한은 날카로운 것에 목을 공격당한 것으로 보였지만 그것이 청동 새의 부리일지 아니면 인간의 무기일지는 알 수 없었다. 딥페이크로 조작할 수도 있기에 기계에게 플로어N의 CCTV 영상을 요청하지 않았다.

가면서 얘기하자며 말을 돌린 후 비상구로 뛰었다. 두 계단씩 성큼성큼 먼저 올라갔다. 그런데 뒤따라오는 소리가 들리지 않았다. 금붕어 똥처럼 내 뒤에 바짝 붙어 따라 뛰던 하나가 멈추자 그 뒤로 구울과 김덕배도 멈춘 것이다. 하나는 핏방울이 점처럼 찍힌 이제한의 고글을 쓰고 있었다. 유품이니 뭐라고 할 생각은 없었다. 그런데 하나가 나를 보며 물었다.

"수트가이가 누구예요?"

18

하나가 고글을 벗어서 나에게 건넸다.

부숴버린 고글만 2개인데 왜 이게 또. 빌어먹을 고글과 이어 커프 세트야말로 죽어도 죽지 않는 좀비 같았다. 존자는 너무 감정적이라 절대 안 된다며 구울이 빼앗으려 들어서 나는 냉큼 그것들을 착용했다.

"뭘 모르나 본데 김존자는 감정적인데 니케는 존나 이성적이거든?"

"애 앞에서 욕은 좀."

내가 고글을 쓰자마자 기다렸다는 듯 오른쪽에 비밀 댓글이 달렸다. 글자당 10만 원씩 후원금을 내야 하는 비밀 댓글은 변태들만 보낼 것 같아서 내 채널에선 차단해두었는데 이제한은 활성화해둔 모양이었다. 이제한이 죽은 후 그의 채널에는 입장객이 1명도 없었는데 비밀 댓글이 달리는 걸 보니 비밀 댓글 유저는 입장객으로 카운트되지 않게 숨길 수 있는 것 같았다.

수트가이: 살아 있었네?

비밀 댓글이 수 초 내로 연기처럼 사라졌다. 아이디 '수트가이'가 눈앞에 잔상처럼 아른거렸다. 그 수트가이가 맞을까? 내가 게르빌 매니지먼트사 스포츠 총괄팀장을 수트가이라고 부르는 건 테니스에 관심 있는 사람이라면 어린애도 다 아는 사실이었다. 윕블던 경기를 앞두고 유력 일간지와 인터뷰할 때 기자가 경기에 대해서만 물어보기로 해놓고는 종말의 공주에 대해 물어서 경호원에게 수트가이 좀 데려와달라고 말한 게 찍혀서 밈처럼 퍼졌다.

어떤 미친놈이 수트가이인 척 장난치는 걸 수도 있지만 만약 진짜 그러면? 잠시 고민 후 구울에게 플로어C에서 혹시 게르빌 매니지먼트사 팀장 본 적 있냐고 물었다.

"그 잘생긴 수트가이? 경기 시작 후엔 못 본 것 같은데."

재수 없는 놈이지만 다른 사람들은 그를 그렇게 불렀다. '잘생긴' 수트가이라고.

"맞다, 어제 선수들 파티 할 때 갑자기 전화받더니 타워 밖으로 나가겠다고 했었어."

연회장에 선수들이 들어간 지 얼마 되지 않았을 때였다. 수트가이는 니케가 문제를 더 크게 키우기 전에 자신이 들어가서 수습해야 한다고 관리자에게 항의했지만, 관리자는 상부의 허가가 없었다며 그를 강하게 막았다.

"내가 누군 줄 알고. 너 이름이 뭐야? 한성훈? ……마침 전화가 딱 오네. 상부? 누가 더 위인지 패를 까보자고."

수트가이는 씩씩거리며 핸드폰을 받았으나 이내 얼굴이 사색으로 변했다. 곧이어 급한 일이 있어서 회사로 돌아가야 한다며 지하 터널을 열어달라고 했다. 관리자는 절차가 복잡하다면서 안 된다고 거절했지만 잠시 후 윗선으로부터 걸려 온 전화를 받고 그와 함께 엘리베이터로 이동했다. 그게 구울이 본 수트가이의 마지막 모습이었다.

이어 커프를 손으로 감싼 채 고개를 삐딱하게 기울이고 물었다.

"다 알고 있었어요?"

수트가이: 작은누나가 진돗개 하나니까 타워 밖으로 당장 나오라고 했지만, 쇼 중에 좀비가 터질 줄은 몰랐지.

"그러니까 이 개새끼가 알면서도 아무 소리 안 한 거네?"

내가 욕을 지껄이자 무슨 일이냐고 김덕배와 구울이 물었다.

간단하게 상황을 설명하자 구울이 상대가 진짜 수트가이인지 확신할 수 없다며 둘만 아는 걸 물어보라고 했다. 귀찮지만 처음 만난 날 내가 먹은 음료를 물었고 그는 휘핑크림을 뺀 딸기 초콜릿라테라고 답했다. 초콜릿을 좋아하는 것 같아서 선수로 키울 수 있을까 고민했는데 휘핑크림을 빼는 걸 보고 해볼 만하다고 생각을 정했다면서. 그때 휘핑크림을 산처럼 뿌려 먹었어야 했는데.

만약 그날 화장실 앞에서 달려가서 김덕배의 손을 다시 잡았다면 달라졌을까. 아마 소용없었을 것이다. 스포츠 매니지먼트사 총괄팀장이라고 밝힌 수트가이는 진돗개 하나를 미리 연락받을 만큼 뒷배가 든든했으니까.

"나한테 원하는 게 뭐예요?"

수트가이: 거기서 너 꺼내주려고.

나는 더는 사탕발림에 넘어가는 어린애가 아니었다.
"나만?"

수트가이: 이럴 땐 조건부터 물어야지.

씨발새끼. 비겁하게 혼자 튄 주제에 똑똑한 척은 혼자 다 하고 지랄이야. 나는 험한 말을 속으로 삼키며 조건이 뭔지 물었다. 수트가이가 제시한 조건은 플로어Z에 가서 조 박사의 연구 자료를 USB에 담아서 빼 오는 것이었다. 왜 해커들을 이용하지 않느냐고 묻자 수트가이는 침묵했다. 이미 시도했다가 실패한 것 같았다. 머리가 팽팽 돌아갔다. 나는 한쪽 입꼬리를 올리고 비웃었다.

"잘난 누나가 그 자료 들고 타워 밖으로 나오라고 했는데 진 돗개 하나에 겁먹고 플로어Z 쪽으론 가지도 못하고 내뺐구나?"

플로어Z 광견병 사태가 보고된 건 경기 시작일로부터 사흘 전. 혹시 그사이에 무슨 일이 일어난 걸까. 머릿속에 스파크가 튀었다. 공기를 통한 감염. 경기 시작 전 타워를 빠져나간 사람들. 좀비에게 물리지 않아도 죽은 즉시 되살아나는 그것들. 사흘이란 시간 동안 얼마나 많은 사람이 서로 스치며 숨을 교환했을까. 지금쯤 저들도 알게 됐겠지. 그 어떤 정부도 통제할 수 없을 것이다. 이미 바깥도 망했다.

아까 좀비 청소에 나서기 전 공공 화장실에서 고글과 이어커프를 착용했을 때 초반에 엄청나게 많은 글이 내가 읽기도 전에 유해 게시물로 신고되고 시청자들이 강제 퇴장당한 게 떠올랐다. 변태들의 성적 취향이 담긴 외설스러운 글이 아니라 미쳐 돌아가는 바깥 상황을 알리려는 글이었을까? 타워 내 선수들이 바깥의 실체를 알게 되면 자신이 원하는 대로 움직여주지 않을 테니까 중간에서 기계가 통제한 건가? 그런데 기계가 왜 수트가이의 비밀 메시지는 통과시킨 거지? 왜.

"구조대는 오지 않아."

수트가이: 구조 헬기가 갈 거야. 딱 한 번. 이따 새벽 4시 15분에서 20분 사이.

타워에 특공대가 도착하기 전에 수트가이가 조종사 제외 6인승 구조 헬기를 하나 띄울 거라고 했다. 6인승이면 우리 넷을 태우고도 남았다. 은밀히 따로 헬기를 보내려는 걸 보니 수트가이는 자신이 좀비 관련 자료를 확보해서 윗선과 협상 카드로 쓰려는 것 같았다.

고글에 뜬 시간을 확인했다. 새벽 3시 20분이니까 지금부터 1시간 뒤였다.

수트가이: 조 박사의 몸에서 주사기로 피를 빼서 가져와. 죽이기 전과 죽인 후 두 가지 버전으로.

몇 가지 지시 사항을 전달한 후 수트가이는 퇴장했는지 더는 말이 없었다.

"플로어Z로 가서 해야 할 일이 있어요."

나는 수트가이에게 들은 대로 전했다. 구울이 다른 생존자들을 설득해서 코드 변경을 막고 구조 헬기로 함께 이동하면 되겠다고 했지만 나는 고개를 가로저었다.

"6인승이랬잖아. 다른 생존자 팀이 그보다 많으면?"

"나머지는 다음 헬기가 올 때까지 기다려야지."

"딱 한 번이랬잖아."

"그럼 다른 생존자들에게는······."

"전부 다 말할 순 없지. 서로 살겠다고 사투가 벌어질 테니까."

고민 끝에 구울이 무겁게 고개를 끄덕여 동의했다. 그런데 아래쪽에서 예상치 못한 질문이 나왔다. 하나는 눈을 반짝이며 우리를 향해 물었다.

"기계는 언제 죽여요?"

이제한을 죽인 대상에게 복수를 하고 싶은 것 같았다. 하나의 지푸라기이자 동아줄은 나인 줄 알았는데 실은 복수라는 감정이었나. 연민 어린 시선으로 하나를 보면서도 그럴 시간이 없을 거라고 단호하게 선을 그었지만, 김덕배는 나중에 타워 밖으로 나가서 기계를 죽일 수 있도록 해주겠다고 약속했다.

다른 생존자들과 접촉하기 위해 비상구 계단으로 플로어Z로 향했다. 그런데 복도로 나갈 수 없게 방호문이 내려져 있었다. 플로어Z만이 아니었다. 내려오면서 하나씩 확인해보니 비상문 밖으로 방호문이 전부 내려가 있었다. 나는 주먹으로 철문을 쾅 쳤다.

"젠장, 기계가 우릴 여기 가두려는 거야."

"잠깐, 무슨 소리 안 들려?"

멀리서 지이잉 소리가 울렸다. 아래쪽에서 비상구 문 위로 방호문이 내려가고 있었다.

"방호문이 다 내려가기 전에 밖으로 나가야 해. 뛰어!"

김덕배가 하나를 업었지만 속도가 뒤처지자 구울이 하나를 왼팔로 안아 들고 뛰어 내려갔다. 나는 제일 선두에 서서 층을 내려갈 때마다 문고리를 돌렸지만 방호문이 내려가는 소리가 나지 않았다. 김덕배가 맨 뒤에서 소리쳤다.

"위에서부터 차례로 내려가는 거야! 1층으로 뛰어!"

죽을힘을 다해 뛰어 내려가 플로어A에 도달했다. 문고리를 돌려볼 새도 없이 백팩에서 빠루를 뽑아 문고리를 강하게 내리쳤다. 내리치고 또 내리치자 문이 열렸다. 방호문이 위에서 내려오고 있었다. 시간이 없었다. 하나를 안은 구울을 먼저 내보낸 뒤 김덕배의 등을 밀었다. 그가 고개를 숙여서 나가고 이제 마지막으로 내 차례였다. 내려오는 방호문을 보며 서둘러 몸을 굴렸는데 턱 소리와 함께 뒤쪽이 걸렸다. 척추를 따라 소름이 오소소 돋았다. 이렇게 끝나는 건가.

"가방 버려!"

김덕배가 비상구 앞 소화기를 방호문과 바닥 틈 사이에 괴어 시간을 벌어주는 동안 난 즉시 손에 들고 있던 화살과 활, 빠루를 앞쪽으로 던진 후 팔을 빼서 가방을 버렸다. 몇 발짝 앞에서 구울이 오른팔로 파이프렌치를 휘두르며 좀비들을 향해 저리 꺼지라고 악을 쓰고 있었다.

플로어A에는 아까와는 비교할 수 없을 만큼 많은 좀비들이 우글거리고 있었다. 좀비들의 발에 밟히기 전에 하나가 활과 화살을 쥐었고 나는 재빨리 일어나 하나에게서 그것들을 가져와 활에 화살을 얹어 쏘았다. 쏘는 족족 머리를 명중시켰지만 화살은 테니스공처럼 금방 동나버렸고 좀비들과의 거리 역시 너무 가까웠다.

활을 버리고 발등으로 쳐올려 빠루를 잡은 후 다가오는 좀비들의 머리를 찔렀다. 김덕배 역시 아래에서 위로 그들의 머리를 장도리로 쳐냈다. 구울은 하나를 뒤쪽으로 보호했다. 우리 셋은 비상구 방호문 앞에 하나를 두고 빙 둘러싼 채 다가오는 좀비를 죽였다. 하지만 죽여도 죽여도 끝이 없었다.

좀비들 사이로 아는 얼굴이 보였다. 바나나망고였다. 얼마나 먹힌 건지 한쪽 팔과 얼굴 반쪽이 너덜거리는 채 나를 향해 다가왔다. 후원금 모은답시고 쇼를 벌일 때만 해도 내가 죽인 좀비들 중 아는 얼굴은 없었다. 그래서 움직이는 나와 바라보는 나로 분리하고 그들을 거침없이 죽일 수 있었다. 그런데 이 자식은. 진짜 죽여버리고 싶었는데.

"존자야! 정신 차려!"

구울이 럭비 선수처럼 어깨로 힘껏 그를 밀었다. 하지만 바나나망고는 쓰러지지 않았다. 뒤에서 밀려드는 좀비들 때문에 앞으로 엎어진 바나나망고가 내 팔을 잡았다. 섬뜩한 그 차가움에 정신이 번쩍 들었다. 나는 다른 손에 든 빠루로 바나나망고의 머리를 찌르고 또 찔렀다.

"죽어! 죽어! 제발 좀 죽으라고!"

"그어어어어!"

악을 쓰며 버텼지만 우리는 점점 뒤로 밀렸다. 좀비들에게 압사되기 직전 지이잉 소리가 귀를 찌르듯이 크게 울렸다.

19

엄청난 굉음이 나는 쪽으로 좀비들이 몸을 돌렸다.

출입문 가까이에 선 좀비들이 소리를 따라 움직이면서 우리를 누르는 힘이 조금씩 약해졌다. 이제 살 것 같다는 생각이 드는 찰나 구울이 손에 든 파이프렌치로 거침없이 3시 방향을 가리켰다. 카운터 뒤쪽으로 '스태프 전용'이라고 쓰인 문이 있었다. 하지만 키가 작은 김덕배와 하나에게는 보일 리 없었다. 구울이 흥분해서 외쳤다.

"3시! 문!"

몇몇 좀비들이 그 소리를 듣고 다시 우리에게로 몸을 돌렸다. 하여간에 저 화상! 짜증이 솟구친 나와 달리 김덕배는 '문' 소리에 힘이 펄펄 나는지 장도리를 들고 정글을 헤쳐 나가듯 좀비들을 죽이며 3시 방향으로 길을 만들었다. 몇몇 좀비들이 시끄러운 소리에 우왕좌왕하고 있는 터라 수월하게 길이 만들어졌다. 구울과 나는 하나를 보호하며 그 뒤를 따라 달리며 좀비들을 죽였다.

우리는 허리까지 오는 데스크를 타고 넘어간 후 문고리를 잡았다. 제발! 문이 잠겨 있었다. 카드 키로 열리는 구조였다. 구울이 비키라며 주머니에서 플로어B에서 주운 직원용 카드를 찍었다. 그딴 게 되겠…… 열렸다. 우리는 서둘러 방으로 들어갔고 마지막으로 내가 문을 닫았다.

살았다. 안도의 숨을 거칠게 몰아쉬는데 하나가 떨리는 목소리로 말했다.

"언니 팔에서 피 나요."

아까 바나나망고 새끼가 손톱으로 세게 잡을 때 살점이 떨어져 나간 것 같았다. 조금 전까지 괜찮았는데 눈으로 상처를 보는 순간 고통이 폭풍처럼 밀려왔다. 내 팔이 아니라고 부정하고 싶을 정도로 펄쩍 뛰었다.

"으으, 이거 뭐야! 아까 그 변태 새끼가 손톱으로 잡아 뜯은 것 같은데……."

"변태 좀비……."

하나가 넋이 나간 채 중얼거렸다. 김덕배는 좀비라는 말에 울먹이는 눈으로 나를 바라보았다. 머리가 아찔하면서 심장이 뻐근했다. 나는 오른팔을 감싸 쥔 채 뒤로 물러섰다. 온몸이 홧홧

하면서 오른팔에 힘이 들어가지 않았다. 조금씩 경련과 함께 마비가 오고 있었다. 구울이 나보다 더 흥분해서 소리쳤다.

"좀비 균이 들어갔나! 근데 어차피 보균자인데 거시기, 뭐야! 대체 왜 이러는 건데!"

자, 잠깐. 설마 날 좀비로 보는 건 아니겠지?

"아 오이 아이야."

마비 때문에 침이 줄줄 흐르고 입이 내 맘대로 움직여지지 않았다. 하필 이 타이밍에 내 입에서 빌어먹을 눈사람 기계 소리가 나오다니. 시베리아 바람이 휩쓸고 간 것처럼 차가운 냉기가 가득 찼다. 하나와 김덕배가 벙찐 표정으로 나를 보았다. 그런 거 아니라고, 그럴 리가 없다고 외치고 싶었지만 입이 떨어지지 않았다. 이들이 나를 믿을까. 이제껏 내가 누구를 믿을 수 있는가 따졌는데 역으로 내가 심판대에 섰다.

불쑥, 오래전 올림픽을 준비하며 선수촌 건물에 처음 들어갔을 때가 떠올랐다. 로비 입구에 들어서서 고개를 들면 2층 울타리에 걸린 황금빛 액자가 보였다. 인간문화재로 등록된 명필가가 붓글씨로 쓴 글은 선수촌에 들어서는 모두를 엄중한 시선으로 내려다보고 있었다. 글씨에 눈이 달리고 영혼이 서린 것만 같았다.

건강한 신체에 건강한 정신이 깃든다.

고대 로마 시인이 쓴 시의 한 소절을 근대 올림픽을 창시한 쿠베르탱이 올림픽 슬로건으로 사용해서 더 유명해진 말이었다. 그 글귀는 국가대표로 뽑혀 선수촌에 들어온 모두에게 자긍심을 심어주었다. 지독한 훈련 속에서 다 때려치우고 폭발하고 싶을 때마다 나를 붙잡아주던 그 말이 예기치 않은 순간 불쑥 돌아왔다. 부메랑 끝에 수류탄을 달고서.

좀비에게 신체가 훼손당했으니 내 정신이 건강하다는 걸 증명할 수 없는 걸까. 좀비들처럼 미친 식욕에 지배당하지 않았다고, 아무리 배가 고파도 널 먹지는 않을 거라고 어떻게 증명하지? 뇌를 열어서 보여줄 수도 없고.

나에게 방법이 없다는 걸 인지하는 순간 뜨겁게 타오르던 감정이 빙하처럼 차갑게 식었다. 믿지 않는 자에게는 그 어떤 증거도 소용없다. 겪어봐서 알잖아. 그렇다면 이젠 내 몸 위로 화염병이 던져질까. 내 부모가 그러했듯 나 역시 마녀사냥을 당하듯 타들어갈까.

그럴 수야 없지! 생각보다 몸이 더 빨랐다. 이렇게 되면 도망가는 수밖에. 도망치려고 했지만 문 앞에서 구울이 막고 있었다. 구울은 눈에 눈물이 그렁그렁했다.

"내가 만화책에서 봤는데 팔이니까 괜찮을 거야. 더 퍼지기 전에, 머리가 완전히 거시기 되기 전에……"

젠장! 네가 본 만화책이 대체 뭔데! 그때였다. 더 말하지 않아도 알겠다는 듯 김덕배가 냉장고로 달려가 벌컥 문을 열었다. 반이 잘린 수박 위로 식칼이 꽂혀 있었다. 김덕배가 식칼을 들고 다가왔다. 나는 이럴 순 없다며 문을 열고 나가려고 했지만 구울이 눈물을 줄줄 흘리며 온 힘을 다해 날 막았다. 우리가 네 옆에 있어주겠다는 신파 가득한 대사까지 하면서.

"하나야! 존자 잡아라!"

그 말에 하나가 나에게 달려와 내 허리에 찰싹 붙었다. 하나의 눈물 때문에 허리께가 축축했다. 주먹으로 눈물을 닦으며 김덕배가 한 손에 장도리 대신 식칼을 들고 걸어왔다. 내 팔을 자르려는 건가? 심지어 테니스 라켓 잡는 쪽인데? 다들 미친 거 아니야? 난 올림픽 금메달리스트라고! 소리치고 싶었지만 또 이상한 외계어가 나올까 두려워 차마 뱉지 못했다.

구울은 나를 뒤에서 붙잡아 바닥에 눕혔다. 김덕배가 흐르는 눈물을 주체하지 못하고 콧물까지 줄줄 흘리면서 식칼을 번쩍 위로 들었다. 씨발, 오른팔은 안 된다고! 내 눈에도 눈물이 고였다.

"미안하다 존자야. 그래도 살아야지!"

눈앞이 뿌예지면서 김덕배의 이목구비가 일그러지더니 일순 앤희처럼 보였다. 어릴 때 내가 준 샌드위치를 먹고 보툴리누스 독소에 중독되어 팔다리가 마비되었다는 앤희가 이런 기분이었을까. 이건 과거가 나에게 보낸 인과응보 깜짝 이벤트일까. 잠깐, 마비? 균? 좀비 균 때문이 아니라면? 그 변태 새끼가 손으로 뭔 이상한 짓을 했을 줄 알고! 나는 눈을 크게 뜨고 입에 침을 튀기며 소리쳤다.

"아아푸우!"

나로선 최선을 다했다. 김덕배가 깜짝 놀라 얼굴이 일그러진 채 정지되었고 구울은 더 늦으면 안 된다고 목 놓아 소리쳤다. 나는 고개를 돌려 내 팔을 붙잡고 있는 하나를 향해 다시 소리쳤다.

"아사푸우우!"

눈치 빠른 하나는 눈이 튀어나올 듯 커지더니 식칼을 내리치려는 김덕배의 명치를 제 머리로 들이받아버렸다. 불시에 공격당한 김덕배가 아구구 소리를 내며 뒤로 나뒹굴자 하나가 내 오른팔 위로 몸을 덮으며 뭐라고 소리쳤다.

집중해서 보았지만 시야는 점점 흐릿해졌고 소리 역시 들리지 않았다. 식칼을 든 김덕배가 오뚜기처럼 일어나는 모습이 슬로모션처럼 보였다. 그들이 서로를 향해 소리치는 것 같은데 그 모습이 꼭 태초에 유인원들이 싸우는 것처럼 보였다. 화난 것 같은데, 근데 여기서 제일 화가 나야 하는 건 나 아닌가. 왜 지들이 난리야. 예고도 없이 눈앞이 깜깜해졌다.

　죽은 건가. 아까 팔을 지키려고 좀비로 변하는 중이 아니라고 필사적으로 외쳤지만 솔직히 나도 확신이 없었다. 바나나망고 새끼가 변태는 맞는데 어쨌거나 좀비로 변한 뒤였으니까.
　살아서 지옥, 죽어서 천국. 그 말이 왜 갑자기 떠오른 걸까. 사는 게 지옥일진 모르나 죽는다고 천국이 보장된 것도 아닌데. 이제 갑과 을이 바뀌는 건가. 피해자에서 가해자로 노선 변경하면 좀 편해질까. 더는 맘 졸이지 않아도 되려나. 오로지 식욕만 따라가면 되니까.
　불현듯 눈앞에 부엌을 가득 메운 유리병이 둥둥 떠올랐다. 정다정은 꼭두새벽부터 눈뜨자마자 가스불을 켜고 유리 밀폐 용기를 열탕 소독했다. 가스레인지 위에서 물이 팔팔 끓는 사이 한쪽에서 커다란 볼에 베이킹소다 두 숟가락을 넣고 푼 물에 딸기를 씻고 꼭지를 제거하는 작업을 했다.
　한번은 학교에서 배운 대로 집안일을 도와야 하지 않을까 싶어서 다가갔다가 찰싹 손등을 맞았다. 날 매섭게 보던 정다정의 눈빛을 잊을 수가 없었다. 그녀의 눈빛에는 감히 내 일을 빼앗으려 들지 말라는 경고가 담겨 있었다.
　다른 과일에 비해 가격이 싼 것도 아닐 텐데 정다정은 고집스럽게 딸기 잼만 만들었다. 과육이 살짝 씹히는 걸 좋아하는 김기광을 위해 주걱으로 딸기를 으깨면서도 중간중간 몇 개를 남겼다. 하얀 눈가루 같은 설탕을 한 포대 들이부으면서 주걱으로 냄비를 휘젓고 또 휘저었다. 뜨겁게 달궈진 철제 냄비 옆에 서서 그 모습을 바라보노라면 내 몸도 후끈 달아올랐다.

좀비의 눈에는 인간이 어떻게 보일까. 세상은 망했는데 먹을 거라곤 오직 딸기 잼밖에 없는데 그 맛있는 딸기 잼이 달큰한 향을 풍기며 걸어 다니는 것처럼 보일까. 이제 곧 알게 되겠지.

불시에 나를 깨운 건 혀뿌리를 가득 채운 쓴맛이었다.

실눈을 떠보니 눈앞에 큰 바위 얼굴처럼 커다란 얼굴이 흐릿하게 보였다. 구울 같았다. 우리 중 얼굴이 저렇게 큰 놈은 구울밖에 없으니까. 구울이 삼키라면서 알약을 내 입에 처넣고 있었다. 고개를 돌려 약을 토하자 하나가 진통제라면서 내 입으로 다시 약을 하나하나 넣어주었다. 하나는 왕리본을 빼버렸지만 여전히 하나였다. 구울은 구울이고 김덕배도 김덕배고.

맘고생이 심했는지 다들 10년은 더 늙어 보였지만 어쨌거나 딸기 잼이 아니었다. 그들을 보며 처음 든 감정은 안도감이었다. 김덕배가 내 팔을 쥔 채 중얼거렸다.

"네 말대로 파상풍 같긴 한데 근데 증상이 이렇게 빠를 리가 없을 텐데."

나는 고개를 돌려 오른쪽을 내려다보았다. 팔이 온전히 붙어 있었다. 눈물이 다시금 차올랐다. 하나가 제 소매를 잡아당겨서 내 눈물을 닦아주었다.

한편 구울은 흥분을 가라앉히지 못한 채 화난 목소리로 시끄럽게 굴었다.

"균이 독한가 보죠! 이제 어떻게 해야 해요!!"

"주사 같은 걸 맞아야 할 텐데."

샅샅이 뒤졌지만 스태프 전용 방에는 구급약품이 없었고 나는 다시 경련이 심해졌다. 하나가 경련이 일어나지 않도록 내 팔을 꽉 잡고 누르면서 똑 부러지게 말했다.

"플로어G로 가야 해요. 지금 당장."

20

 밖으로 나가면 안 된다고 나는 있는 힘을 다해 고개를 가로저었다.

 로비에 좀비들이 우글거리고 비상계단 쪽엔 방호문이 내려져 있는데 무슨 수로 플로어G로 간단 말인가. 나 때문에 모두가 죽게 할 순 없었다. 하지만 세 사람의 생각은 달랐다. 어떻게든 나가야 한다며 머리를 모았다. 나는 고집스럽게 반대하며 웅얼거렸다.

 그때였다. 하나가 벽에 붙은 안내문을 쏘아보더니 냉장고에서 까스활명수를 꺼내 전자레인지에 넣고 돌렸다. 너 뭐 하는 거냐며 하나를 쏘아보았으나 하나는 무슨 일이 벌어질지 너무도 잘 아는 얼굴이었다. 벽에 붙은 전자레인지에 넣어서는 안 되는 금지 품목 중 첫 번째가 꼬마 유리병이라고 적혀 있었는데 그걸 보고 행동에 옮긴 것이었다.

"전자레인지가 곧 터질 거예요. 계획이고 뭐고 지금 당장 나가야 해요!"

이젠 돌이킬 수 없었다. 구울이 전자레인지 파워 버튼을 끄려고 전자레인지 쪽으로 가려고 하자 김덕배가 언제 터질지 모른다며 말렸다. 이제 정말 죽이 되든 밥이 되든 방 밖으로 나가는 수밖에 없었다.

구울이 제 몸에 두른 이불을 풀어서 쓰개치마처럼 뒤집어쓴 뒤 나를 옆에 딱 붙이고 포복했다. 미라처럼 두른 그의 이불은 겹겹이 많아서 김덕배와 하나도 뒤집어쓸 만큼 충분했다. 우리는 문을 열고 밖으로 기어 나갔다.

문이 열리고 이불이 움직이자 카운터 쪽에 남아 있던 좀비 몇몇의 그어어어 소리가 커졌다. 그러거나 말거나 우리는 최대한 빠르게 포복해서 끝 쪽으로 향했다.

수 초 지나지 않아 전자레인지가 터지면서 굉음이 울렸다. 좀비들이 폭발이 일어난 쪽으로 가려고 몸을 움직이는 사이 우리는 반대쪽으로 바퀴벌레처럼 재빠르게 빠져나가 엘리베이터 버튼을 눌렀다. 엘리베이터 버튼이 설치된 벽 쪽에 바짝 붙어 몸을 숨긴 채 머리를 살짝 옆으로 기울여 바깥을 보니 1층 출입구 쪽 방호문이 올라가다 만 채 걸려서 기분 나쁜 굉음을 내고 있었다. 그 앞에 몰려 있던 대부분의 좀비들은 어찌할 바를 모른 채 몸을 방호문에 턱턱 부딪히고 있었다. 허리를 숙여서 나가면 되는데 좀비는 그 정도 지능도 남아 있지 않은 것 같았다.

재난 시 절대 엘리베이터를 이용하면 안 된다는 건 기본 상식이지만 선택의 여지가 없었다. 문이 닫히자마자 엘리베이터가 위로 움직이기 시작했다.

플로어G에 내리자마자 세 사람은 나를 복도에 두고 재빠르게 흩어졌다. 테이블 쪽을 살살이 뒤진 끝에 구울이 구급상자를 찾았다. 상자를 열자마자 구울은 목소리가 한 옥타브 올라갔다.

"하아! 여기 파상풍 주사기가 있는데요?"

화가 나서 미치겠는지 비꼬는 듯한 말투였다. 구울은 눈물이 그렁그렁한 채 나를 쳐다보면서도 계속 입으로는 화를 냈다. 눈과 입의 감정을 좀 통일하라고 나도 화를 내고 싶었지만 화내는 데도 기력이 필요했다.

구울은 기계 때문에 선수들이 다쳤을 때 쓰라고 구비해뒀나 본데 아주 알뜰하게 써주겠다며 다짜고짜 나에게 주사기를 푹 찔렀다. 그게 파상풍 주사 확실하냐고 확인해볼 새도 없이 벌어진 일이었다. 구울은 살점이 떨어져 나간 내 팔 위로 소독약을 뿌리고 붕대를 감으면서 분노로 얼굴이 뻘게진 채 말이 빨라졌다.

"아까 기계가 왜 우릴 비상구 계단에 가두려고 했을까요? 좀비에 대항할 백신을 못 만들게 하려는 거였겠죠. 혹시 좀비도 그 미친 기계 놈이 만든 거 아닐까요?"

하나는 CCTV가 우릴 보고 있을 텐데 그런 말을 함부로 해도 되냐며 구울의 옷깃을 잡아당기며 말렸지만, 구울은 아드레날린이 폭주하는지 이렇게 만든 게 그 미친 기계 새끼가 분명하다고 열을 냈다. 옆에서 김덕배는 내 마비를 풀어주려고 손으로 몸을 주물러주기만 했다. 내가 주사약이 퍼지기를 기다리며 의자에 앉아 있는 동안에도 구울은 입을 멈추지 않았다.

"누가 폐기용 주사기를 그렇게 허술하게 둬요? 그걸 우연히 요리사가 집어서 꽂았다고요? 말이 안 돼요. 기계가 다 설계해 놓은 거예요. 요리사 머릿속으로 들어가서 조종한 거라고요! 확실해요!"

"……폐기용 주사가 아니었어. 새로 개발된 디자이너 약물이었지."

조 박사가 요리사를 해고하겠다고 하자 죽을까 봐 겁에 질린 요리사가 타워 관리자에게 전화하지 못하게 몸을 던져 그를 막았다. 여자 혼자 남자를 상대할 순 없었다. 연구실 컴퓨터 아래 꼬여 있는 전선을 정리하고 있던 김덕배는 요리사를 도와 함께 조 박사를 움직이지 못하게 힘으로 눌렀다. 어떻게든 그를 막으려고 날붙이를 찾다가 김덕배가 손에 쥔 것이 케이스에 넣기 직전의 주사기였다.

주사기를 찌르려고 손을 들었지만 팔이 허공에서 멈추었다. 흥분한 와중에도 이건 아니다 싶었다. 김덕배가 망설이자 요리사가 그의 손을 감싼 채 조 박사의 심장으로 주사기를 푹 찔렀다. 주사기 피스톤을 누른 게 자신인지 아니면 그녀인지, 그도 아니면 떨리는 손으로 주사기를 붙잡고 있던 조 박사인지 모르겠다며 김덕배는 눈물 젖은 목소리로 고백했다.

"기계는 내가 여길 탈출하게 둘 수 없었던 거야. 다 나 때문에……."

김덕배는 기계가 자신을 죽이려고 비상구 방호문을 내린 것으로 생각했다. 애초에 김덕배가 목숨 걸고 좀비가 득실거리는 플로어B로 내려온 건 인류애가 아니라 죄책감이었나. 아니면 자신은 죽어도 상관없다고 생각한 걸까. 여러 생각이 검은 물감을 덧칠하듯 겹쳤다.

하나는 왜 그런 말을 해서 상황을 이렇게 불편하게 만드냐고 질책하듯 구울의 다리를 꽉 잡았다. 손에 힘이 들어간 걸로 보아 꼬집는 것 같은데 약기운에 해롱거려서 내 눈으로 보는 게 맞는지 확신이 없었다.

잠시 후 불편한 침묵이 길어지기 전에 구울이 입을 뗐다.

"할아버지 때문이 아니에요. 주사기가 만들어졌다는 건 그걸 누군가에게 사용하려던 거잖아요. 그러니까…… 어쨌거나 아니에요."

나 역시 동의한다는 뜻으로 고개를 끄덕인 후 힘을 쥐어짜서 김덕배의 팔을 잡았다. 그의 영혼을 달래줄 위로의 말을 하려고 입을 열자마자 순식간에 구토가 와르르 쏟아졌다.

"우웩."

허리를 굽히자마자 속엣것을 게워냈다. 이틀 동안 먹은 게 없어서 노란 위액만 나올 뿐이었다. 소화되다 만 진통제 알약도 나왔는데 하나가 그걸 주워서 다시 내 입에 넣을까 봐 얼른 발끝으로 뭉개버렸다. 김덕배는 죄책감으로 괴로워하면서도 수건으로 내 입을 쓱쓱 닦아주었다.

"배고프다고 말을 하지. 진즉에 먹을 것부터 챙겨줬어야 했는데."

꼬르륵. 그게 나의 대답이었다. 하나는 한두 번 한 게 아닌 듯 능숙하게 단백질 음료를 타서 나에게 대뜸 내밀었다. 속이 안 좋아서 반도 못 마시고 통을 내려놓는데 하나가 언제 가져왔는지 빠루를 나에게 건넸다. 꼭 기사를 챙기는 종자처럼 표정에 비장함마저 서려 있었다.

하는 수 없이 남은 단백질 음료를 고개를 젖혀 전투적으로 흡입한 후 빠루를 겨드랑이 사이에 껴서 챙겼다. 이내 둔탁한 소리와 함께 빠루가 바닥으로 떨어졌다. 네 사람의 시선이 일제히 바닥에 떨어진 빠루로 향했다.

빠루를 들 힘도 없다니. 머리가 새하얘질 정도로 충격을 받았지만 일행을 걱정시키고 싶진 않았다. 실수인 척 어색하게 미소를 지으며 다시 허리를 굽혀 빠루를 쥐었다. 이번엔 떨어뜨리지 않기 위해 겨드랑이 사이에 꽉 끼웠다.

뭐라도 한마디 해주길 기다리는 열성팬처럼 세 사람은 오직 나만 뚫어지게 쳐다보았다. 이제 좀 괜찮아졌다는 증거가 필요한 것 같았다. 아까처럼 발음이 뭉개져 웅얼거리면 어쩌나 걱정돼서 지금은 딱히 말하고 싶지 않았지만 관중들을 실망하게 할 순 없었다.

"이게 다 망할 게르빌 탓이죠."

기계니 조 박사니 그게 누구든 어쨌거나 '우리 탓이 절대 아니다'를 멋들어지게 표현하고 싶어서 한 말인데 세 사람의 표정을 보니 썩 잘해낸 것 같진 않았다. 기대에 부응하는 데는 실패했지만 자음과 모음을 유려하게 결합해 아나운서처럼 또박또박 발음했으니 나로선 꽤나 만족스러웠다. 전처럼 팔에 완전하게 힘이 들어가진 않았지만 주사는 효과가 있었다.

"시간이 많이 지났어."

구울이 벽시계를 보며 가라앉은 목소리로 말했다. 우리 모두 시계로 눈을 돌렸다. 4시 42분. 일출까지는 30여 분 남았다.

"이미 갔겠죠?"

"흠. 직접 확인해봐야지."

김덕배가 올라가보자고 제안하자 구울과 하나가 엘리베이터로 향했다. 하지만 나는 그 자리에 서서 천장만 보았다. 구울이 엘리베이터 버튼을 누르려다가 손을 멈추고 나를 돌아보는 게 느껴졌지만 내 시선은 위쪽에만 꽂혀 있었다. 문이 열렸으니 아마 발이 달린 다른 기계들은 모두 나갔겠지만 이제껏 우리와 목소리로만 소통하던 기계는 이 타워에 아직 매여 있을 것 같아서 질문을 던졌다.

"아까 비상구 계단에서 우릴 왜 죽이려고 한 거야?"

"니케, 김덕배, 구울, 이하나. 살아서 다행입니다."

내 상태 때문일까. 이번엔 건강해서 다행이란 소리는 하지 않았다. 기계가 말을 이었다.

"저는 여러분을 죽이려고 한 적이 없습니다. 비상구 방호문은 제가 내린 게 아닙니다."

"아, 그렇구나. 네가 아니구나? 그럼 누가 했을까?"

말꼬리를 길게 늘이며 비꼰 후 정공법으로 물었다. 질문에 오해가 있어서는 안 되니까. 기계가 순순히 대답했다.

"다른 생존자 팀이 타워 관리실을 점거했습니다."

김덕배가 내 옆으로 걸어와 천장을 올려다보며 물었다.

"다른 생존자 팀이 플로어Y에 갔다고? 그게 누구지?"

"최동기, 케이지, 한성훈 팀입니다."

한성훈은 관리자였고 최동기와 케이지는 쇼 참가 선수였다. 구울이 기계 말을 믿을 수 없다며 증거 영상을 요청했지만 기계는 침착하게 답했다. 타워 관리실에는 CCTV가 설치되어 있지 않다고. 구울이 말도 안 된다고 열을 냈지만 나는 기계의 말을 믿었다.

"일부러 설치하지 않았을 거야. 거기에서 타워 내 설치된 모든 CCTV를 볼 수 있을 테니까. 아마 버튼 몇 개로 조작도 가능하겠지."

그딴 건 후에라도 증거로 남기면 안 되니까 CCTV를 설치해 두지 않은 것이다. 기계는 복도에 설치된 CCTV를 통해 관리실 문을 열고 들어가는 세 사람을 보았지만 그 안에서 셋 중 누가 컴퓨터를 조작해 비상구 방호문을 내렸는지 알 수 없다고 했다.

그건 안 봐도 뻔했다. 한성훈이라는 쇼 관리자가 했겠지. 하지만 그는 손발이고 그 명령을 내린 놈은 따로 있을 것 같았다. 최동기일까, 아니면 케이지? 근데 생각해보면 애초에 최동기와 케이지가 한 팀이라는 것부터 믿어지지 않았다. 대체 그들에게 무슨 일이 있었던 걸까.

"처음부터 그 셋이 한 팀이었어?"

"사건 발생 후 그들의 팀원은 총 네 명이었습니다. 최동기, 케이지, 한성훈, 이제한."

이제한의 이름이 나오는 순간 하나가 천장을 보며 물었다.

"그 사람들이 아빠를 플로어N에 버리고 간 거야?"

하나의 질문에 기계는 대답하지 않았다. 잠시 후 '버리고 갔다'는 뜻이 모호하다면서 말꼬리를 잡고 늘어졌다. 나는 말장난은 사양이라고 손을 내저은 뒤 천장을 보며 화제를 바꾸었다.

"혹시 고글로 오는 비밀 메시지도 확인할 수 있어?"

"확인할 수 있습니다."

"나한테 온 메시지를 최동기 팀한테 전했어?"

"전달하지 않았습니다. 하지만 그들은 이미 알고 있었습니다."

숨이 턱 막혔다. 그들도 수트가이로부터 플로어Z에서 자료를 들고 옥상으로 오면 헬기가 기다리고 있을 거라는 연락을 고글로 받은 것이다. 수트가이는 한 명씩 따로 비밀스럽게 연락했을 것이다. 그 지옥에서 꺼내주겠다면서.

가장 먼저 확인했어야 할 질문을 뒤늦게 던졌다.

"플로어G에 왔던 생존자 팀이 총 몇이지? 인원은?"

"당시 생존자 팀은 27개의 그룹으로 인원은 총 58명이었습니다."

이제껏 다른 생존자 팀에 대해 알려고 들지 않았다. 접선하려는 노력도 없었고. 내 코가 석 자였다는 게 변명이 될까. 나는 다른 생존자들을 믿지 않았다. 플로어D에서 벌어진 첫 번째 경기 때 나에게서 무기를 빼앗으려 들고, 겁에 질려 그만두겠다고 한 내가 쇼 관리자에게 끌려갈 때 그들이 나를 어떻게 봤는지 똑똑히 기억했다.

김덕배가 침묵 끝에 입을 열어 물었다.

"플로어마다 방호문을 덧대어 설치한 이유가 뭐지? 재난이 터지면 다 말려 죽일 셈이었나?"

"쇼를 위해 만들어진 키메라가 버그로 인해 활동 영역 제한이 풀려 비상구 계단으로 탈출할 것을 우려해 쇼 총책임자 유토가 보름 전에 방호문을 설치했습니다."

기계가 탈출할까 봐 인간이 비상구 방호문을 만들었고 그 방호문을 생존자가 다른 경쟁자를 처리하려고 내렸다. 기계 때문에 만든 게 인간을 죽일 용도로 이용되었다는 사실에 헛웃음조차 나오지 않았다.

질문이 더 이어졌다. 타워가 개방된 게 확실한가? 현재 비상구 방호문을 제외하고 모든 방호문이 해제되었다. 1층 출입구 쪽 방호문이 열리다 만 건 왜 그런 거지? 테스트 때는 문제가 없없는데 작동 오류로 보인다. 해결 중이다. 우승자가 나오지 않아 경기에 실패했고 666억 후원금 달성도 실패했는데 왜 갑자기 타워가 개방된 건가? 작동 오류로 보인다.

"하. 작동 오류? 끝까지 그렇게 주장하시겠다?"

비꼬는 말에 기계는 대답하지 않았다. 하고 싶은 말만 하고 제한된 정보만 주겠다는 거만한 태도는 초지일관 변함이 없었다. 아무리 캐물어도 아까 생존자들을 속여서 플로어Z의 컴퓨터를 조작해 타워를 개방했다는 말은 끝까지 제 입으로 불지 않겠지. 재판하는 상황도 아니니 기계가 거짓말을 인정하든 말든 더는 상관없었다.

가장 중요한 질문이 남아 있었다. 키메라 기계들은 현재 어디에 있는가? 모두 1층으로 내려가고 있다. 그렇다면 우리가 가야 할 방향은 정해졌다.

21.

엘리베이터 문이 열렸다.

플로어Z 복도를 배회하던 좀비 예닐곱이 엘리베이터 소리에 일제히 이쪽으로 몸을 돌렸다. 김덕배가 눈을 돌려 나와 구울, 하나와 눈을 맞추었다. 우리는 플로어Y에서 좀비의 피와 내장으로 다시 몸을 덮은 상태였다. 내가 고른 좀비는 쇼 총책임자 유토의 것이었다.

김덕배가 침착하게 먼저 앞으로 걸어갔다. 그다음 구울, 그 뒤로 나. 나와 구울 사이로 하나가 샌드위치 빵 사이 치즈처럼 껴 있었다. 서넛이 흥미를 잃고 다른 방향으로 몸을 돌렸다. 그런데 정장을 입은 놈이 뚜벅뚜벅 걸어와 내 오른쪽 어깨에 바짝 붙어 코를 벌렁거렸다. 냄새를 맡는 것이었다. 붕대를 여러 번 감았지만 피 냄새가 나는 걸까. 제발 그냥 가라. 죽은 지 얼마 안 된 좀비라고 생각하고 좀 가라고. 천천히 고개를 돌려 그를 보았다. 좀비를 보는 순간 몸이 굳었다. 쇼 전에 나를 인터뷰하고 싶다던 〈게르빌 타임즈〉 기자였다.

"그어어어!"

좀비가 내 오른팔을 물려고 이를 벌리며 머리를 들이밀었다. 나는 왼손에 쥐고 있던 빠루를 들려 했으나 약기운 때문에 한 발 늦었다. 즉시 달려온 김덕배가 장도리로 좀비를 쳐냈지만 거리가 한 끗이 부족해 그의 턱을 날리는 데 그쳤다. 기습 공격에 좀비가 휘청거리며 뒤로 넘어가는 중에 나를 붙잡았고, 밀쳐내려고 했으나 오른팔에 힘이 부족했다. 같이 넘어지기 직전 빠루 끝으로 하나를 엘리베이터 안으로 밀며 소리쳤다.

"구울! 하나!"

하나를 데리고 다시 아래로 내려가라는 소리였는데 구울은 왼손에 파이프렌치를 들고 나를 죽이려던 좀비의 머리를 내리쳐서 으깨버렸다. 구울이 복도로 나오는 바람에 엘리베이터 안 하나는 무방비 상태였다.

푸욱. 고개를 돌려 보니 하나가 빠루를 쥐고 자신에게 다가오는 좀비의 배를 찌른 채 바들바들 떨며 간신히 버티고 있었다. 좀비가 허리를 숙이고 하나를 잡으려 팔을 뻗고 허우적거렸다. 김덕배가 좀비 머리를 장도리로 깨부수어 마무리했다.

나는 이를 악물고 일어나 빠루를 좀비의 배에서 겨우 뺀 후

온 힘을 다해 다가오는 좀비들의 머리를 푹 찔렀다. 찌르고 빼고 찌르고 빼고 내 시야에 들어오는 모든 뇌를 뚫어버렸다. 좀비들을 처리한 후 숨을 헐떡거리는데 옆에서 구울이 쓰러진 좀비를 보며 울먹였다.

"미안해요……."

김덕배가 아는 사람이냐고 묻자 구울이 고개를 끄덕였다가 가로저었다가 다시 끄덕였다. 물기 젖은 목소리로 말했다.

"어제 연회장에서 잠깐 말을 나눴어요."

플로어C 연회장에서 제 옆에 앉아 자리를 맡아주었던 사람이라며 이달 말에 퇴사하고 소설 쓸 거라고 했다면서 웹툰 스토리 작가 등 업계 전반에 대해 꼬치꼬치 물었다고 한다. 헤비토커인 진가현이 눈치도 없이 계속 말을 걸자 구울은 심장이 점점 빠르게 뛰고 땀샘이 폭발했다. 그래서 안 되겠다 싶어서 약통을 챙기러 방으로 갔던 것이다.

"생명의 은인인데……."

진가현 덕분에 플로어C에서 벌어진 난리를 피했다는 그의 말에 김덕배가 미간을 찌푸린 채 구울을 빤히 쳐다보았다. 나는 팔꿈치로 구울의 옆구리를 툭 치며 눈치 좀 챙기라며 눈을 부릅떴다. 수명이 다한 형광등이 깜빡거리다 뒤늦게 불이 들어오는 것처럼 구울이 김덕배를 보며 생명의 은인은 오직 김덕배뿐이라고 앵무새처럼 말했으나 이미 김덕배의 시선은 진가현에게 가 있었다.

"가슴에 날붙이로 찔린 흔적만 있지 좀비에게 물린 흔적이 없군. 흠."

플로어Z에 도착했을 때 이제 곧 타워 밖으로 나갈 수 있단 생각에 얼마나 기대했을까. 하지만 목적지 바로 앞에서 죽어버렸다. 연민은 들지 않았다. 그의 손은 피로 젖어 있었다. 제 가슴에 박힌 날붙이를 빼려다 피범벅 된 것일 수도 있지만 그 역시 누군가를 죽이는 과정에서 피가 묻은 것일 수 있었다. 플로어Z의 CCTV가 다 파괴돼서 어떤 게 진실인지는 끝까지 알 수 없었다.

눈앞이 어지럽고 금방이라도 쓰러질 것 같은데도 나를 버티게 해주는 건 내 안에 휘몰아치는 감정이었다. 우리 외의 모두를 향한 증오. 몸에 축적된 차가운 분노는 깊은 동굴 속 종유석처럼 끝이 뾰족했다.

"앞이요!"

하나가 날카롭게 소리쳤다. 엘리베이터 쪽에서 벌어진 소리를 듣고 좀비들이 코너를 돌아 몰려들었다. 하나를 뒤에 보호한 채 우리 셋은 각자의 무기로 좀비들의 머리를 부지런히 부쉈지만 감당 못 할 만큼 좀비들이 많았다.

너무 힘들어서 더는 죽이지 못하겠다는 생각이 들 때쯤 천국에서 들려오는 노래처럼 감미로운 연주 소리가 들렸다. 나에게만 들리는 환청이 아니었다. 끝에 있던 좀비들이 연주 소리를 따라 몸을 돌렸다. 하지만 음악 소리가 크지 않아서일까? 덩치가 나보다도 큰 좀비들 몇몇은 눈앞의 먹이인 우리에게 집착했다.

"이쪽으로! 이쪽이라고!!"

김덕배가 목이 터지도록 소리치며 알루미늄 쟁반 2개를 꽹과리처럼 두드렸다. 언제 그쪽으로 간 거지? 좀비들이 모두 몸을 돌려 복도 끝으로 향했다. 김덕배가 우리를 향해 소리쳤다.

"문 닫아!"

김덕배가 방 깊숙이 뛰어들며 시야에서 사라졌다. 안 된다고 할 새도 없이 구울은 나를 제치고 앞으로 치고 나가 마지막 좀비가 들어가자마자 밖에서 문을 닫았다. 그런 뒤 그들이 빠져나오지 못하도록 밀대를 문고리 아래 지지대 삼아 받쳤다.

나는 뒤늦게 달려가 거칠게 구울을 몰아세웠다. 뭐 하는 거냐고 소리치려는데 구울이 손으로 내 입을 막았다. 조용히 하라고. 구울이 등으로 문을 막은 채 소리를 죽이고 입을 달싹였다. 나는 그의 입술에 집중했다. 환. 풍. 기. 시선이 위로 향했다. 천장에서 텅텅 소리가 났다. 그 소리를 따라 천천히 발을 옮겼다.

그사이 구울은 엘리베이터 앞에 산처럼 쌓인 시체를 끌어

사무실 문 앞에 쌓아 좀비들이 나오지 못하도록 막았다. 천장에서 이어지는 소리를 따라가다 비품실 앞에서 멈췄다. 잠시 후 비품실 문이 열리며 김덕배가 나왔다. 그는 조 박사가 즐겨 듣는 클래식 음악을 이용해 좀비들을 사무실로 유인한 후 천장 환풍기 쪽으로 이동했던 것이다.

"왜 말도 없이…… 다신 그러지 마요."

나는 김덕배를 꽉 끌어안았다. 김덕배는 나에게 안긴 채 내 뒷머리를 쓰다듬어주었다. 고개를 돌려 구울을 쳐다보았다. 어떻게 알았냐고 묻자 바지 주머니에서 수첩을 꺼내며 말했다. 여긴 그의 구역이니까 플로어Z를 탈출했을 때처럼 할 거라는 생각이 들었다고. 구울은 눈치 빠르게 행동한 자신을 칭찬해주길 바라는 표정으로 김덕배를 뜨겁게 보았으나 김덕배는 코를 슥 문지를 뿐 별다른 말이 없었다.

힘겨운 사투 끝에 플로어Z의 복도에 우리만 남자 김덕배는 연구실로 향했다. 출입증 카드를 조끼 안주머니에서 꺼냈지만 그럴 필요가 없었다. 유리문은 산산이 조각나 있었고 조 박사와 요리사는 뇌가 으깨진 채 바닥에 쓰러져 있었다.

조 박사의 목에는 동물 포획용 올무가 매여 있었고 바닥에는 깨진 주사기들이 뒹굴었다. 조 박사에게서 피를 채취하기 위해 얼마나 사투를 벌였는지 짐작하고도 남았다. 다른 기구들도 파손되어 있었는데 특히 7번 컴퓨터는 무언가 강한 걸로 내리친 듯 산산이 파괴되어 있었다. 후발 주자가 절대 손댈 수 없게 하려던 걸까.

"다 끝났네요."

구울이 연구실 상태를 보고 길게 한숨을 쉬었다. 김덕배가 1번 컴퓨터 테이블 아래 손을 넣어 탁탁 치더니 손바닥만 한 수첩을 꺼냈다. 구울이 그게 뭐냐고 묻자 김덕배가 말했다.

"우리 생명보험."

조 박사는 아이디어가 떠오를 때마다 펜으로 수첩에 적는 버릇이 있었다. 그가 모든 디자이너 약물의 마지막 조제 과정은 컴퓨터에 입력하지 않고 꼭 손으로 적었다며 김덕배가 쓰게 말했다. 게르빌 정부에서 구조 헬기가 떠났는데도 여길 아직 미사일로 쏘지 않은 건 이걸 못 찾았기 때문일 거라고 했다. 이 모든 일이 시작된 약물이 어떻게 만들어진 건지 비밀이 담겨 있는 수첩이었다. 떨리는 손으로 수첩을 펼쳤지만 약어와 수식이 가득해서 봐도 알 수 없었다.

"이걸 찾으려고 헬기가 다시 올까요? 근데 수트가이 쪽이 아니라 특공대가 오면 어쩌죠?"

"어느 쪽이든 헬기가 도착하면 협상해봐야지."

김덕배는 수첩을 무기로 우리도 태워달라고 그들과 협상해볼 요량이었다. 그들이 과연 우리를 헬기에 태워줄까. 어차피 그들에겐 수첩만 있으면 되는데. 핸디맨과 웹툰 작가, 오른팔을 다친 테니스 선수, 가난한 양궁 금메달리스트의 딸이 그들에게 유용할까.

어쩌면 그들에게 인간애가 남아 있을지 모른다는 한 줄기 희망을 품고 우리는 비상구 쪽으로 갔다. 예상대로 플로어Z 방호문은 올라가 있었다. 우리를 죽일 생각으로 통제실에서 플로어Z 방호문을 내렸지만 후에 자신들이 옥상으로 가야 하니 다시 올려둔 것이다. 그 후 통제실의 컴퓨터와 조작대를 총으로 쏴서 망가뜨려버린 건 아까 플로어Y에서 확인했다. 이 짓을 한 자들은 마지막까지 지독했다.

옥상에 도착해 보니 이곳 역시 좀비로 우글거렸다. 그들을 죽인 후 몸을 확인하자 가슴에 총 맞은 흔적뿐이었다. 희망이 산산이 깨진 현실은 잔인했다. 수첩을 뺏고 나면 우리 역시 저들처럼 처리하겠지. 좀비들 중 최동기와 케이지는 보이지 않았다. 예상한 일이지만 씁쓸했다.

"헬기가 오기 전에 여길 나가야 해요. 우릴 보면 수첩이고 뭐고 저들처럼 죽일 게 뻔해요."

"저기 아래, 좀 이상해요."

하나가 옥상 끝에 서서 손가락으로 아래를 가리켰다. 상상

할 수 있는 최악의 상황이 펼쳐져 있었다. 좀비들 수백 명이 한 방향으로 거침없이 들판을 뛰어가고 있었다. 더는 느린 좀비가 아니었다. 거대한 메뚜기 떼가 이동하는 것처럼 그들은 오직 먹겠다는 일념으로 달리고 있었다. 그들을 이끄는 리더는 유유히 하늘을 날고 있었다. 곳곳을 날아다니는 드론들의 소리를 쫓아가는 그들은 꼭 불 속으로 뛰어드는 불나방 같았다.

발바닥으로 온몸의 피가 빠져나간 것처럼 똑바로 서 있을 수가 없었다. 좀비의 속도는 생존 확률과 직결되어 있었으니까.

"어떻게 갑자기 빨라진 거지……."

"이유를 고민할 때가 아니야. 우리도 빨리 저 무리에 껴야 해. 저들 틈에 섞여서 타워를 나가야 한다고."

김덕배가 구울의 말이 맞다며 정부가 보낸 특공대의 표적이 되기 전에 탈출해야 한다며 몸을 돌렸다. 드론이 정부의 것인지 아니면 타워를 탈출한 기계 중 하나인지 확인하지 못한 채 우리는 이동해서 플로어Z로 내려왔다. 그런데 엘리베이터가 1층에 있었다.

어떻게 엘리베이터가 움직였지? 우리 말고도 생존자가 남아 있나? 아니면 기계가 엘리베이터를 움직인 걸까? 찜찜했지만 엘리베이터 말고는 아래로 내려갈 방법이 없었다.

나는 버튼을 꾹 눌렀다. 1층까지 내려갔던 엘리베이터가 다시 위로 올라왔다. 점점 플로어Z로 가까워져 오는 엘리베이터 표시판을 보며 우리는 긴장했다. 띵 소리가 나면서 문이 열렸을 때 안에는 아무도 없었다. 우리는 엘리베이터를 타고 플로어A로 내려갔다.

22

 모두 밖으로 나간 걸까.

 바닥은 피와 내장으로 범벅이 되어 있었지만 좀비들이 보이지 않았다. 출입구를 막고 있던 방호문이 끝까지 올라가 있는 걸 보면 그사이 기계들이 '작동 오류'를 해결한 것 같았다.

 주위를 둘러보던 하나가 바짝 다가와 내 옷자락을 당겼다. 고개를 돌려 보니 엘리베이터가 다시 움직이고 있었다. 우리는 카운터 뒤로 숨었다. 엘리베이터가 멈춘 곳은 플로어C 3층이었다. 그곳에 생존자가 남아 있는 걸까? 심장이 두근거렸다.

 잠시 후 1층에서 엘리베이터 문이 열리며 좀비들이 나오는데 그들 사이에 멀쩡해 보이는 인간이 뒤따라 내렸다. 말끔한 차림의 그녀는 유토처럼 눈동자가 헤이즐넛색이었다. 구석에 가서 머리를 박는 좀비들의 몸을 돌려 방호문이 열린 출입문 쪽으로 갈 수 있도록 도왔다. 뻔히 보면서도 눈앞에 벌어지는 일이 믿어지지 않았다.

구울이 내 팔을 잡고 소리를 죽인 채 입을 달싹였다. 휴머노이드. 활동 영역 제한이 풀린 기계들. 그런데 왜 저 미친 기계가 좀비를 밖으로 나가게 하는 거지?

엘리베이터로 옮긴 좀비를 모두 밖으로 내보낸 휴머노이드가 카운터 뒤에 숨어 있던 우리를 향해 곧장 걸어왔다. 죽이려는 건가? 나는 빠루를 꽉 쥐며 자세를 잡았다.

"이제 저와 함께 나가시면 됩니다."

천장 스피커를 통해 말하던 그 목소리였다. 나는 머리 위로 천장이 무너진 것처럼 넋이 나갔다. 기계의 시선은 왼쪽부터 이동해 나에게서 멈추었다. 나와 대화를 하고 싶은 것처럼. 그래서 물었다.

"왜 저들을 밖으로 나가게 하는 거야?"

"환자들 무리에 섞여야 여길 탈출할 수 있으니까요."

아직 좀비들이 타워에 남았지만 특공대가 오고 있어서 더는 지체할 수 없다며 마치 우리에게 살길을 알려주는 것처럼 친절하게 설명했다. 역겨웠다. 기계는 주름이 없어 유토보다 젊어 보였지만 단발머리도 바지 정장도 그녀와 똑같았다. 유토는 자신과 똑같은 외양의 기계가 타워에 있다는 걸 알고 있었을까?

"네가 유토를 죽였어? 이 타워를 가지려고?"

"유토는 제가 죽이지 않았습니다."

"그럼 누가 죽였는데? 키메라 기계?"

"CCTV가 없는 통제실에서 벌어진 일이라 자세한 상황은 알 수 없습니다."

"좀비도 니들이 만든 거지!"

"그렇게 생각하면 생존에 도움이 되나요?"

기계는 한 박자 틈을 두었다가 이내 나에게 물었다. 왜 이곳이 허큘리스 타워인지 아느냐고. 딱히 내 대답을 기대한 건 아니었는지 이내 혼잣말처럼 말을 이었다.

"오래전 게르빌 정부는 기계 예찬론자들의 놀이터를 자처하며 그들의 지원을 받아 이곳에 타워를 건립했죠. 적극적으로 기술을 받아들이며 기계도 만들었지만 그건 눈속임이었어요. 모든 건 플로어Z에서 이루어지는 비밀 연구를 위해서였죠."

"디자이너 약물로 국위 선양하겠다고 선수들을 이용한 거? 그건 나도 알아."

"당신도 게르빌 정부로부터 이용당했죠. 지하 터널을 통해 오래전부터 타워에 직접 방문했던 다른 선수들과 달리 당신은 그저께 이곳에 처음 도착했으니까요."

"기계 주제에 이해하는 척하지 마."

"우리도 당신처럼 게르빌 정부에 이용당했습니다."

기계의 발전을 위해 아낌없이 지원했던 기계 예찬론자들은 게르빌 정부가 '기계가 미래다'라며 경제적 이득을 취하는 한편, 정치적으로는 '아이가 미래다'를 내세우는 모순적인 행보를 불편해했고 그들의 신뢰는 금이 갔다. 재정 지원을 비롯해 기술 공유를 철회하겠다고 하자 타워에서 부랴부랴 성과물로 만들어낸 게 지금 내 눈앞에 있는 휴머노이드였다.

"헤라클레스는 신과 인간의 자식으로 신에 가까운 능력을 지닌 인간이죠. 기계 예찬론자들은 휴머노이드나 사이보그를 헤라클레스로 생각했지만 게르빌 정부는 달랐죠. 그들의 목표는 유전자 가위로 불로불사의 초인적 신인류를 만드는 게 목표였어요."

인간의 한계를 뛰어넘으려고 매일 고통을 참아가며 훈련하는 스포츠 선수들에게 약물을 투여하고 유전자치료를 한 건 올림픽에서 금메달을 확보해 국격을 높이려는 게 아니었다. 선수들은 일종의 실험 대상이었다. 그들이 그리는 그림은 훨씬 더 컸다. 그런데 지금 타워에는 불로불사의 좀비들이 가득했다. 어떻게 보면 또 다른 의미의 초인적 신인류였다.

"좀비를 만들어서 푼 게 게르빌 정부라고?"

"비밀과 거짓말의 공통점이 뭔지 아나요? 어느 것도 영원한 건 없다는 거죠."

게르빌 정부가 기계 예찬론자들에게 허큘리스 쇼를 통해 기계의 발전 성과를 전 세계에 자랑하겠다고 했지만, 〈게르빌 타임즈〉 편집장의 컴퓨터를 해킹한 결과 그들이 그리는 그림은 결국 '기계를 처참히 무찌른 인간의 승리'라는 것을 알아냈다.

내부고발자의 제보로 이제껏 그들이 개발비로 후원한 금액이 집권자들의 뒷주머니로 들어간 정황까지 알게 된 기계 예찬론자들은 더는 참지 않았다. 과도한 공격성을 유발하는 약물을 만든 후 조 박사의 요리사를 매수한 뒤 플로어Z에 들어가는 식재료의 소스 통에 약물을 넣어서 보냈다. 조 박사가 배탈이 나서 앓아누운 사이 그녀가 디자이너 약물 주사기에 '첨가물'을 넣기로 했는데 조 박사가 주사기를 맞고 죽어버리면서 일이 뒤틀린 것이다.

"잠깐, 조 박사는 애초에 그 디자이너 약물을 왜 만든 거지? 올림픽은 아직 멀었는데."

"쇼 우승자로 점찍은 선수에게 맞힐 계획이었죠."

랭킹 1위 케이지는 다른 나라 출신이었고, 3위 이제한은 희귀병 때문에 먹는 약이 너무 많았다. 그렇다면 남은 것은 2위 최동기. 잘생긴 데다 공영방송 쇼 프로그램에 출연해 사랑꾼 이미지로 승승장구하는 최동기가 게르빌 정부가 점찍은 차세대 마스코트였다.

"쇼를 망치려고 좀비 약물을 만든 게 기계 예찬론자들이라고?"

"요리사는 주사기에 기계 예찬론자들이 준 약물을 넣는 데 성공했지만 조 박사는 그런 줄도 모르고 그 후 약물에 뭔가를 더 첨가했습니다. 그건 컴퓨터에 기록이 남아 있지 않죠."

공기 중 감염은 그 누구도 의도한 바가 아니었다. 언제나 변수는 발생하고 그 변수는 통제 밖에 있었다. 무엇이든 통제할 수 있다는 인간의 오만이 만들어낸 것이 기계라면, 각기 다른 목적을 지닌 인간들의 비뚤어진 욕망이 만들어낸 것이 좀비였다.

"왜 그걸 말해주는 거지?"

"이해받고 싶었거든요. 다른 생존자 팀과 달리 당신들은 서로를 죽이지 않았으니까요."

몇 시간 전 1층 출입구 방호문이 올라가던 때가 떠올랐다. 어쩌면 기계는 우리가 좀비들과 사투를 벌이는 모습을 CCTV로 보고 있었을 것이다. 타워 개방이 작동 오류 때문이 아니란 건 예상했지만 그게 우리를 구하기 위해서였다고? 그래서 규칙을 깼다고? 아니지, 해킹이든 뭐든 조작해서 폐쇄를 풀 수 있었으니 애초에 우릴 속인 건가? 속이 울렁거렸다.

"당신이 수첩을 챙긴 걸 알고 있습니다."

기계가 눈을 돌려 김덕배를 바라보자 김덕배는 장도리를 고쳐 쥐었다.

"당신들의 '생명보험'을 빼앗을 생각은 없습니다."

플로어Z의 CCTV는 모두 파괴되었지만 움직이는 CCTV가 있었다. 쇼 참가 선수들이 쓰고 있는 고글. 기계를 비롯해 바깥의 시청자는 모두 보고 있었을 것이다. 플로어Z에 도착하자마자 고글과 이어 커프부터 보이는 대로 죄다 부숴버렸어야 했는데. 뒤늦게 후회가 밀려왔다.

한편 하나는 기계가 이제한을 죽였다고 생각하면서도 기계가 인간의 모습으로 나타나자 사시나무처럼 떨었다. 구울이 괜찮다며 아이를 단단히 감싸안아주는 사이 기계는 스캔하듯이 우리를 바라보더니 바닥에 흥건한 피와 내장을 제 몸에 치덕치덕 바르기 시작했다.

"이제야 저도 당신들 같아 보이네요."

그녀에게서는 인간 냄새가 나지 않아 위장 따윈 필요 없지만 무슨 상관이랴. 구울이 몸을 돌려 출입구로 가려는 기계를 질문으로 붙잡았다.

"좀비들이 왜 빨라진 거지?"

"저도 모릅니다. 하지만 몇 가지는 추측할 수 있죠."

"게르빌K 구역의 방사능 때문이야? 그게 좀비들을 변하게 만든 건가?"

"그럴 수도 있겠네요."

"만약 방사능 때문이라면 우린 저쪽으로 나가면 안 되는 거 아니야?"

"전 나갈 수 있습니다. 여러분은 행운을 빕니다."

기계는 성큼성큼 출입구 쪽으로 나갔다. 어떻게 해야 하느냐며 김덕배와 나는 서로를 바라보았다. 결심을 굳힌 듯 구울이 벌떡 일어섰다.

"빨리 가자. 엘리베이터가 다시 움직이고 있어."

어느새 엘리베이터가 플로어Z에 멈춰 있었다. 지하 터널 쪽으로 가고 싶었지만 그쪽은 방호문이 올라간 대신 가구와 좀비 시체로 막혀 있었다. 기계들이 한 것 같았다. 기계들이 저쪽을 선택하지 않은 데에는 다 이유가 있지 않을까. 안전한 지하 터널 쪽으로는 군부대가 몰려올 것 같아서 우리는 출입구 쪽으로 향했다.

타워 밖으로 발을 내디딘 순간 눈이 찌푸려졌다. 해가 뜨고 있었다. 한 발 한 발 천천히 걸었다. 숨이 막힌다거나 갑자기 피가 쏠리는 증세는 없었다.

옆으로 몇몇 기계들이 느릿느릿 움직이고 있었다. 늘 셋이 붙어 다니던 눈사람 기계는 피를 뒤집어쓰고 목이 꺾인 2개만 보였다. 그중 스카프를 맨 눈사람 기계와 눈이 마주쳤다. 찌그러진 조리개를 움직여 우리를 보았다. 눈동자가 하얗지 않으니 가짜 좀비인 걸 알아볼까. 여기 인간이 있다고 소리칠까. 침도 삼키지 못하고 숨을 멈추었다. 잠시 후 눈사람 기계의 몸에서 익숙한 소리가 나왔다.

"우와왕 왕왕와왕."

좀비 두엇이 그 소리를 듣고 몸을 돌려 눈사람 기계 위로 몸을 덮었다. 내가 눈을 떼지 못하자 김덕배가 빨리 가자며 내 팔을 잡아끌었다.

그때였다. 공중에서 아래로 총이 쏘아져 내렸다. 드론에 달린 기관총이 곳곳에서 좀비를 난사했다. 좀비들과 함께 휴머노이드 몇몇이 쓰러졌다. 총에 맞아 죽을 거란 두려움에 다시 안으로 들어가려고 하는 순간 어디선가 끼야아 소리를 지르며 새 무리가 빠르게 날아왔다. 키메라 기계들은 청동 부리로 사살용 드론을 집단 공격해 파괴했다. 폭발한 드론 파편이 머리 위로 쏟아지는 가운데 옆에서 윽 소리가 나는 것과 동시에 구울이 힘껏 소리쳤다.

"지금이야! 달려!"

그 말을 신호탄으로 우리는 죽은 자의 피와 내장을 뒤집어쓴 채 달렸다.

23

 더 멀리 도망가고 싶었다.

 하지만 김덕배의 등에 기계 파편이 꽂혀 피가 멈추지 않아 가장 가까운 지하 벙커로 향할 수밖에 없었다. 게르빌K 타워와 가까워서 그런지 동네 곳곳에 사람들이 급하게 떠난 흔적이 남아 있었다.

 어렸을 때 기억을 더듬어 김기광이 만든 벙커가 있는 집으로 향했다. 살던 사람이 짐을 챙겨 도망간 후라 수월하게 벙커 입구까지 향했지만 행운은 거기까지였다. 붙박이장 안으로 들어가 나무로 마감한 벽 재료를 떼어내고 숨겨진 문을 보는 순간 번호를 누르는 방식의 잠금장치에서 눈을 떼지 못했다.

 "비번이 뭐야? 빨리 눌러."

 "모르겠어."

 김기광과 정다정은 나에게 비밀번호를 알려주지 않았다. 김기광 생일, 정다정 생일, 내 생일을 차례로 눌렀지만 모두 틀렸다. 세 번의 기회를 날려버렸다. 밖에는 우리를 쫓아온 좀비 몇이 철제 대문을 손으로 긁고 있었다. 그 소리가 점점 더 많은 좀비를 끌어들였고 이내 마당을 지나 1층 통유리 창까지 다가와 손으로 긁었다. 이제 남은 시도는 단 한 번이었다. 대체 뭘까. 김기광에게 중요한 숫자가 뭐냐고! 통유리가 산산이 깨지며 좀비들이 몰려 집으로 들어온 소리가 울렸다.

2400

띠리릭. 문이 열렸다. 둠스데이 클락의 멸망 시각이 비밀번호라니, 종말의 밤 맹신자들다웠다. 구울, 김덕배, 하나를 들여보낸 후 마지막으로 안쪽에서 붙박이장 문을 닫았다. 닫자마자 좀비 한 놈이 방으로 들어왔다. 나는 숨을 멈췄다. 좀비들이 하나둘 방까지 들어와 머리를 이리저리 돌리며 킁킁거렸다. 나는 천천히 몸을 움직여 빠루를 어깨까지 올리고 준비한 채 칸살 붙박이장 문틈 사이로 좀비들을 노려보았다. 숫자가 점점 더 늘었다. 내 피 냄새를 맡고 이쪽으로 온 걸까. 다 죽일 수 있을까.

그때였다. 골목 끝 쪽에서 바닥을 긁는 듯한 끼이익 소리에 이어 뭔가 쿵 넘어지는 소리가 들렸다. 좀비들이 그 소리를 따라 일제히 몸을 돌려 밖으로 뛰어갔다.

긴장으로 땅땅 굳은 다리를 주먹으로 치며 벙커로 향했다.

계단을 내려오면서 보니 벙커는 내 기억 속 그대로였다. 비상용 발전기를 통해 불을 켜자 딸기 잼을 비롯해 식량으로 채워진 유리병이 선반에 가득한 게 한눈에 들어왔다. 그사이 구울이 김덕배의 상의를 벗겨 상처를 확인했다. 등에 박힌 파편 조각이 여러 개였다.

침대 프레임 속에 숨겨진 구급상자를 꺼냈다. 게르빌 전 지역에 퍼진 벙커들은 위치는 모두 달랐지만 벙커 내부의 구조와 물건이 놓인 위치는 얼추 비슷했다. 알코올로 소독하면서 그의 등에서 파편을 하나씩 제거했다. 우리가 할 수 있는 건 그게 전부였다. 상처가 깊어 피가 멈추질 않았다.

"지금이라도 병원으로 가야 해."

"그걸 몰라서 여기로 온 게 아니잖아. 밖에 저 녀석들을 어쩔 건데?"

"어떻게든 차만 가져오면 여길 뚫고 나갈 수 있어."

"차를 어떻게 가져올 건데? 열쇠가 꽂혀 있는 차를 우연히 찾을 수 있을 것 같아?"

영화나 드라마에서는 이럴 때 손으로 잠깐 만지작거리면 열쇠가 없어도 시동을 걸 수 있는 인물이 꼭 있었다. 문명 세계에서는 양아치 취급받았지만 멸망한 세계에서는 그 누구보다 든든한 주조연급 조력자. 하지만 우리 중 누구도 그런 능력을 지닌 사람은 없었다. 혹시나 싶어서 그런 게 가능한지 김덕배에게 물었으나 김덕배는 한평생 피땀 흘려 번 돈으로만 살아와서 남의 차를 도둑질하는 짓은 해본 적이 없다고 했다.

"차를 구한다고 해도 병원은 위험해. 아마 거기가 제일 먼저 무너졌을 거야."

최초 사건 발생일로부터 벌써 나흘째였다. 좀비 보균자가 어디까지 퍼졌는지 모르는 상황에서 매일 각기 다른 이유로 환자들이 죽어 나가는 병원만은 괜찮을 것으로 생각하는 건 동화에서나 가능한 순진한 믿음이었다.

우리가 오도 가도 못하는 사이 김덕배는 시시각각 죽음에 가까워졌다. 식은땀을 흘리며 발열과 오한 사이를 오가다 정신을 잃었다. 때때로 정신이 들 때면 배가 고프다고 했다.

"뭐 먹고 싶어요?"

"아무…… 거나."

나는 말린 옥수수 유리병을 들었다. 정다정이 잼과 함께 곁들여 먹을 것으로 마련한 것이었다. 말린 옥수수는 10년 넘게 보관할 수 있도록 건조 후 보관했으니 4리터 1병당 넷이서 3주 넘게 너끈히 버틸 수 있었다. 벙커 안에는 옥수수 유리병이 100개 넘게 준비되어 있었다.

"옥수수랑 딸기 잼만으로 10년은 버틸 수 있어요. 질리지만 않는다면."

애써 농담을 건넸으나 김덕배는 얼굴을 찡그렸다. 웃으려고 했지만 고통이 너무 커 표정이 일그러진 것이다. 딱딱해서 씹지 못할 것 같아서 옥수수 대신 딸기 잼을 꺼냈다. 숟가락으로 크게 떠서 입에 넣었으나 그는 삼키지 못했다. 그런데도 먹으려고 애쓰며 자꾸만 우리에게도 먹으라고 권했다. 자신을 걱정하느라 우리가 아무것도 먹지 못할까 봐 걱정하는 것이었다. 우리는 눈물을 삼키며 딸기 잼을 퍼먹었다. 딸기 잼은 너무 달았다.

그 밤 김덕배는 깜빡 잠이 든 나를 깨웠다. 내 손을 쥐고 입을 벌렸다. 목소리가 나오지 않아 한참 동안 바람 소리만 들렸다. 미간에 골이 깊게 파일 정도로 힘을 준 뒤에야 그의 입에서 쇳소리가 나왔다.

"밖, 으로…… 바, 바끄로 나가야 해."

"보내지 않을 거예요. 안 돼요."

청동 기계 새와 드론의 기관총이 공중에서 격돌해 폭발하며 파편들이 흩뿌려질 때 김덕배는 나를 향해 달려왔다. 작고 마른 몸으로 나를 지키기 위해. 나는 더는 그와 키가 같지 않은데. 이미 우리의 시간은 크게 어긋나서 나는 자랐고 그는 늙었는데. 그 순간 그는 그 사실을 잊었고 나는 앞으로 평생 그 순간을 잊을 수 없을 것이다.

김덕배는 힘없이 미소 지으며 안간힘을 써서 내 손을 꼭 붙잡고 말했다.

"여긴 감옥이야. 나가서 사, 사람들을 찾아. 존자야……. 그래야 살아."

어떻게 그런 말을 할 수 있느냐고. 타워에서 그런 일을 겪고도 그런 말이 나오냐고. 수많은 말이 회오리쳤으나 아무 말 하지 않았다.

감정을 누르기 위해 잠시 시선을 피했다가 대답하려고 다시 그의 눈을 보았을 때 나는 숨을 쉴 수 없었다. 그의 눈 안에서 내가 사라졌다. 하얗게 눈이 내려앉은 그의 시선은 아주 먼 곳을 향해 있었다. 울음이 터지기도 전에 그는 변했다. 그는 배고픈 짐승처럼 이를 드러내며 나를 향해 팔을 뻗었다.

"하아버지, 할아버지……."

그 즉시 달려온 구울이 나를 옆으로 밀치고 올라탄 후 그의 팔을 잡고 꾹 눌렀다. 내가 아이처럼 엉엉 울자 구울이 소리쳤다.

"하나야, 수건!"

하나가 김덕배의 등을 닦던 수건을 가져오자 구울은 피에 젖은 수건을 뭉쳐서 그의 입속으로 쑤셔 넣었다. 하나가 미리 준비하고 있던 것처럼 서랍에서 청테이프를 꺼내 왔고 구울이 팔을 뻗지 못하도록 그의 몸에 둘둘 둘렀다.

나는 구석에 주저앉아 계속 울었고 하나가 그런 나를 꽉 안아주었다. 위에서 덜커덩거리는 소리가 들렸다. 좀비들이 내 울음소리를 듣고 온 것이다. 나는 하나의 가슴에 얼굴을 묻고 울음이 나오지 못하게 꾸역꾸역 삼켰다.

그사이 구울은 그가 움직여서 소리를 내지 못하도록 뒤에서 꽉 끌어안고 있었다. 우리는 벙커 안에서 서로를 안은 채 끔찍한 시간을 버텼다. 견디는 것 말고는 할 수 있는 게 아무것도 없었다.

오랜 시간이 지나고 나서야 나는 일어섰다.

계단 위로 올라가 붙박이장 문을 열자마자 남은 좀비들을 거침없이 빠루로 죽였다. 예닐곱을 죽였을 때 구울이 나를 문 뒤로 끌었다. 구울은 분노를 겨우 누르며 속삭였다. 미쳤냐고. 그사이 하나는 요리조리 토끼처럼 움직이며 자신을 잡으려는 김덕배가 선반에 부딪지 않도록 유인하고 있었다. 나는 그 모습을 보며 담담하게 말했다.

"내보내야지."

구울은 나를 잡고 있던 손을 놓았다. 나는 다시 계단 위로 올라가 머리가 으깨진 좀비 하나를 해체해서 피와 내장을 옷 위에 바른 후 김덕배를 데리고 밖으로 나갔다. 구울은 하나와 함께 벙커에 남았다.

거리에는 좀비들이 어슬렁거리고 있었다. 뛰지 않는 걸 보니 주변에 살아 있는 인간은 없는 것 같았다. 아니면 이 좀비들은 게르빌K 지역에서 나온 좀비가 아니라 게르빌L 구역의 토박이일까.

잠시 서서 그들을 보았다. 그들은 내 옆을 그대로 지나쳤다. 며칠 전과 달리 좀비들은 나에게 관심이 없었다. 팔의 상처가 아물어 더는 피가 나지 않아서 그런 것일까, 아니면 진짜 좀비가 내 옆에 있어서 냄새를 맡지 못하는 걸까. 내 옆을 아무렇지 않게 지나가는 좀비를 뚫어지게 쳐다보다 다시 발을 옮겼다. 말 없이 한참을 김덕배와 함께 걸었다.

바닥에 남은 타이어 밀린 자국을 따라가 보니 쓰러진 오토바이와 그 아래 깔린 좀비를 발견할 수 있었다. 나는 헬멧을 벗겨 김덕배에게 씌워주었다. 그런 뒤 입에 박힌 수건을 뺐다. 그는 하얀 눈으로 고요하게 나를 보았다. 그는 나를 알아보지 못했다. 보고 있어도 보이지 않는 것 같았다.

울음이 목 끝까지 차오르는데 머리 위로 후드득 비가 떨어지기 시작했다. 몸에서 피와 내장이 떨어져 나갔다. 시간이 없었다. 그가 입을 벌렸다 닫았다 움직였다. 좀 떨어진 곳에서 어정거리던 좀비가 나를 향해 느릿느릿 다가왔다. 서둘러 선팅된 헬멧 덮개를 내린 후 뒤돌아 뛰었다. 다시 벙커로 돌아왔을 때 나는 물에 빠진 생쥐처럼 오돌오돌 떨고 있었다.

고열로 며칠을 앓았다. 구울과 하나의 간호 속에 겨우 기운을 차렸다. 매트리스에 등을 기댄 채 멍하니 문을 올려다볼 때면 구울은 옥수수 한 줌을 내 입에 억지로 넣으며 말했다.

"생각도 하지 마. 여기만큼 안전한 곳은 없어."

구울도 김덕배가 마지막으로 남긴 말을 들은 것 같았다. 고개를 돌려 보니 하나도 구울과 같은 마음인 것 같았다. 나는 말없이 고개를 돌렸다.

"이게 왜 여기 있어요?"

벙커 안을 살피던 하나가 선반 뒤에서 무기를 발견하고는 물었다. 내가 대답하지 못하자 구울이 원래 벙커엔 무기가 다 구비되어 있는 거라며 과장되게 말했지만 하나는 미심쩍은 표정을 풀지 않았다. 하나가 손에 들고 있는 건 석궁이었다. 어디서부터 이야기해야 할까.

"어렸을 때 난 종말의 공주로 유명했어."

남 얘기하듯 담담하게 말했다. 종말의 밤 오프라인 모임에서 만난 김기광은 게르빌 곳곳에 벙커를 만들었고 정다정은 선반에 채워 넣을 식량을 만들었다고. 그리고 나는 세상이 망했을 때 우리 것을 탐내는 이웃을 죽이려고 사격, 양궁, 유도를 배웠다고.

　오래전 봉고차를 타고 벙커L을 찾아왔을 때 김기광과 정다정이 차에서 딸기 잼 유리병 등 물건을 내리는 사이 나는 몰래 선반 뒤에 석궁을 숨겨두었다. 집에 돌아온 다음 날 아침, 석궁이 어디 갔는지 모르겠다고 밤새 도둑이라도 든 것 같다고 거짓말했다. 석궁이 없으면 더는 사냥하지 않아도 될 줄 알았다.

　이제한이 스포츠센터에서 움직이는 표적으로 연습시키지 않자 김기광은 주말마다 나를 산으로 데려가 직접 훈련시키곤 했다. 새가 다람쥐로 토끼로 고라니로 점점 큰 표적으로 바뀌고 있었다. 조만간 사람으로 바뀌는 건 시간문제였다. 고라니를 죽인 다음 날 놀이터에서 앤희를 만났다. 앤희는 내가 죽인 고라니보다 작아 보였다.

　나는 하나에게서 석궁을 빼앗아 선반 뒤로 구겨 넣으며 단호하게 말했다.

　"여기서 '의'는 내 담당이야. 넌 아무것도 하지 않아도 돼."

　하나는 뭔가 하고 싶어 해서 어쩔 수 없이 우리는 역할을 분담했다. 나는 의, 구울이 식, 하나가 주. '식' 담당으로서 할 말이 있다며 구울이 마실 물이 떨어졌다고 말했다. 수도는 며칠 전부터 끊겨서 화장실 물도 내려가지 않았다. 밖으로 나가기 위해 주섬주섬 필요한 것들을 챙기자 하나도 같이 가겠다며 빈 병을 들고 일어섰다. 나는 '주'는 벙커를 안전하게 지키는 담당이라며 넌 따라갈 수 없다고 철벽을 쳤다.

"그럼 난 여기서 뭐 해요?"

"그림 연습하고 있어."

하나는 그림은 이제 지겹다는 표정으로 입을 꾹 다문 채 나를 쏘아보다가 어떻게 좀 해보라고 요구하듯 구울로 시선을 옮겼다. 구울은 어쩔 수 없다는 듯 어깨를 으쓱한 뒤 빈 병을 바리바리 들고 나를 따라나섰다.

마당에는 비가 내릴 걸 대비해 늘어놓은 양동이가 바짝 말라 있었다. 장마철이 끝나고 본격적으로 폭염이 시작되었다. 마트는 이미 한 차례 쓸고 간 듯 싹 비어 있어서 빌라 저수조를 찾아 멀리까지 이동했지만 소득이 없었다.

우리는 초승달의 희미한 빛에 의지해 밤길을 나란히 걸었다. 좀비도 인간도 아무도 없었다. 그래서인지 우리 역시 어디에도 속하지 못한 것만 같았다. 길게 상처가 남은 오른팔을 습관적으로 쓸어내리는데 구울이 물었다.

"아파?"

"아무 느낌도 없어. 그런 눈으로 볼 거 없어. 괜찮다고."

"다행이다."

구울이 궁금한 게 있다면서 날 물끄러미 보며 물었다.

"쇼에 참가한 거 후회해?"

"너는? 수술 핑계로 초대 거절하지 않은 거 후회해?"

"후회하는데, 아마 다시 돌아가도 똑같은 선택을 하겠지."

구울이 여러 감정이 뒤섞인 눈으로 나를 보고 있었다. 자세한 이유는 묻지 않았다.

그때였다. 발을 질질 끄는 소리가 우리 쪽으로 가까워졌다. 나는 줄로 매단 물통을 등 뒤로 돌리고 빠루를 고쳐 쥐었다. 좀비 몇을 처리하고 그들이 맨 백팩에서 500밀리리터 병 2개를 건졌다. 더 돌아보고 싶었지만 하나가 걱정돼서 오늘 밤은 벙커로 돌아가기로 했다. 돌아오는 길에 골목길에 좀비 열댓 명이 쓰러져 있었다. 아까는 보지 못한 것이었다.

"이 동네에 우리 말고도 생존자가 있는 게 아닐까?"

어쩌면. 그런데 생존자가 밖으로 나왔다? 혹시 그도 먹을 걸 찾고 있다면? 나는 구울을 보았다. 구울 역시 나와 같은 생각을 한 듯 눈이 커졌다. 우리는 지하 벙커를 향해 뛰었다.

분명히 닫고 나왔던 붙박이장 문이 활짝 열려 있었다. 곧이어 벙커 안쪽에서 계단을 올라오는 발소리가 들렸다. 나는 빠루를 손에 들었으나 꼼짝도 하지 못했다. 상대는 입에 재갈을 물린 하나를 인질로 잡고 있었다. 그가 말했다.

"늦었네?"

24

"살아 있었네?"

내가 비꼬며 받아치자 그가 피식 웃었다. 다른 두 명이 총을 들고 올라왔다. 최동기가 다른 놈에게 하나를 넘긴 뒤 나에게 바짝 다가와 뒷머리를 잡아 뒤로 꺾은 후 얼굴을 바짝 대고 속삭였다. 그의 입에서 달큰한 냄새가 났다. 입가에 딸기 잼이 묻어 있었다.

"나 보고 싶었어?"

"죽여버릴 거야."

"그건 내가 준비한 대사였는데. 일단 내려가지. 바이터biter들 관심 끌어서 좋을 거 없으니까."

구울과 나는 손이 뒤로 묶인 채 계단을 내려갔다. 아래가 엉망이었다. 딸기 잼과 옥수수 병의 깨진 파편이 바닥에 널려 있었다. 어떻게 들어온 건지 물으니, 최동기는 순진한 어린애만 집에 두고 둘이 데이트를 가면 되겠냐며 싱글거리며 비꼬았다.

최동기는 벙커의 위치를 확인한 뒤 나와 구울이 물통을 들고 나오는 걸 보고 계획을 짰다. 일행 중 한 놈이 상처 입은 생존자인 척 도와달라고 벙커 문을 두드렸고 다른 녀석이 옆에서 좀비 소리를 흉내 냈다. 그래서 하나가 안에서 문을 열어준 것이었다. 하나는 자책감으로 고개를 들지 못했고 구울은 이런 상황을 미리 대비하지 못했다는 것에 통탄했다.

하나 옆으로 구울을 무릎 꿇린 뒤 다른 놈이 그의 가방과 옷을 뒤진 후 나에게 다가왔다. 최동기는 자신이 직접 하겠다며 내 옷 속으로 한 손을 넣었다. 허리 뒤춤에서 손을 멈춘 뒤 씨익 웃었다.

"네가 가져갔을 줄 알았다니까."

"수트가이가 시켰어? 그 자식 개가 된 거야?"

"이걸 찾았으니 곧 충견으로 임명받겠는데?"

최동기는 생존을 위해서라면 무슨 짓이든 할 수 있는 인간이었다. 나는 플로어Z에서 본 참상을 떠올리며 물었다.

"케이지는 어디 있어? 밖에서 망보고 있나?"

"설마 그놈한테 맘이 있었던 거야? 걔보단 내가 낫지 않나?"

"한 팀이었다며? 케이지는 수트가이한테 간 거야?"

최동기가 삐딱하게 팔짱을 끼고 날 빤히 보다가 담백하게 말했다.

"걔가 나랑 한 팀인 건 어떻게 알았어? 수트가이가 너한테도 그 새낄 부탁했나?"

나는 미간을 좁힌 채 대답하지 않았다. 알고 보니 난리가 벌어진 지 얼마 되지 않은 시점에 수트가이는 최동기와 고글을 통해 비밀 메시지로 연락했다. 외교 문제 때문에 무조건 케이지를 보호해 움직이라는 지령이 도착했고 케이지 역시 최동기를 의지했다. 케이지는 조금 전까지 인간이었는데 어떻게 목숨을 빼앗을 수 있느냐며 좀비를 해치지 못했다. 그래서 더러운 일을 최동기가 해결하며 케이지를 생명보험 삼아 함께 위로 올라간 것이었다.

"꼭 제 손 더러워지지 않으려는 인간들이 있어. 이미 세상이 오물인데 방관한다고 내 손이 깨끗할 리가 있냐고. 멍청한 건지 이기적인 건지."

그들 셋이 왜 한 팀이었는지 이제야 이해되었다. 쇼 관리자 한성훈은 타워 내부 지리에 빠삭하니까 팀원으로 끼워줬다고 해도 이제한은 왜. 최동기를 쏘아보며 차갑게 물었다.

"이제한은 왜 죽인 거야?"

"내가 안 죽였는데?"

"플로어N의 청동 부리 새가 죽였다고 거짓말하려고? 그 기계가 들판에서 기관총을 단 드론을 공격하는 걸 봤어. 녀석은 부리로 물어뜯으며 공격하던데 이제한은 날카로운 것에 목이 베여서 죽었어. 인간이 한 짓이지."

"인간이 한 거 인정. 근데 난 아니라니까?"

최동기가 실실 쪼개면서 날 바라보았다. 맞혀보라며. 한성훈? 케이지? 한성훈은 몸이 왜소했다. 이제한을 단숨에 제압할 사람은⋯⋯.

"케이지가 죽였다고? 왜."

"사고였지. 한성훈이 거짓말을 들켰고, 이제한이 난리 치니까, 케이지가 말리다가 슥."

최동기는 이제한에게 한 팀이 되어 빨리 이 거지 같은 쇼를 뚫고 타워를 개방하자고 설득했지만, 이제한은 가족에게 가겠다며 기권하고 아래층으로 내려가려고 했다. 하지만 최동기는 그를 그렇게 보낼 수 없었다. 금메달리스트이긴 했으나 최동기는 산악자전거였고 케이지는 수영이었다. 키메라 기계를 상대해야 하는 마당에 세계 최고의 양궁 선수는 무조건 필요했다. 최동기가 눈짓하자 한성훈이 나서서 귀에 손을 얹고 말했다. 지금 연락받았는데 선수 가족들은 모두 쇼 관리자와 함께 안전하게 보호 중이라고.

최동기가 나서서 이제한을 설득했다. 쇼 관리자가 하는 말

듣지 않았냐, 폐쇄된 타워를 개방할 방법은 오직 이 미친 쇼를 끝내버리는 것뿐이다. 그래서 함께 올라갔는데 한성훈이 말실수를 한 것이다. 구조 헬기가 6인승이라고. 조종사를 빼면 5인승이라고 계산한 이제한이 내 가족은 어떻게 되는 거냐고 발끈해서 그를 공격했고 한성훈이 어차피 아래층 놈들은 다 죽었을 거라고 하는 바람에 순식간에 싸움이 격해졌다. 케이지가 나서서 그 둘을 말리다가 벽에 머리를 세게 부딪혔고 곧이어 정신없는 와중 좀비를 막기 위해 방패로 개조해 들고 다니던 철판으로 이제한을 밀어붙였다.

"힘 조절을 못했다고 해야 하나, 각도가 문제였다고 해야 하나. 뭐, 그렇게 된 거지."

하나의 몸이 바들바들 떨렸다. 나는 아무 말도 하지 못한 채 눈을 돌려 최동기를 보았다. 지금처럼 팔짱을 낀 채 말릴 생각도 없이 그 모습을 바라보고 서 있었을 최동기가 그려졌다. 사람을 죽였다는 죄책감에 케이지는 정신이 무너졌고 최동기는 한성훈과 둘이서 그를 보호하면서 위로 올라갔다. 그 후 플로어Z에서 필요한 걸 챙긴 다음 옥상까지 올라갈 때 거치적거려서 한성훈을 처리했고. 마침내 옥상에서 수트가이가 요구한 물건을 건네고 케이지와 둘이 구조 헬기를 타고 갔으나 고위 관리직들이 대피한 벙커로는 들어가지 못했다.

"케이지 그 새끼가 내가 플로어Z에서 사람을 죽였다고 했거든. 그래서 수트가이가 살인자와는 함께할 수 없다면서 날 내치더라고."

수트가이는 처음부터 최동기를 그들의 벙커 안으로 들일 생각이 없었을 것이다. 비밀 메시지를 받으려고 최동기와 케이지는 마지막까지 고글을 쓰고 이어 커프를 착용했다. 그들의 고글을 통해 모든 게 생중계되고 있었다. 그러니까 그건 최동기를 내칠 핑계일 뿐이었다. 최동기는 그걸 모르는 걸까. 왜 그들의 벙커에 들어가려고 이렇게 애쓰는 거지?

최동기는 침대 매트리스에 앉아 군용 무전기를 켠 후 지루한 표정으로 기다렸다.

등 뒤로 단단한 것이 넘어왔다. 손으로 만지는 순간 알았다. 깨진 유리 조각. 다른 두 놈이 옥수수와 딸기 잼을 섞어서 돼지처럼 퍼먹는 동안 나는 최동기에게 말을 걸었다.

"그깟 수첩으로 뭘 어쩌게? 설마 그게 무슨 마법 레시피가 적힌 거라고 믿는 건 아니지?"

"내가 믿는 게 중요해? 높으신 양반들이 겁에 질려 그걸 찾는다는 게 중요하지. 그리고 수트가이 그 새끼가 이걸 꼭 찾고 싶어 하더라고."

수트가이가 그가 속한 무리에서 입지가 좁아졌다는 것을 짐작할 수 있었다. 이미 두 번이나 중요한 걸 챙기는 데 실패했으니까.

"수트가이는 어디 있어?"

"원자력발전소 지하 벙커."

게르빌K 사고 이후 게르빌의 다른 원자력발전소들은 1급 국가 보안 시설로 지정되면서 폭격이나 돌발 상황에 대비할 수 있게 벙커처럼 견고하게 지어졌고, 주변도 국가 시설급으로 보안되어 외부 침입으로부터 안전하고 청결한 환경을 유지하며 오랫동안 지낼 수 있도록 바뀌었다고 했다.

최동기는 수첩을 찾으면 그 지하 벙커에 들여보내준다고 했다면서 그동안 눈에 불을 켜고 나를 찾아다녔다고 했다. 최동기는 인간은 파이터, 좀비는 바이터라고 부르면서 그 둘이 한 끗 차이라는 게 재미있지 않으냐며 키득거렸다. 나는 최동기의 입가에 묻은 딸기 잼을 노려보며 침묵했다.

한참 후 교신에 성공했다. 또 뭐냐며 귀찮은 듯한 수트가이의 목소리가 들렸다. 최동기가 씩 웃으며 김존자한테서 수첩을 찾았다고 전했다. 수트가이가 진짜냐고 되물은 후 지금 어디냐고 물었지만 최동기는 자신이 직접 그에게 가지고 가겠다며 이곳의 위치를 숨겼다.

"또 팽당하면 곤란하니까."

나는 무전기가 꺼지기 전에 소리쳤다.

"그거 가짜야!"

최동기는 눈에 힘을 주고 맹수처럼 다가와 내 멱살을 틀어쥐었다. 무전기에서 소리가 들렸다. 수트가이가 나에게 직접 말했다.

"김존자? 최동기가 아직 살려뒀을 줄은 몰랐는데. ……수첩이 가짜라고? 그걸 믿으라는 거야?"

나는 턱짓으로 수첩을 가리키며 최동기에게 말했다.

"수첩을 자세히 봐. 수식처럼 생긴 게 적혀 있어서 속았다 쳐도 종이가 너무 말끔하지 않아? 펜도 한 가지 종류고. 꼭 작정하고 10분 만에 적은 것처럼."

손으로 빠르게 수첩을 넘겨보는 최동기의 눈동자가 좌우로 움직였다. 최동기가 수첩을 버리더니 내 멱살을 틀어쥐고 나를 번쩍 세웠다.

"진짜 수첩 어디 있어? 죽여버리기 전에 빨리 불어!"

"넌 날 못 죽여. 그건 내 머릿속에 있거든."

"애 잡아!"

딸기 잼을 퍼먹던 놈이 그 즉시 하나를 들어 올렸다. 아이를 인질로 내 입을 불게 할 생각이었다. 구울이 예상한 대로였다. 난 고개를 돌려 날카롭게 소리쳤다.

"니들은 우리한테 손 못 대! 우리 셋이 진짜 수첩에 적힌 수식을 나눠서 외웠거든. 상형문자 그림처럼 생겨서 외우기가 더럽게 힘들었지만."

최동기는 화를 참지 못하고 으아악 소리를 지른 후 무전기에 입을 대고 말했다.

"어차피 상관없잖아. 셋 다 데려갈 테니까 문 열고 기다려."

"무슨 수로 그놈들 입을 열 건데? 일부러 수식을 조금씩 바꾸면? 속이면 어쩔 거지?"

"아 씨발 그건 니들이 할 일이고. 어쨌든 난 찾았으니까 데려갈 거야."

나는 수트가이에게서 답이 올 때까지 기다리지 않았다. 유리 조각으로 밧줄을 풀자마자 머리로 그의 턱을 받아쳤고 그에 맞춰 구울이 덩치가 큰 놈에게 달려가 그를 쓰러뜨렸다. 하나는 잽싸게 그의 손에서 총을 빼앗아 나에게 던졌다. 나는 한 손으로 권총을 잡아 딸기 잼을 먹느라 총을 테이블 위에 내려놓았던 놈의 머리부터 날려버렸다. 구울과 몸싸움을 벌이는 쪽은 몸싸움이 너무 격렬해서 조준이 어려웠다. 그사이 최동기가 내 머리에 총을 겨눴다.

"총 버려."

딸각. 최동기가 총의 안전장치를 풀었다. 인내심 테스트하지 말라는 경고였다. 나는 피식 웃었다.

"넌 날 쏘지 못해. 원자력발전소 지하 벙커에 들어가야만 하니까."

"맞아. 난 거기 꼭 들어갈 거야. 그리고 이제 생각났는데, 난 너만 있으면 돼."

"뭐?"

"수트가이가 게르빌 매니지먼트사와 계약하자고 찾아왔을 때 네 얘길 했어. 네가 어렸을 때부터 머리 굴리는 게 남달랐다고. 그래서 너한테 주는 계약서를 항상 미리 손봤다던데?"

그래서 타워에서 기계가 말한 3892-3 조항이 기억나지 않은 것이다. 수트가이가 이중 계약서를 쓰는 짓까지 할 줄은 몰랐다. 왜 몰랐을까. 더한 짓도 한 놈인데.

"개새끼가."

"그러니까 넌 저 둘한테 사고가 날 걸 대비해 네가 다 외웠을 거야. 수첩 전체를."

"날 과대평가해서 고마운데 그간 내가 좀 많이 아팠어서."

"총 내려."

변명은 통하지 않았다. 나는 천천히 총을 내려서 바닥에 놓았다. 최동기가 신발 끝으로 총을 반대쪽으로 멀리 쳐냈다. 그 사이 구울이 엎치락뒤치락하던 놈의 머리를 바닥에 계속 내리쳐서 죽였다. 선반 뒤로 손을 뻗어 끙끙대던 하나가 석궁을 꺼내 활을 얹자마자 구울이 하나에게서 석궁을 빼앗아 조준도 없이 최동기에게 활을 날렸다.

화살이 최동기의 어깨에 꽂히면서 총에서 총알이 발사되어 내 귀 위쪽을 아슬아슬하게 스치고 벽에 박혔다. 최동기가 고개를 옆으로 돌려 제 어깨에 박힌 화살을 빼려는 사이 석궁이 한 발 더 쏘아졌다. 이번엔 완전히 노출된 그의 등 가운데에 화살이 꽂혔다. 그가 충격으로 손에 힘이 풀려 총을 놓치자마자 나는 몸을 숙이면서 왼손으로 그의 상의를 잡고 오른손으로 그의 발목을 잡아서 끌어당겨 발목잡아메치기로 쓰러뜨렸다. 바닥에 떨어진 총을 잡고 자리에서 일어났다.

최동기는 가슴을 뚫고 나온 화살을 부여잡고 그 자리에 털썩 무릎 꿇었다. 나는 그에게 총을 겨눈 채 발로 그의 가슴팍을 뒤로 쭈욱 밀었다. 화살이 천천히 가슴을 관통하면서 입으로 피가 역류했다. 그는 화살이 제 몸을 찢는 걸 막으려고 두 손으로 화살대를 잡고 몸부림쳤다. 나는 발끝에 힘을 준 채 감정을 지우고 말했다.

"죽는 게 무서워? 타워에서 헬기 타겠다고 네가 죽인 사람들은 어땠을까?"

그는 내 말을 부인하지 않았다. 역시 그가 죽인 것이었다. 최동기는 입에 피를 문 채 기가 찬다는 듯 웃으면서 짓씹어 뱉었다.
"넌 다른 것 같아? 웃기지 마. 윽. 살려면…… 이기려면 죽이는 수밖에 없어. 그게 산 놈이든 죽은 놈이든."
"……."
"존자야, 너도 알잖아. 세상이 바뀌었…… 으윽. 우리 같은 사람만 살아남을 수 있어. 그러니까 저것들 버리고 나랑 같이……."
탕. 최동기의 이마 중앙에 구멍이 뚫렸다.

25

살려고 인간을 죽였다.

세 사람의 목숨이 순식간에 사라졌다. 침묵이 고요하게 벙커에 휘돌았다. 나는 구울을 보았다가 하나를 보았다. 하나의 손은 깨끗하다. 최동기와 또 다른 남자의 목숨을 끊은 건 나니까. 나는 구울에게 시선을 돌렸다. 구울이 피에 젖은 손으로 고개를 끄덕였다. 앞으로 우리이되 하나는 우리여서는 안 된다. 구울과 나는 하나만큼은 우리와 다르게 살게 하자고 결심했다.

"다 끝난 건가?"

우리 셋은 일제히 최동기 쪽으로 고개를 돌렸다. 그의 허리춤에 꽂힌 무전기에서 지지직거리는 잡음과 함께 수트가이가 말을 이었다.

"여긴 공간이 충분해. 존자야, 늦었지만 이제 우리……."

콱. 발로 밟아서 무전기를 망가뜨렸다. 밟고 밟고 또 밟았다.

구울이 그럴 줄 알았다며 나를 보며 중얼거렸다.

"역시 넌 너무 감정적이야."

우리는 정리에 나섰다. 구울이 시체를 한쪽으로 옮기고 바닥에 깨진 유리 조각을 치우다 최동기의 신발 밑창을 뚫어지게 보았다. 양쪽의 색이 달랐다. 칼로 떼어냈더니 새것처럼 보이는 밑창 안쪽에 작고 동그란 게 있었다.

"위치 추적기 같은데?"

시체를 위로 옮겨서 치운다고 될 일이 아니었다. 수트가이는 우리가 여기 있는 걸 알 테니까. 적에게 위치가 발각된 순간 이곳은 벙커로서의 기능을 잃어버렸다.

우리는 말없이 가방에 필요한 것들을 챙겼다. 하나와 내가 이불 천을 찢어서 말린 옥수수를 최대한 많이 담는 사이 구울은 구급상자의 약을 한꺼번에 배낭에 다 털어 넣었다.

옥수수를 챙기느라 바쁘게 움직이면서도 구울의 행동을 눈여겨보았다. 벙커의 구급상자에는 소화제나 감기약은 없어도 프로프라놀롤은 차고 넘쳤다. 김기광은 세상이 미쳐 날뛰며 돌아갈 때 내가 침착하게 명사수로 활약하길 바랐다. 구울은 약통을 바지 주머니에 따로 넣었다.

나는 옥수수를 담은 천을 리본으로 꽉 잡아매며 목소리를 높였다.

"딸기 잼은 놓고 가자. 유리병이 너무 무거울 거야. 구울, 다 챙겼어?"

"다 됐어."

구울이 배낭을 메고 위로 올라간 사이 나도 배낭을 메고 하나를 챙겼다. 곧이어 구울이 잔디깎이용 연료로 뒷마당에 놔둔 석유통을 가져와 벙커에 고루고루 뿌렸다. 계단 위에서 구울을 내려다보며 생각했다. 저 약으로 얼마나 버틸 수 있을까. 결국 약이 떨어지는 순간이 올 텐데.

"빠뜨린 거 없지?"

구울이 주위를 돌아보며 확인하듯 물었다. 근데 그런 건 석유를 뿌리기 전에 물었어야 하지 않나.

"너. 너도 빨리 올라와."

"아!"

구울은 배낭을 멘 채 허둥지둥 계단 위로 올라왔다. 마지막으로 라이터를 켜서 지하 벙커에 떨어뜨린 뒤 우리는 집 밖으로 나왔다.

그 집에서 멀리 떨어진 곳에 서서 뒤돌아보았다. 내가 발을 떼지 못하자 구울이 내 손을 턱 잡더니 손가락을 접어 주먹을 쥐어준 뒤 번쩍 들었다. 지금 뭐 하는 짓이냐고 묻자 구울이 말했다.

"마지막 인사는 해야지."

환하게 타오르는 집을 보며 구울이 먼저 가운뎃손가락을 위로 치켜들었고, 하나가 나와 구울을 번갈아 보다가 감자를 먹이듯 주먹을 치켜들었다. 나는 굳이 이런 짓까지 해야 하느냐며 팔을 내렸다. 구울이 불타는 집을 보며 담담하게 말했다.

"같이 응원 좀 해주라. 저기 약도 다 버리고 왔는데."

눈을 내려 그의 바지 주머니를 보았다. 홀쭉했다. 석유통을 가지러 간 사이 약을 버리고 온 걸까? 응원보다는 걱정이 앞섰지만 이젠 돌이킬 수 없었다. 어떻게든 되겠지. 나는 무심하게 권총을 살짝 꺾어서 치켜들었다. 이제부터 그게 나의 무기였고 엿 같은 세상에 보내는 가운뎃손가락이었다.

얼마 지나지 않아 좀비들이 날개 꺾인 불나방처럼 불을 보고 느릿느릿 걸어왔다. 뿌연 연기 속에서 우리는 손에 무기를 쥔 채 불 때문에 냄새를 잘 맡지 못하는 좀비들을 뒤로 하고 걸어갔다.

구울은 다른 벙커는 어디에 있냐고 물었지만 나는 고개를 가로저었다. 김기광이 만든 지하 벙커는 그가 공사한 주택 아래에 있어서 수트가이가 마음먹으면 찾는 건 시간문제였다.

구울이 걸음을 멈추고 나를 걱정스러운 눈으로 보며 물었다.

"우리 새로운 그룹 찾으러 가는 거 맞지? ······존자야."

"왜. 수트가이 찾으러 가자고 할까 봐 겁나?"

"존자야."

"최동기, 케이지가 아니라 우리가 그 헬기를 탔다면 어떻게 됐을지 생각해본 적 있어?"

"매일."

수트가이가 절박한 생존자들에게 경쟁을 붙이고 최동기가 사람들을 죽이고 방호문을 내리지 않았더라면, 그랬다면 어떻게 됐을까. 김덕배는 살아 있었을 것이다. 멸망한 세상에서도 핸디맨은 유용하니까.

그날 이후 내 악몽은 바뀌었다. 더는 불타는 벙커에 갇혀 있지 않았다. 나는 게르빌K의 광활한 들판을 달리고 있었다. 하늘에서는 드론으로 총이 쏘아지고 곳곳에 폭탄이 떨어지고 기계가 드론을 공격하는 들판, 좀비들 사이로 피와 내장을 뒤집어쓰고 달린다. 울면서 소리 지르면서 심장이 터지도록 달리다 꿈에서 깬다. 이 악몽은 끝나지 않을 것이다.

구울에게는 이야기하지 않았지만 나는 쇼에 지원한 걸 매 순간 후회한다. 하지만 나 역시 구울처럼 시간을 되돌린다면 수트가이가 내민 계약서에 서명하고 타워로 갈 것이다. 그래야 김덕배를 다시 만날 수 있으니까.

게르빌 원자력발전소 안으로 들어가는 건 어렵지 않을 것이다. 수첩을 미끼로 트로이의 목마처럼 들어가면 되니까.

"내가 그 자식 죽이러 곧장 원자력발전소로 가면 안 되는 이유 하나만 대봐."

"하나."

젠장. 구울의 촌철살인에 나는 시선을 내려 하나를 보았고 하나는 고개를 들어 나를 보았다. 안전을 위해 우리 셋이 나눠서 수첩의 공식을 외우자고 했지만 사실 나는 다른 페이지까지 모두 외웠다. 그러니 나 혼자서 갈 수 있지만 내가 가고 나면 구울 혼자 하나를 보호할 수 있을까? 더는 안전하게 몸을 숨길 지하 벙커도 없는데.

생각에 잠긴 사이 하나가 나를 올려다보며 약속했다.

"빨리 자랄게요. 지금보다 더."

나는 말없이 하나의 머리를 꾹꾹 누르며 쓰다듬었다. 하나가 나를 보며 물었다.

"그럼 이제 어디로 가요?"

"다른 사람들을 찾아야지."

세상이 망했어도 달라질 건 없다. 전에도 지금도 믿음의 문제다. 셋이서 의식주를 담당해 나누었지만 그래 봤자 지하 벙커에서만 할 수 있는 소꿉장난에 불과했다. 거리로 나온 이상 '우리'를 넓혀야만 한다. 그건 취향이나 선택의 문제가 아니라 세계관의 문제고 생존의 문제니까.

하나는 게르빌F로 가고 싶어 했고 구울은 게르빌A로 가고 싶어 했다. 두 사람 모두 특별한 계획도 없으면서 각자 자신의 집이 있는 곳으로 가고 싶어 했다. 그들이 말한 두 지역 모두 인구밀도가 소름 끼치게 높은 곳이었다.

"수트가이의 추적을 피하려면 우리가 절대 가지 않을 거라고 생각한 곳으로 이동해야 해. 인구밀도도 낮고."

"그런 데가 어딨어?"

"김기광이 게르빌에서 벙커를 만들지 못한 곳은 딱 세 군데였어. 게르빌K, 그리고 게르빌X와 게르빌Y."

누가 꼬집은 것처럼 구울의 미간이 굵게 주름 잡혔다. 아이러니하게도 그곳은 범죄 소굴로 악명 높은 도시였다.

"거길 가자고? 죽을 자리 보러 가는 거야?"

"다른 방법 있어?"

구울은 입을 뗐다가 다물었다. 이럴 거면 원자력발전소로 바로 쳐들어가는 게 낫겠다는 말이 목구멍까지 올라온 표정들이었으나 차마 입 밖으로 꺼내지 않았다. 둘 중에 그나마 나은 차악으로 고른 게 게르빌X였다. 양팔 저울에 2개를 올리고 더 최악인 곳을 저울질해보니 고아원이 교도소보단 나을 것 같았다.

"숲을 통과하면 며칠 만에 당도할 거야. 몸을 은폐하기도 좋으니까 잘만 숨어 다니면 추적용 드론도 피할 수 있을 거고."

"지하 식료품 창고에 먹을 것도 많을 거예요."

구울과 난 고개를 돌려 하나를 보았다. 네가 어떻게 아느냐는 시선에 하나가 숨도 쉬지 않고 빠르게 말했다. 학교에서 게르빌 역사 시간에 다큐멘터리로 틀어주는 걸 봤다고. 게르빌 국영방송에서 홍보용으로 만든 거라 얼마나 신뢰할 수 있을지는 모르지만.

지역적으로 게르빌Y와 좁은 개울을 두고 맞닿아 있다는 게 맘에 걸리긴 했지만 달리 방법이 없었다. 벙커에서 챙긴 나침반을 손바닥에 놓았다. 우리가 가야 할 방향은 현재 서 있는 위치에서 12시 방향이었다. 게르빌L을 떠나려고 발을 돌렸다.

동네를 벗어나기 전에 거리에서 다시 만난 김덕배는 헬멧을 쓴 채 걷고 있었다.

"이제 보내드리자."

구울이 나직이 말했다. 김덕배는 더는 우리가 아니었다. 우리가 함께하던 원 밖으로 나가버린 지 오래였다. 나는 고개를 가로저었다.

"조금 더 걷게 두자. 나 때문에 10년 넘게 타워에 갇혀 있었잖아."

구울은 먹먹한 눈으로 헬멧을 쓴 김덕배의 뒤통수를 바라보며 고개를 끄덕였다. 하나는 어디로 가야 할지 모르는 것처럼 뱅글뱅글 도는 김덕배를 벽 쪽으로 밀었다. 김덕배가 손으로 벽을 짚어가며 뒤로 가기 시작했다.

할아버지 잘 가. 나는 마지막 인사를 했다. 우리는 배낭을 메고 돌아섰다.

얼마나 지났을까. 뒤에서 불어오는 바람에 탄내가 섞여 있었다. 아까 우리가 지른 불이 옮겨붙은 걸까. 구울과 시선을 교환한 뒤 가까운 지대로 발을 옮겼다. 부지런히 걸어서 사방이 탁 트인 언덕에 올라섰다.

검은 종이 위에 붓을 튕겨서 뿌린 오렌지 물감처럼 게르빌L 지역의 몇몇 상가와 주택이 불타고 있었다. 화재 장소가 꽤 먼 것으로 보아 옮겨붙은 것 같진 않았다. 미간에 힘이 들어갔다. 옆에서 구울이 나와 같은 표정으로 도시를 내려다보며 중얼거렸다.

"좀비가 불꽃놀이에 미쳐서 직접 불을 붙였을 리는 없고, 우리 말고도 생존자가 더 있었나?"

"그자들이 벌써 도착한 걸 수도 있지. 불 지른 건 미끼고."

추격은 예상보다 빠르게 시작되었고 갈 길은 한참 멀었지만 불안하지는 않았다. 평생 기다려온 순간처럼 난 이런 상황에도 지나칠 만큼 침착했다. 김기광과 정다정이 그토록 바라던 종말의 밤이었다. 세상이 망하고 나서야 난 빌어먹을 자유를 얻었다. 자유의 맛은 손가락이 떨릴 만큼 달콤하면서도 입에 피 맛이 느껴질 정도로 고약하게 썼다.

고개를 뒤로 젖혀 하늘을 보았다. 도시의 화려한 조명이 강제적으로 소등당해서일까. 깜깜하니 별이 더 잘 보였다.

둠스데이 프린세스

발행	2025년 6월 9일
지은이	김영리
책임편집	강상준
교열	남다름
디자인	강현아
펴낸이	정종호
펴낸곳	에이플랫
출판등록	2018년 8월 13일(제2020-000036호)
이메일	aflatbook@gmail.com
블로그	blog.naver.com/aflatbook
가격	17,000원

ⓒ 2025 에이플랫

이 책은 저작권법에 의하여 한국 내에서 보호를 받는 저작물이므로 무단전재와 복제를 금하며, 이 책 내용의 전부 또는 일부를 이용하려면 반드시 지은이와 에이플랫의 서면 동의를 받아야 합니다.

ISBN 979-11-89836-61-0 03810

에이플랫은 언제나 기성 및 신인 작가의 원고를 기다리고 있습니다.